MINGUO TONGSU XIAOSHUO
DIANCANG WENKU

丹凤街

民国通俗小说典藏文库·张恨水卷

张恨水 ◎ 著

中国文史出版社

小说大家张恨水 （代序）

张赣生

民国通俗小说家中最享盛名者就是张恨水。在抗日战争前后的二十多年间，他的名字真是家喻户晓、妇孺皆知，即使不识字、没读过他的作品的人，也大都知道有位张恨水，就像从来不看戏的人也知道有位梅兰芳一样。

张恨水（1895—1967），本名心远，安徽潜山人。他的祖、父两辈均为清代武官。其父光绪年间供职江西，张恨水便是诞生于江西广信。他七岁入塾读书，十一岁时随父由南昌赴新城，在船上发现了一本《残唐演义》，感到很有趣，由此开始读小说，同时又对《千家诗》十分喜爱，读得"莫名其妙的有味"。十三岁时在江西新淦，恰逢塾师赴省城考拔贡，临行给学生们出了十个论文题，张氏后来回忆起这件事时说："我用小铜炉焚好一炉香，就做起斗方小名士来。这个毒是《聊斋》和《红楼梦》给我的。《野叟曝言》也给了我一些影响。那时，我桌上就有一本残本《聊斋》，是套色木版精印的，批注很多。我在这批注上懂了许多典故，又懂了许多形容笔法。例如形容一个很健美的女子，我知道'荷粉露垂，杏花烟润'是绝好的笔法。我那书桌上，除了这部残本《聊斋》外，还有《唐诗别裁》《袁王纲鉴》《东莱博议》。上两部是我自选的，下两部是父亲要我看的。这几部书，看起来很简单，现在我仔细一想，简直就代表了我所取的文学路径。"

宣统年间，张恨水转入学堂，接受新式教育，并从上海出版的报纸上获得了一些新知识，开阔了眼界。随后又转入甲种农业学校，除了学习英文、数、理、化之外，他在假期又读了许多林琴南译的小说，懂得了不少描写手法，特别是西方小说的那种心理描写。民国元年，张氏的父亲患急症去世，家庭经济状况随之陷入困境，转年他在亲友资助下考入陈其美主持的蒙藏垦殖学校，到苏州就读。民国二年，讨袁失败，垦殖学校解散，张恨水又返回原籍。当时一般乡间人功利心重，对这样一个无所成就的青年很看不起，甚至当面嘲讽，这对他的自尊心是很大的刺激。因之，张氏在二十岁时又离家外出投奔亲友，先到南昌，不久又到汉口投奔一位搞文明戏的族兄，并开始为一个本家办的小报义务写些小稿，就在此时他取了"恨水"为笔名。过了几个月，经他的族兄介绍加入文明进化团。初始不会演戏，帮着写写说明书之类，后随剧团到各处巡回演出，日久自通，居然也能演小生，还演过《卖油郎独占花魁》的主角。剧团的工作不足以维持生活，脱离剧团后又经几度坎坷，经朋友介绍去芜湖担任《皖江报》总编辑。那年他二十四岁，正是雄心勃勃的年纪，一面自撰长篇《南国相思谱》在《皖江报》连载，一面又为上海的《民国日报》撰中篇章回小说《小说迷魂游地府记》，后为姚民哀收入《小说之霸王》。

　　1919 年，五四运动吸引了张恨水。他按捺不住"野马尘埃的心"，终于辞去《皖江报》的职务，变卖了行李，又借了十元钱，动身赴京。初到北京，帮一位驻京记者处理新闻稿，赚些钱维持生活，后又到《益世报》当助理编辑。待到 1923 年，局面渐渐打开，除担任"世界通讯社"总编辑外，还为上海的《申报》和《新闻报》写北京通讯。1924 年，张氏应成舍我之邀加入《世界晚报》，并撰写长篇连载小说《春明外史》。这部小说博得了读者的欢迎，张氏也由此成名。1926 年，张氏又发表了他的另一部更重要的作品《金粉世家》，从而进一步扩大了他的影响。但真正把张氏声望推至高峰的是《啼笑因缘》。1929 年，上海的新闻记者团到北京访问，经钱芥尘介绍，张恨水得与严独鹤相识，严即约张撰写长篇小说。后来张氏回忆这件事的过程时说："友人钱芥尘先生，介绍我认识

2

《新闻报》的严独鹤先生，他并在独鹤先生面前极力推许我的小说。那时，《上海画报》（三日刊）曾转载了我的《天上人间》，独鹤先生若对我有认识，也就是这篇小说而已。他倒是没有什么考虑，就约我写一篇，而且愿意带一部分稿子走。……在那几年间，上海洋场章回小说走着两条路子，一条是肉感的，一条是武侠而神怪的。《啼笑因缘》完全和这两种不同。又除了新文艺外，那些长篇运用的对话并不是纯粹白话。而《啼笑因缘》是以国语姿态出现的，这也不同。在这小说发表起初的几天，有人看了很觉眼生，也有人觉得描写过于琐碎，但并没有人主张不向下看。载过两回之后，所有读《新闻报》的人都感到了兴趣。独鹤先生特意写信告诉我，请我加油。不过报社方面根据一贯的作风，怕我这里面没有豪侠人物，会对读者减少吸引力，再三请我写两位侠客。我对于技击这类事本来也有祖传的家话（我祖父和父亲，都有极高的技击能力），但我自己不懂，而且也觉得是当时的一种滥调，我只是勉强地将关寿峰、关秀姑两人写了一些近乎传说的武侠行动……对于该书的批评，有的认为还是章回旧套，还是加以否定。有的认为章回小说到这里有些变了，还可以注意。大致地说，主张文艺革新的人，对此还认为不值一笑。温和一点的人，对该书只是就文论文，褒贬都有。至于爱好章回小说的人，自是予以同情的多。但不管怎么样，这书惹起了文坛上很大的注意，那却是事实。并有人说，如果《啼笑因缘》可以存在，那是被扬弃了的章回小说又要返魂。我真没有料到这书会引起这样大的反应……不过这些批评无论好坏，全给该书做了义务广告。《啼笑因缘》的销数，直到现在，还超过我其他作品的销数。除了国内、南洋各处私人盗印翻版的不算，我所能估计的，该书前后已超过二十版。第一版是一万部，第二版是一万五千部。以后各版有四五千部的，也有两三千部的。因为书销得这样多，所以人家说起张恨水，就联想到《啼笑因缘》。"

不论张氏本人怎样看，《啼笑因缘》是他最有影响的作品，这一点毫无疑问，可以随便举出几件事来证明。《啼笑因缘》发表后，被上海明星公司拍成六集影片，由当时最著名的电影明星胡蝶主演，同时还被改编为戏剧和曲艺，在各地广泛流传；再有《啼笑因缘》被许多人续写，迫使张氏不得不改变初衷，于1933年又续写了十回，张氏在《我的写作生涯》中说："在我结束该书的时候，主角虽都没有大团圆，也没有完全告诉戏已终场，但在文字上是看得出来的。我写着每个人都让读者有点儿有余不尽之意，这正是一个处理适当的办法，我绝没有续写下去的意思。可是上海方面，出版商人讲生意经，已经有好几种《啼笑因缘》的尾巴出现，尤其是一种《反啼笑因缘》，自始至终，将我那故事整个地翻案。执笔的又全是南方人，根本没过过黄河。写出的北平社会真是也让人又啼又笑。许多朋友看不下去，而原来出版的书社，见大批后半截买卖被别人抢了去，也分外眼红。无论如何，非让我写一篇续集不可。"这种由别人代庖的续作，出书者至少有四种：惜红馆主《续啼笑因缘》、青萍室主《啼笑因缘三集》、康尊容《新啼笑因缘》和徐哲身《反啼笑因缘》。虽然远不如《红楼梦》续作之多，但在民国通俗小说中已经是首屈一指了。张氏在《我的小说过程》一文中还说："我这次南来，上至党国名流，下至风尘少女，一见着面便问《啼笑因缘》。这不能不使我受宠若惊了。"

《啼笑因缘》使张氏名声大振，约他写稿的报刊和出版家蜂拥而至，有的小报甚至谣传张氏在十几分钟内收到几万元稿费，并用这笔钱在北平买下了一所王府，自备一部汽车。这自然不是事实，但张氏当时收到的稿酬也有六七千元，的确不能算少。这样，他就可以去搜集一些古旧木版小说，想要作一部《中国小说史》。就在此时，日寇侵华的"九一八事变"爆发，张氏的希望随之化为泡影。作为一位爱国的作家，在国难当头的状况下自不会沉默，张恨水在1931至1937的几年间，先后写了《热血之花》《弯弓集》《水浒别传》《东北四连长》《啼笑因缘续集》《风之夜》等涉及抗敌御侮内容的作品。

1934年，张恨水到陕西和甘肃走了一遭，此行使他的思想发生了很大的变化。张氏在《我的写作生涯》中说："陕甘人的苦不是华南人所能想象，也不是华北、东北人所能想象。更切实一点地说，我所经过的那条路，可说大部分的同胞还不够人类起码的生活。……人总是有人性的，这一些事实，引着我的思想起了极大的变迁。文字是生活和思想的反映，所以在西北之行以后，我不讳言我的思想完全变了，文字自然也变了。"此后，他写了《燕归来》，以描写西北人民生活的惨状。

抗日战争全面爆发后，张恨水取道汉口，转赴重庆，于1938年初抵达，即应邀在《新民报》任职。抗战八年间，他除去写了一些战争题材的小说外，还有两种较重要的作品，即《八十一梦》和《魍魉世界》（原名《牛马走》），均先于《新民报》连载，后出单行本。抗战胜利，张氏重返北平，担任《新民报》经理，此后几年他写了《五子登科》等十来部小说，但均未产生重大影响。1948年底，张氏辞去《新民报》职务。1949年夏，他患脑溢血，经过几年调治，病情好转，张氏便又到江南和西北去旅行。1959年，张氏病情转重，至1967年初于北京去世，终年七十三岁。

张恨水一生写了九十多部小说，印成单行本的也在五十种左右。说到张氏作品的总特色，一般常感到不易把握，因为他总在不断地变。其实，这"变"就正是张恨水作品最鲜明的总特色。

张恨水是一个不甘心墨守成规的人，他好动不好静，敢于否定自己，这正是作为开创者必须具备的素质。读一读张氏的《我的写作生涯》，就会发现他总是在讲自己的变，那变的频繁、动因的多样，在民国通俗小说作家中实属仅见。……待到《金粉世家》《啼笑因缘》相继问世，张恨水的名声已如日中天，他在思想上的求新仍未稍解，他说："我又不能光写而不加油，因之，登床以后，我又必拥被看一两点钟书。看的书很拉杂，文艺的、哲学的、社会科学的，我都翻翻。还有几本长期订的杂志，也都看看。我所以不被时代抛得太远，就是这点儿加油的工作不错。"

追求入时，可说是张恨水的一贯作风，不仅小说的内容、思想随时而变，在文字风格上也不断应时变化。仅就内容、思想方面的变化而言，在民国通俗小说作家中也很常见，说不上是张氏独具的特色，但在文字风格上也不断变化，就不同于一般了。张氏在《我的写作生涯》中经常提到这方面的事例，譬如他曾提及回目格式的变化，他说："《春明外史》除了材料为人所注意而外，另有一件事为人所喜于讨论的，就是小说回目的构制。因为我自小就是个弄辞章的人，对中国许多旧小说回目的随便安顿向来就不同意。即到了我自己写小说，我一定要把它写得美善工整些。所以每回的回目都很经一番研究。我自己削足适履地定了好几个原则。一、两个回目，要能包括本回小说的最高潮。二、尽量地求其辞藻华丽。三、取的字句和典故一定要是浑成的，如以'夕阳无限好'，对'高处不胜寒'之类。四、每回的回目，字数一样多，求其一律。五、下联必定以平声落韵。这样，每个回目的写出，倒是能博得读者推敲的。可是我自己就太苦了……这完全是'包三寸金莲求好看'的念头，后来很不愿意向下做。不过创格在前，一时又收不回来。……在我放弃回目制以后，很多朋友反对，我解释我吃力不讨好的缘故，朋友也就笑而释之，谓不讨好云者，这种藻丽的回目，成为礼拜六派的口实。其实礼拜六派多是散体文言小说，堆砌的辞藻见于文内而不在回目内。礼拜六派也有作章回小说的，但他们的回目也很随便。"再譬如他在谈及《金粉世家》时说："以我的生活环境不同和我思想的变迁，加上笔路的修检，以后大概不会再写这样一部书。"诸如此类的变化不胜列举。

张氏的多变还体现在题材的多样化。他说："当年我写小说写得高兴的时候，哪一类的题材我都愿意试试。类似伶人反串的行为，我写过几篇侦探小说，在《世界日报》的旬刊上发表，我是一时兴到之作，现在是连题目都忘记了。其次是我写过两篇武侠小说，最先一篇叫《剑胆琴心》，在北平的《新晨报》上发表的，后来《南京晚报》转载，改名《世外群龙传》。最后上海《金刚钻小报》拿去出版，又叫《剑胆琴心》了。"第二篇叫《中原豪侠传》，是张氏自办《南京人报》时所作。此外，张氏还写过仿古的《水浒别传》和《水浒新传》，他说："《水浒别传》这书是我研究《水浒》后一时高兴之作，写的是打渔杀家那段故事。文字也学《水浒》口气。这原是试试的性质，终于这篇《水浒别传》有点儿成就，引着我在抗战期间写了一篇六七十万字的《水浒新传》。""《水浒新传》当时在上海很叫座。……书里写着水浒人物受了招安，跟随张叔夜和金人打仗。汴梁的陷落，他们一百零八人大多数是战死了。尤其是时迁这路小兄弟，我着力地去写。我的意思，是以愧士大夫阶级。汪精卫和日本人对此书都非常地不满，但说的是宋代故事，他们也无可奈何。这书里的官职地名，我都有相当的考据。文字我也极力模仿老《水浒》，以免看过《水浒》的人说是不像。"再有就是张氏还仿照《斩鬼传》写过一篇讽刺小说《新斩鬼传》。张恨水的一生都在不停地尝试，探寻着各色各样的内容及表达方式，他甚至也写过完全以实事为根据、类似报告文学的《虎贲万岁》，也写过全属虚幻的、抽象的或象征性的小说《秘密谷》，他的作风颇有些像那位既不愿重复前人也不愿重复自己的现代大画家毕加索。

张恨水写过一篇《我的小说过程》，的确，我们也只有称他的小说为"过程"才最名副其实。从一般意义上讲，任何人由始至终做的事都是一个过程，但有些始终一个模子印出来的过程是乏味的过程，而张氏的小说过程却是千变万化、丰富多彩的过程。有的评论者说张氏"鄙视自己的创作"，我认为这是误解了张氏的所为。张恨水对这一问题的态度，又和白羽、郑证因等人有所不同。张氏说："一面工作，一面也就是学习。世间什么事都是这样。"他对自己作品的批评，是为了写得越来越完善，而不是为了表示鄙视自己的创作道路。张氏对自己所从事的通俗小说创作是颇引以自豪的，并不认为自己低人一等。他说："众所周知，我一贯主张，写章回小说，向通俗路上走，绝不写人家看不懂的文字。"又说："中国的小说，还很难脱掉消闲的作用。对于此，作小说的人，如能有所领悟，他就利用这个机会，以尽他应尽的天职。"这段话不仅是对通俗小说而言，实际也是对新文艺作家们说的。读者看小说，本来就有一层消遣的意思，用一个更适当的说法，是或者要寻求审美愉悦，看通俗小说和看新文艺小说都一样。张氏的意思不是很明显吗？这便是他的态度！张氏是很清醒、很明智的，他一方面承认自己的作品有消闲作用，并不因此灰心，另一方面又不满足于仅供人消遣，而力求把消遣和更重大的社会使命统一起来，以尽其应尽的天职。他能以面对现实、实事求是的态度对待自己的工作，在局限中努力求施展，在必然中努力争自由，这正是他见识高人一筹之处，也正是最明智的选择。当然，我不是说除张氏之外别人都没有做到这一步，事实上民国最杰出的几位通俗小说名家大都能收到这样的效果，但他们往往不像张氏这样表现出鲜明的理论上的自觉。

张恨水在民国通俗小说史上是一位名副其实的大作家，他不仅留下了许多优秀的作品，他一生的探索也为后人留下了许多可贵的经验。

目　　录

自 序

民国二十三四年间，予住南京丹凤街不远之住宅区。每夜半自报社工作归，见受训市民，于街灯尚明中，辄束装裹腿，成群赴夜校操练，心窃慕之。因特于一二清晨往观其下操情态。至则灰色服帽之壮丁，束戴简洁，队形整齐，群集场上。每一口令下，持枪上刀，动作敏捷，宛如军人。且悉知其数，将达二十万名。私念一城之壮丁如此，全国可知。即此一事，将不患与倭人一战矣。及晨操既毕，壮丁散队回家，陆续互去其武装，一一验之，则其人也，非商店中持筹码弄算盘者，即街头肩挑负贩之流。平日视其行为，趋逐蝇头之利，若不足取；而其一旦受军事训练，则精神奋发，俨然干城之寄，人之贤不肖，孰谓为一定不移之局乎？

有此一念，当日便欲取其若干人物以描写之，借以示士大夫阶级。特以人享冗杂，未能如愿，而心固未忘其人也。二十七年予入川，而首都已失。闻倭寇入城之际，屠我同胞达二十余万，壮年男子被杀居多；则我当日所见去其扁杖竹箩束装裹腿以受训者，有若干恐不免于难矣！一念至此，心辄凄然。顾予又知此辈受下层社会传统习惯，大半有血气，重信义，今既受军训，更必明国家大义，未可一一屈服，若再令其有机会与武器，则其杀贼复仇，直意中事耳。云天东望，予固深深寄其祷祝焉。予何以知其然也？予于彼等平日私人行为，有以知之，此私人行为，即本书中所述之故事也。读者试思之，舍己救人，慷慨赴义，非士大夫阶级所不能亦所不敢者乎？友朋之难，死以赴之，国家民族之难，其必溅血洗耻，可断言也。

此书故事虽十九为予所虚构，而其每个人之性格与姿态，则予当年住丹凤街畔，有以摄印于脑中，今特融化为故事中之角色以使其逼真。是固写小说者之故技，大抵如此，非予独为之也。当予之有意写此故事时，实为怀念丹凤街人，初意欲分为两大部：一部写肩挑负贩者之战前生活；一部则为战时景况。继予念南京屠城之惨。及市民郊外做游击战之起，不容以传闻幻想写之，遂决定先完成上部，每月写书一章，付上海发行之杂志发表。又以上海虽为孤岛，敌人犹得干涉之，则名书曰《负贩列传》，初不欲敌人知为抗战之作也。写书将二年，未能毕事，而太平洋战起；上海既完全沦陷，予亦因之而搁笔。去冬清理残稿，友人取而读之，则喜甚，且曰：此较君一般著述者别有风格，何不卒成之乎？书若在大后方印行，可畅所欲言也。予闻而意动，将陈稿校阅一过，自觉亦颇可用，乃更续书数章，使主角故事告一段落，并结束之于壮丁受训，而更名曰《丹凤街》。以地名者，特重其地，盖犹欲能他日回归丹凤街头，访其人面谈之，更写有声有色之一页也。抗战而后，予所写小说，恒不欲其与时代脱节。此书开端，初若与抗战无关，予今先说明其背景，更证以其人其地，则读者于其最后之一结也，亦复许其有所贡献于将来乎？

民国三十二年三月张恨水序于重庆之南温泉

第一章

诗人之家

"领略六朝烟水气，莫愁湖畔结茅居。"二十年前，曾送朋友一首七绝，结句就是这十四个字；但到了前几年，我知道我这种思想是错误的。姑不问生于现代，我们是不是以领略烟水为事，而且六朝这个过去的时代，那些人民优柔闲逸、奢侈及空虚的自大感，并不值得我们歌颂。其实事隔千年，人民的性格也一切变迁，就是所谓带有烟水气的卖菜翁，也变成别一类的人物了。这话并非我出于武断，我是有些根据的。

前几年我家住唱经楼，紧接着丹凤街。这楼名好像是很文雅，够得上些烟水气。可是这地方是一条菜市，当每日早晨天色一亮，满街泥汁淋漓，甚至不能下脚。在这条街上的人，也无非鸡鸣而起、孜孜为利之徒，说他们有铜臭气倒可以，说他们有烟水气，那就是笑话了。其初我是烦厌这个地方，但偶然到唱经楼后丹凤街去买两次鲜花，喝两回茶，用些早点，我又很感到兴趣了。唱经楼是条纯南方式的旧街，青石板铺的路面，不到一丈五尺宽，两旁店铺的屋檐只露了一线天空。现代化的商品也袭进了这老街，矮小的店面，加上大玻璃窗，已不调和，而两旁玻璃窗里猩红惨绿的陈列品，再加上屋檐外布制的红白大小市招，人在这里走像卷入颜料堆。街头一幢三方砖墙的小楼，已改为布店的庙宇，那是唱经楼。

转过楼后，就是丹凤街了。第一个异样的情调，便是由东穿出来的巷口，二三十张露天摊子，堆着老绿或嫩绿色的菜蔬。鲜鱼担子就摆在菜摊的前面。大小鱼像银制的梭，堆在夹篮里。有的将两只大水桶养了活鱼在内，鱼成排地在水面上露出青色的头。还有像一捆青布似的大鱼，放在长摊板上砍碎了来卖。恰好旁边就是一担子老姜和青葱，还很可以引起人的食欲。男女挽篮子的赶市者，侧着身子在这里挤。

过去一连几家油盐杂货店，柜台外排队似的站了顾客。又过去是两家茶馆，里面送出哄然的声音，辨不出是什么言语，只是许多言语制成的声浪。带卖早点的茶馆门口，有锅灶叠着蒸屉，屉里阵阵刮着热气，这热气有包子味，有烧饼味，引着人向里挤。这里虽多半是男女佣工的场合，也有那勤俭的主妇，或善于烹饪的主妇，穿了半新旧的摩登服装，挽了个精致的小篮子，在来往的箩担堆里碰撞了走。年老的老太爷也携着孩子，向茶馆里进早餐。这是动乱的形态下，一点悠闲表现。

这样的街道，有半华里长，天亮起直到十点钟，都为人和箩担所填塞。米店、柴炭店、酱坊、小百物店，都在这段空间里，抢这一个最忙时间的生意。过了十二点钟人少下来，现出丹凤街并不窄小，它也是旧街巷拆出的马路。但路面的小沙子，已被人脚板摩擦了去，露出鸡蛋或栗子大小的石子，这表现了是很少汽车经过，而被工务局忽略了的工程。菜叶子、水渍、干荷叶、稻草梗，或者肉骨与鱼鳞，撒了满地。两个打扫夫开始来清除这些。长柄竹扫帚刷着地面沙沙有声的时候，代表了午炮。这也就现出两旁店铺的那种古典意味。屋檐矮了的，敞着店门，里面横列了半剥落黑漆的柜台。这里人说话，也就多操土音，正像这些店铺，还很少受外来时代之浪的冲洗。

正午以后，人稀少了，不带楼的矮店铺，夹了这条马路，就相当地清寂。人家屋后，或者露出一两株高柳，春天里飞着白柳花，秋天里飞着黄叶子，常飞到街头。再听听本地人的土音，你几乎不相信身在现代都市里了。这样我也就在午后，向这街南的茶馆里赏识赏识六朝烟水气。然而我是失败的。这茶馆不卖点心，就卖一碗清茶。两进店屋，都是瓦盖，没有楼与天花板，抬头望着瓦一行行地由上向下。横梁上挂了黑电线，悬着无罩的电灯泡。所有的桌凳全成了灰黑色。地面湿黏黏的，晴天也不会两样。卖午堂茶的时候，客人是不到十停的一二停，座位多半是空了，所有吃茶的客人全是短装。他们将空的夹篮放在门外，将兜带里面半日挣来的钱，不问银币铜圆钞票角票，一齐放在桌上，缓缓地来清理。这是他们每日最得意的时候。清理过款项之后，或回家，或另找事情去消磨下半日。

我彻底观察了之后，这哪有什么卖菜翁有烟水气的形迹呢？可领略的，还是他们那些铜臭气吧？这话又说回来了，我们睁睁眼看任何都市里、任何乡村里，甚至深山大谷里，你睁开眼睛一看，谁的身上又不沾着铜臭气？各人身上没有铜臭气，这个世界是活不下去的。于是我又想得了一个短句：领略人间铜臭气，每朝一过唱经楼。我随拿面前的纸笔，写了一张字条，压在书桌上砚台下。不料骑牛撞见亲家公，这日来了一位风雅之士许樵隐先生，一见之下，便笑说："岂有此理！唱经楼是一个名胜所在，虽然成为闹市，与这楼本身无干，你怎么将名胜打油一番？"

我说："我并非打油。我们自命为知识分子，目空一切，其实是不知稼穑之艰难，不知市价之涨落。无论生当今世，我们要与社会打成一片，这种和社会脱节的生活是不许可的。便是这动荡的世界，不定哪一天会有掀天的巨浪，冲到我们的生活圈里来。我们那时失了这长衫阶级的保障，手不能提，脚不能走，都还罢了。甚至拿了钱在手上还不会买东西，那岂不是一场笑话？未雨绸缪，趁着现在大风还没有起于蘋末，常常和市井之徒亲近亲近；将来弄得文章不值一钱，在街头摆个小摊子，也许还可以糊口。"

许先生笑道："你这真是杞人忧天。纵然有那么一日，文人也不止你我二个，就不能想个法子应付过去吗？若是真弄到沿门托钵，那我不必去为这三餐一宿发愁，应当背了一块大石，自沉到大江里去。"

我笑说："果然如此，你倒始终不失为风雅之士。"

我这样一句无心的话，谁知许樵隐认为恭维得体。笑道："我家里有新到的真正龙井明前，把去年冬天在孝陵梅花树上收来的雪水，由地窖里掘一壶起来，烧着泡茶你喝，好不好？假如你有工夫的话，可以就去。"

　　我笑说："这些东西，你得来都不容易，特意拿来请我，未免太客气了。"

　　他说："这倒无所谓特意不特意，不过我两个人品茶，要开一个小瓮，许多人喝也不过开一个瓮。瓮泥开了封，是不能再闭上的。仲秋时候，天气还热，雪水怕不能久留。这样吧，今天夕阳将下去时，在我家里开一个小小的诗社。你我之外，鸡鸣寺一空和尚是必到的，四大山人我也可以邀到，此外再约两位作诗的朋友，就可以热闹一下了。"

　　我说："我不会作诗，我迟一日去喝茶吧。"

　　樵隐道："老早你就要四大山人给你画一张画，今天可以当面和他要。你为什么不去？你所要的两支仿唐笔，我也可以奉送你。"

　　我心想：四大山人的画那倒罢了，听到樵隐和一个高等笔匠认识，定做得有许多唐笔，这是钱买不到的东西，不可失了，就答应了许先生的约会。他透着很高兴，带了笑容告辞而去。

　　他家和我家相去不远，就在丹凤街偏东，北极阁山脚下空野里。后面有小山，前面两排柳树围了一个大空场，常有市民在那里自由运动。他家是幢带院落的旧式平房，经他小小布置，也算幽人之居。我因仰慕风雅之名，也去过两次的。到了这日下午五点钟左右，我抽得一点工作余暇，就向他家去奉访。他家大门是个一字形的，在门框上嵌了一块四方的石块，上有"雅庐"两个大刻字。两扇黑板门是紧紧地闭着，门楼墙头上拥出一丛爬山虎的老藤，有几根藤垂下来，将麻绳子缚了，系在砖头上。这因为必须藤垂下墙来才有古意，藤既不肯垂下来，只有强之受范了。这两扇门必须闭着，那也是一点雅意，因为学着陶渊明的"门虽设而常关"呢。

　　我敲了好几下门环，有一个秃头小孩子出来开了门。进去是一

4

个二丈宽、三四丈长的长方形小院子，靠墙一带种了有几十竿竹子。在东向角落里，有十来根芦柴杆子，夹着疏篱，下面锄松了一块泥土，约莫栽有七八株菊花秧子。那芦杆子夹有一块白木板子，写了四个字道：五柳遗风。我心里也就想着，陶渊明东篱种菊，难道就是这么一个情形？

那秃头孩子见我满处打量着，便问道："你先生是来作诗的吗？"

这一问，我承认了觉得有点难为情，不承认又怕这孩子不会认我是客，便笑道："我是许先生约了来的。"

那孩子笑道："请到里面去坐，已经来了好几位客人。"说着，他引着穿过正中那间堂屋。后进屋子也和前进一样，天井里有两个二尺多高的花台，上面栽了些指甲草、野茉莉花。正中屋檐下，牵下十几根长麻索，钉在地面木桩上，土里长出来牵牛花、扁豆藤，卷了麻索，爬到屋椽子边去，这仿佛就很是主人翁雅的点缀。

那里面正是书斋，但听到宾主一片笑语喧哗之声。我还没有开言，主人翁在窗户里面已经看到了我，笑道："又一诗人来矣。"说着，他迎出了门来，在屋檐下老远地拱手相迎。我随他进了书斋，这里面已有一个矮胖和尚、两个瘦人在座。自然，这和尚就是诗僧一空。那两个瘦人，一个是谢燕泥，一个是鲁草堂，都是诗人。

我再打量这屋子，有两个竹制书架、一个木制书架，高低不齐，靠墙一排列着，上面倒也实实在在地塞满了大小书本。正中面陈列了有一张木炕，墙上挂了一幅《耕雨图》，两边配一副七言联："三月莺花原是梦，六朝烟水未忘情。"书架对过这边两把太师椅，夹了一张四方桌。桌旁墙上，挂了一幅行书的《陋室铭》。拦窗有一张书桌，上面除陈设了文房四宝之外，还有一本精制宣纸书本，正翻开来摊在案头，乃是主人翁与当时名人来往的手札。翻开的这一页，就贴的是当今财政次长托他收买一部宋版书的八行。

主人翁见我注意到此，便笑道："最近我又收了许多信札。我兄若肯写一封给我，这第二集也就生色不少。"

我说："我既不会写字，又不是名人，收我的信札有何用？"

许樵隐道："不然，我所收的笔札，完全是文字之交。你就看邵次长写给我的这封信，也就是极好朋友的口吻。他称我为仁兄，自称小弟。"说着将手对着这本子连指了几下。

我笑道："主人和我们预备的茶呢？"

樵隐道："桌上所泡的茶也是在杭州买来的极好雨前。雪水不多，自然要等朋友到齐，才拿出来以助诗兴。"

谢燕泥坐在方桌子边，左腿在右腿上架着，正对了桌上一只小蒲草盆子注意，那盆子上画着山水，活像一个艺术赏鉴家，听了这话，把身子一扭转来，笑道："这样说，今天是非作诗不可了？我觉得我们应当玩个新花样，大家联句，凑成一首古风。"

鲁草堂在书架下层搬出两木盒子围棋，伸手在盒子里抓着棋子响，笑道："我们不过是消闲小集，并非什么盛会，用古风来形容，却是小题大做，倒不如随各人的意思，随便写几首诗，倒可以看看各人的风趣。"

许樵隐道："我是无可无不可，回头我们再议。现在，哪两位来下一盘棋？"他说着，在书架上书堆里抽出一张厚纸画的棋盘，铺在桌上，问和尚道，"空师之意如何？"

一空伸出一个巴掌，将大拇指比了鼻子尖，弯了腰道："阿弥陀佛。"

谢燕泥笑道："他这句阿弥陀佛，什么意思？我倒有些不懂。"

许樵隐道："这有什么不懂呢？他那意思说是下棋就动了杀机。"

鲁草堂笑道："和尚也太做作，这样受着拘束，就不解脱了。"

许樵隐道："他这有段故事的，你让他说出来听听。"

一空和尚听到这里，那张慈悲的脸儿也就带了几分笑容，点点头道："说说也不妨。早几年我在天津，息影津沽的段执政要我和他讲两天经，我就去了。我到段公馆的时候，合肥（指段祺瑞，合肥人）正在客厅里和人下棋。我一见他就带了微笑。合肥也是对佛学造诣很深的人，他就问我，这笑里一定有很重大的意思。我说：'执政在下棋的时候，要贫僧讲佛经吗？'合肥正和那个对手在打一个

6

劫，我对棋盘上说：'如果是事先早有经营，这个劫是用不着打的。'合肥恍然大悟，顺手把棋盘一摸，哈哈大笑说：'我输了，我输了！'从此以后，合肥就很少下棋。纵然下棋，对于得失方面，也就坦然处之。合肥究竟是一个大人物，我每次去探访他，他一定要和我谈好几点钟，方外之人，要算贫僧和他最友善了。"

鲁草堂道："合肥在日，不知道禅师和他这样要好。若是知道，一定要托禅师找合肥写一张字。"

许樵隐道："当今伟大人物，他都有路子可通，还不难托他找一两项名人手笔。"和尚听了这话颇为得意，微微摇摆着秃头，满脸是笑。

谢燕泥道："我们虽是江南一布衣，冠盖京华，颇有诗名，平常名人的手笔自然不难得，可是数一数二的人物，就非想点办法不可。最近刘次长答应我找某公写一张字，大概不日可以办到。"

鲁草堂笑道："托这些忙人，办这种风雅事，那是难有成效的。王主席的介弟，和我换过兰谱的，彼此无话不谈。"

一空和尚插嘴笑道："那么，鲁先生也就等于和王主席换过兰谱了？"

鲁草堂道："正是如此说。可是王主席答应和我写副对联，直到现在还没有寄来。"

我觉得他们所说的这些话，我是搭不上腔，就随手在书桌上拿起一本书来看。那正是许樵隐的诗草，封面除了正楷题签之外，还盖了两方图章，颇见郑重其事。我翻开来一看，第一首的题目便是《元旦日呈高院长》，以下也无非敬和某公原韵和恭呈某要人一类的诗题。我也没有去看任何一首诗的内容，只是草草翻看了一遍。

就在这时，听到许樵隐发出一种很惊讶的欢呼声，跑了出去迎着人道："赵冠老和山人来了。"我向窗子外看时，一位穿灰绸夹袍、长黑胡子的人，那是诗画名家四大山人。其余一个人，穿了深灰哔叽夹袍、外套青呢马褂，鼻子上架了大框眼镜，鼻子下养了一撮小胡子。在他的马褂纽扣上，挂了一片金质徽章，一望而知他是一位公务人员。这两人进来了，大家都起身相迎。

许樵隐介绍着道："这位赵冠老，以前当过两任次长，是一位诗友。于今以诗游于公卿之间，闲云野鹤，越发是个红人了。"我这才知道，这就是以前在某公幕下当门客的赵冠吾。他虽不是阔人，却不是穷措大，何以他也有这兴致，肯到许樵隐家来凑趣？倒蒙他看得起我，丢开了众人，却和我攀谈。

大家说笑了一阵，那四大山人就大模大样坐在旁边太师椅上，手摸了长髯，笑道："主人翁请我们品茶，可以拿出来了。"

许樵隐笑道："已经交代家里人预备了。"说着他就进进出出开始忙起来。先是送进来一把紫泥壶和几个茶杯，接着又拿出一个竹制茶叶筒来。

他笑道："这就是我所谋得的一点真龙井，由杭州龙井边的农家在清明前摘来的尖子。这装茶叶的瓶子，最好是古瓷，紫泥的也可以，但新的紫泥却不如旧的竹筒。因为这种东西，既无火气，也不透风，也不沾潮。平常人装茶叶，用洋铁罐子，这最是不妥。洋铁沾潮易锈，靠近火又传热，茶叶在里面搁久了就走了气味。"

一空和尚笑道："只听许先生这样批评，就知道他所预备的茶叶一定是神品了。"

许樵隐听了这话，索性倒了一些茶叶在手心里送给各人看。谢燕泥将两个指头钳了一片茶叶，放到嘴里咀嚼着，偏着头只管把舌头吮吸着响，然后点点头笑道："果然不错。"

许樵隐道："我已经吩咐家里人在土里刨出一瓷罐雪水了，现在正用炭火慢慢地烧着，一下子就可以请各位赏鉴赏鉴了。"说着他放下茶叶筒子走了。

我也觉得他既当主人又当仆人，未免太辛苦了，颇也想和他分劳。他去后，我走到天井里，要看看他花台子上种的花。却是秃头孩子提了一把黑铁壶由外面进来，却远远地绕着那方墙到后面去，听了他道："我在老虎灶上，等着水大大地开了，才提回来的。"我想着站在那里，主人翁看到颇有些不便，就回到书房里了。

不多一会儿，许樵隐提了一把高提梁的紫泥壶进来笑道："雪水来了。不瞒诸位说，家里人也想分润一点。烧开了拿出来泡茶的，也不过这样三壶罢了。"说时，从从容容地在桌上茶壶里放好了茶叶。就在这时，那秃头童子用个旧木托盆把着一只小白泥炉子放在屋檐下。许樵隐将茶叶放过了，把那高提梁紫泥壶放到炉子上去，远远地看到那炉子里，还有三两根红炭。许樵隐伸手摸摸茶壶，点点头，那意思似乎说，泡茶的水是恰到好处；将水注到紫泥壶里，放水壶还原后，再把茶壶提起，斟了几杯茶，向各位来宾面前送着。

鲁草堂两手捧了杯子，在鼻子尖上凑了两凑，笑道："果然的，这茶有股清香，隐隐就是梅花的香味儿，我相信这水的确是梅树上扫下来的雪。"我听这话也照样地嗅嗅，可是闻不到一点香气。

谢燕泥笑道："大概是再没有嘉宾来到了，我们想个什么诗题呢？"

赵冠吾笑道："还真要作诗吗？我可没有诗兴。"

四大山人一手扶了茶几上的茶杯，一手摸了长须道："有赵冠老在场的诗会，而赵冠老却说没有诗兴，那岂不是一个笑话？至少也显着我们这些人不配作诗。"

赵冠吾觉得我是不能太藐视的人，便向我笑道："足下有所不知，我今天并非为作诗而来，也不是为饮茶而来。这事也不必瞒人，我曾托樵隐兄和我物色一个女孩子，并非高攀古人的朝云、樊素。客馆无聊，找个人以伴岑寂云尔。据许兄说，此人已经物色到了，就在这附近，我是特意来找月老的。"说着嘻嘻一笑。

我说："原来赵先生打算纳宠，可喜可贺。这种好事，更不可无诗。"

那四大山人手摸胡须，昂头大笑一阵，因道："不但赵冠老应当有诗，就是我也要打两首油。冠老今天不好好作两首诗，主人翁也不应放他走的。"

赵冠吾笑道："作诗不难，题目甚难。假如出的题目颇难下笔，诗是作不好的。"

一空和尚笑道："赵先生太谦了。世上哪里还有什么题目可以把大诗家难倒的？"

许樵隐笑道："然而不然，赵冠老所说的题目，是说那美人够不够一番歌咏。可是我要自夸一句：若不是上品，我也不敢冒昧荐贤了。"他说着，又提了外面炉子上那个壶向茶壶里注水。

赵冠吾道："以泡茶而论，连炉子里的炭火都是很有讲究的，岂有这样仔细的人，不会找一位人才之理？"

这两句话把许樵隐称赞得满心发痒，放下水壶，两手一拍道："让我讲一讲茶经。这水既是梅花雪，当然颇为珍贵的，若是放在猛火上去烧，开过了的水很容易变成水蒸气，就跑走了。然而水停了开，又不能泡出茶汁来，所以放在炉子上，用文火细煎。"

我说："原来还有这点讲究。但是把烧开了的雪水，灌到暖水瓶里去保持温度，那不省事些吗？"这句话刚说完，座中就有几个人同声相应道："那就太俗了！"我心里连说惭愧，在诗人之家的诗人群里，说了这样一句俗话。好在他们没有把我当个风雅中人，虽然说出这样的俗话，倒也不足为怪。而全座也就把谈锋移到美人身上去了，也没有继续说茶经。

赵冠吾却笑道："茶是不必喝了，许兄先带我去看看那人，假如我满意的话，回来我一定作十首诗，不成问题，山人是要画一张画送我的。"

四大山人把眉毛微微一耸，连连摸了几下胡子道："我这画债是不容易还清的。刘部长请我吃了两三回，而且把三百元的支票也送来了，我这一轴中堂，还没有动笔。还有吴院长，在春天就要我一张画，我也没有交卷。当我开展览会的时候，他是十分地捧场。照理，我早应当送他一张画了。还有……"

他一句没说完，却见许樵隐突然向门外叫道："干什么？干什么？"看时，一个衣服龌龊的老妈子，手提了一个黑铁罐走到屋檐下来，弯了腰要揭开那雪水壶的盖起来。许樵隐这样一喝，她只好停止了。许樵隐站在屋檐下喝道："你怎么这样糊涂？随便的水也向这壶里倒着。"

老妈子道："并不是随便的水，也是像炉子上的水一样，在老虎灶上提来的开水。"

许樵隐挥着手道："去吧，去吧！不要在这里胡说了。"老妈子被他挥着去了，他还余怒未息，站在屋檐下只管是说"岂有此理！"那几位诗人，在主人发脾气的时候，也没有心思作诗，只是呆呆向书房外面看着。

就在这时，许樵隐突然变了一个笑脸，向前面一点着头道："二姑娘，来来来！我这里有样活计请你做一做，这里有样子，请你过来看。来啊！"随了这一串话，便有一个十七八岁的姑娘走过来，身穿一件白底细条蓝格子布的长夹袄，瓜子脸儿，漆黑的一头头发，前额留了很长的刘海儿发，越是衬着脸子雪白。她一伸头，看到屋子里有许多人，轻轻哟了一声，就缩着身子，回转去了。

许樵隐道："我要你给我书架子做三个蓝布帏子，你不量量尺寸，怎么知道大小？这些是我约来作诗的朋友，都是斯文人。有一位赵先生，人家还是次长呢，你们见不得吗？"他说着，向屋子里望着，对赵冠吾丢了一个眼色。赵冠吾会意，只是微笑。

四大山人笑道："樵兄要做书架帘子，应当请这位姑娘看看样子，这位姑娘又不肯进来。这样吧，我们避到外边来吧。"说时他扯了赵冠吾一只衣袖，就要把他拉到门外来。

可是那姑娘倒微红着脸子进来了。她后面有个穿青布夹袄裤的人，只是用手推着，一串地道："在许老爷家里，你还怕什么？不像自己家里一样吗？人穷志不穷，放大方些。"说这话的人，一张酒糟脸，嘴上养了几根斑白的老鼠胡子，颇不像个忠厚人。那小姑娘被他推到了房门口，料着退不回去，就不向后退缩了，沉着脸子走了进来，也不向谁看看。

我偷眼看那位词章名人，却把两道眼光盯定了她的全身。我心里也就想着，这不免是一个喜剧或悲剧的开始。主角当然是这位小家碧玉，至于这些风雅之士，连我在内，那不过是剧中的小丑而已。

第二章

饭店主人要算账

在这些人里面，许樵隐虽也是位丑角，但在戏里的地位那是重于我们这些人的。所以他就抢了进来，引着那姑娘到了书架子边，指给她看道："就是这书架子，外面要做个帏子，免得尘土撒到书上去。你会做吗？"

那姑娘点点头道："这有什么不会？"说着掉转身来又待要走。

许樵隐笑道："姑娘，你忙什么呢？你也估计估计这要多少布？"

那个推她进来的穷老头子也走到房门口就停住了不动，仿佛是有意挡了她的去路。她只好站住脚，向那书架估计了一阵，因道："五尺布够了，三五一丈五，许先生，你买一丈五尺布吧。"

许樵隐笑道："我虽不懂做针活，但是，我已捉到了你的错处。你说的书架子五尺长，就用五尺布，就算对了。但是这书架子有多少宽，你并没有估计，买的布不宽不窄恰好来掩着书架前面吗？"

那姑娘微微一笑道："这样一说，许先生都明白了，你还问我做什么呢？"

赵冠吾见她笑时，露出两排雪白的牙齿，脸腮上旋着两个酒窝儿，也就嘻嘻一笑。那姑娘见满屋子的人，眼光全射在她身上，似乎是有意让她在屋子里的，扭了身又要走。许樵隐两手伸开一拦，笑道："慢点，我还有件事，要请教一下。这位赵先生做一件长衫，要多少尺衣料？"说着向赵冠吾一指。那姑娘见他指着里面，随了他的手指看过来，就很快地把眼睛向赵冠吾一溜。赵冠吾慌了手脚，立刻站了起来，和她点了两点头。她也没有说什么，红着脸把头低

12

了，就向外面走去。

许樵隐笑道："噫！你怎么不说话？我们正要请教呢。"

那姑娘低声道："许先生说笑话，这位先生要我们一个缝穷的做衣服吗？"她口里说着，脚下早是提前两步，身子一侧就由房门口抢出去了。那个穷老头子虽是站在门口，竟没有来得及拦住她。这里诗人雅集，当然没有他的份，他也就跟着走了。

许樵隐直追到房门口，望着她走了，回转身来向赵冠吾道："如何，如何？可以中选吗？"

赵冠吾笑道："若论姿色，总也算中上之才，只是态度欠缺大方一点。"

四大山人将手抓着长胡子，由嘴唇向胡子梢上摸着，因笑道："此其所以为小家碧玉也。若是大大方方，进来和你赵先生一握手，那还有个什么趣味？"

赵冠吾笑着，没有答复。那一空和尚笑道："无论如何，今天作诗的材料是有了。我们请教赵先生的大作吧。"

谢燕泥笑道："大和尚，你遇到了这种风流佳话，不有点尴尬吗？"

那一空又伸出了一只巴掌直比在胸前，闭了双眼，连说阿弥陀佛。

赵冠吾笑道："唯其有美人又有和尚，这诗题才更有意思。茶罢了，我倒有点酒兴。"

说到这里，主人翁脸上透着有点难堪。他心里立刻计算着，家里是无酒无菜，请这些个客，只有上馆子去，那要好多钱做东。于是绷着脸子，没有一丝笑容，好像他没有听到这句话。赵冠吾接着道："当然，这个东要由我来做，各位愿意吃什么馆子？"

许樵隐立刻有了精神，笑道："这个媒人做得还没有什么头绪，就有酒吃了。"

赵冠吾笑道："这也无所谓。就不要你做媒，今天和许多新朋友会面，我聊尽杯酒之谊，也分所应当。"说着向大家拱了一拱手，因道，"各位都请赏光。"

我在一边听着，何必去自扰人家一顿？便插嘴道："我是来看各位作诗的，晚上还有一点俗事。"

赵冠吾抓着我的手道："都不能走。要作诗喝了酒再作。"

大家见他如此诚意请客，都嘻嘻地笑着。可是一空和尚站在一边，微笑不言。许樵隐向他道："你是脱俗诗僧，还拘什么形迹？也可以和我们一路去。"和尚连念两声阿弥陀佛。

赵冠吾笑道："你看，我一时糊涂，也没有考虑一下。这里还有一位佛门子弟呢，怎能邀着一路去吃馆子？我听说宝刹的素席很好。这里到宝刹又近，我们就到宝刹去坐坐吧。话要说明，今天绝对是我的东，不能叨扰宝刹。我预备二十块钱，请一空师父交给厨房里替我们安排。只是有一个要求，许可我们带两瓶酒去喝。"

一空和尚道："许多诗画名家光临，小庙当然欢迎。游客在庙里借斋，吃两三杯酒向来也可以通融。"

许樵隐笑道："好好好！我们就走。各位以为如何？"

鲁草堂道："本来是不敢叨扰赵先生的。不过赵先生十分高兴，我们应当奉陪，不能扫了赵先生的清趣。"

谢燕泥道："我们无以为报，回头作两首诗预祝佳期吧。"

我见这些人听到说有酒喝，茶不品了，诗也不谈了，跟着一处似乎没趣。而这位四大山人，又是一种昂头天外的神气，恐怕开口向他要一张画，是找钉子碰；许樵隐忙着呢，也未必有工夫替我找唐笔。便道："我实在有点俗事，非去料理一下不可。我略微耽搁一小时随后赶到，赵先生可以通融吗？"他看我再三托词，就不勉强，但叮嘱了一声：务必要来。于是各人戴上了帽子，欢笑出门。

许樵隐走到了赵冠吾身边，悄悄地道："冠老，那一位我想你已经是看得很清楚的了。不过'新书不厌百回看'，假如还有意的话，我们到鸡鸣寺去，可以绕一点路，经过她家门口。"

赵冠吾一摇头道："啊！那太恶作剧。"

许樵隐道："那有什么恶作剧呢？她家临大街，当然我们可以由她门口经过。譬如说那是一条必经之路，我们还能为了避开恶作剧的嫌疑，不走那条街吗？"

赵冠吾笑着点点头道："那也未尝不可。"于是大家哄然一声，笑道："就是这样办，就是这样办。"

许樵隐自也不管是否有点冒昧，一个人在大家前面引路。由他的幽居转一个大弯，那就是我所认为市人逐利的丹凤街。不过向南走，却慢慢地冷淡。街头有两棵大柳树，树荫罩了半边街。树荫外路西有户矮小的人家，前半截一字门楼子，已经倒坍了，颓墙半截，围了个小院子。在院子里有两个破炭篓子，里面塞满了土，由土里长出了两棵倭瓜藤，带了老绿叶子和焦黄的花爬上了屋檐。在那瓜蔓下面，歪斜着三间屋子，先前那个姑娘，正在收拾悬搭在竹竿上的衣服。竹竿搭在窗户外一棵人高的小柳树上。柳树三个丫杈丛生着一簇细条，像一把伞。那个酒糟面孔的老头子，也在院子里整理菜担架子。那姑娘的眼睛颇为锐利，一眼看到这群长衫飘飘的人来了，她立刻一低头，走回屋里去了。那个酒糟面孔的老头子，倒是张开那没有牙齿的大嘴，皱起眼角的鱼尾纹，向了大家嬉笑地迎着来。许樵隐向他摇摇手，他点个头就退回去了。

我这一看，心里更明白了许多。送着他们走了一程，说声回头再见，就由旁边小巷子里走了。其实我并没有什么事，不过要离开他们，在小巷子徘徊了两次，我也就由原路回家了。当我走到那个破墙人家门口时，那个酒糟面孔的老头子追上来了。他拦住了去路，向我笑道："先生，你不和他们一路走吗？"

我说："你认得我？"

他说："你公馆就在这里不远，我常挑菜到你公馆后门口去卖，怎么不认识？"我哦了一声。他笑说："我请问你一句话，那位赵老爷是不是一位次长？"

我说："我和他以前不认识，今天也是初见面。不过以前他倒是做过一任次长的。"

他笑着深深一点头道："我说怎么样？就看他那样子，也是做过大官的!"

我问:"你打听他的前程做什么?"

这老头子回头看看那破屋子的家,笑道:"你先生大概总也知道一二。那个姑娘是我的外甥女,许先生做媒,要把她嫁给赵次长做二房。"

我问:"她本人好像还不知道吧?"

老头子道:"多少她知道一点,嫁一个做大官的,她还有什么不愿意吗?就是不愿,那也由不得她。"

我一听这话,觉得这果然是一幕悲剧。这话又说回来了,吹皱一池春水,干卿底事?天下可悲可泣的事多着呢,我管得了许多吗?我对这老头子叹了一口气,也就走了。我是走了,这老头子依然开始导演着这幕悲剧。过了若干时候,这幕悲剧自然也有一个结束。又是一天清早,我看到书案上两只花瓶子里的鲜花都已枯萎,便到丹凤街菜市上去买鲜花。看到那个酒糟面孔老头子,穿了一件半新旧灰布的皮袍,大襟纽扣两个敞着,翻转一条里襟,似乎有意露出羊毛来。他很狼狈地由一个茶馆子里出来,后面好几个小伙子破口大骂。其中有个长方脸儿的,扬起两道浓眉,瞪着一双大眼,将青布短袄的袖子向上卷着,两手叉住系腰的腰带。有两个年纪大些的人,拦住他道:"老五,人已死了,事也过去了,他见了你跪了,也就算了。你年轻轻的把命拼个醉鬼,那太不合算!"

那少年气涨得脸像血灌一般。我心里一动,这里面一定有许多曲折文章。我因这早上还有半日清闲,也就走进茶馆,挨着这班人喝茶的座位挑了一个座位。当他们谈话的时候,因话搭话,我和他们表示同情。那个大眼睛少年正是一腔苦水无处吐,就在一早上的工夫,把这幕悲剧说了出来。从此以后,我们倒成了朋友,这事情我就更知道得多了。

原来那个酒糟面孔的老头子,叫何德厚,做卖菜生意,就是那个姑娘的舅父。当我那天和何德厚分别的时候,他回到屋子里,仿佛看到那姑娘有些不高兴的脸色,便拦门一站,也把脸向下一沉道:

"一个人，不要太不识抬举了。这样人家出身的女孩子，到人家去当小大子，提尿壶倒马桶，也许人家会嫌着手粗。现在凭了许老爷那样有面子的人做媒，嫁一个做次长的大官，这是你们陈家祖坟坐得高，为什么摆出那种还价不买的样子？你娘儿两个由我这老不死的供养了十年，算算饭账应是多少？好！你们有办法，你过你的阳关道，我走我的独木桥，把这十年的饭钱还我，我们立刻分手！"

那姑娘坐在墙角落里一张矮椅子上折叠着衣服，低了头一语不发。另外有个老婆子，穿了件淡蓝布褂子，满身组着大小块子的补丁。黄瘦的脸上，画着乱山似的皱纹。鼻子上也架了大框铜边眼镜，断了一支右腿，把蓝线代替着挂在耳朵上。她坐在破桌子边，两手捧了一件旧衣服在那里缝补。听了这话，便接嘴道："秀姐舅舅，你又喝了酒吧？这两天你三番四次地提到说为孩子找人家的事情，我没有敢驳回一个字。就是刚才你引了秀姐到许家去，我也没有说什么。我不瞒你，我也和街坊谈过的，若是把秀姐跟人家做一夫一妻，就是挑桶买菜的也罢了，我们自己又是什么好身份呢？至于给人做二房，我这样大年纪了，又贪图个什么？只要孩子真有碗饭吃，不受欺侮，那也罢了。就怕正太太不容，嫁过去了一打二骂，天天受罪，那就……"

何德厚胸脯一挺，直抢到她身边站住，瞪了眼道："那就什么？你说你说！"

这老婆子见他来势汹汹，口沫随了酒气向脸上直喷，吓得不敢抬头，只有垂了颈脖子做活计。

何德厚道："俗言说，小襟贴肉的，你都不知道吗？漫说那赵老爷的家眷不在这里。就是在这里，只要老爷欢喜了，正太太怎么样？只要你的女儿有本领，把老爷抓在手心里，一脚把正太太踢了开去，万贯家财都是你的姑娘的了。你也不知道现在是什么世界？现在是姨太太掌权的世界。你去打听打听，多少把太太丢在家乡，和姨太太在城里住公馆的？是你的女儿，也是我的外甥女，我能害她吗？"他向老婆子一连串地说着，却又回过头来，对那小姑娘望着，问道，

"秀姐，我的话你都听到了？"

那秀姐已经把一大堆衣服叠好了，全放在身边竹床上，两手放在膝盖上，只是翻来覆去地看着那十个指头。何德厚对她说话，她低了头很久很久不作一声，却有两行眼泪在脸上挂下来，那泪珠儿下雨似的落在怀里。何德厚道："噫！这倒奇怪了，难道你还有什么委屈吗？那位赵次长今天你是看见过的，也不过是四十挨边，你觉得他年纪大了吗？"

秀姐在腋下掏出一方白手绢，擦了眼圈子道："舅舅养了我十年，也就像我父亲一样。我除嫁个有钱的人，也难报你的大恩。但是我这么一个穷人家的姑娘，哪里有那样一天？唉！这也是我命里注定的，我还有什么话说？"说到这里，她微微地摆了两摆头。

何德厚眼一横，对她看了很久，两手叉腰道："你不要打那糊涂主意，想嫁童老五。他一个穷光蛋罢了，家里还有老娘，一天不卖力气，一天就没有饭吃。你要跟他，靠你现在这样缝缝补补浆浆洗洗，还不够帮贴他的呢。你真要嫁他，我是你舅舅，不是你的父母，我也不能拦阻你。算我家里是家饭店，你在我小店里住了十年，我这老伙计，不敢说是要房饭钱，就是讨几个钱小费，你也不能推辞吧？你去告诉童老五，送我三百块钱。"秀姐不敢多说了，只是垂泪。那老婆子一听到三百块钱这个数目，觉得有生以来，也没有打算发这大一注财，也不能接嘴。

何德厚在墙裂口的缝里，掏出一盒纸烟来，取了一支塞在嘴角里，站在屋中心，周围望了一望，瞪着眼道："怎么连洋火也找不到一根？"秀姐忍着眼泪，立刻站了起来，找了一盒火柴来擦着了一根，缓缓地送到他面前来，替他点着烟。何德厚吸了一口烟，把烟喷出来，望了她道："并非我做舅舅的强迫你，替你打算，替你娘打算，都只有嫁给这位赵次长是一条大路。我看那位赵次长，是千肯万肯的了。只要你答应一声，马上他就可以先拿出千儿八百的款子来。我们穷得这样债平了颈，快要让债淹死的时候，那就有了救星了。"

老婆子两手捧着眼镜，取在手里，向他望着道："什么？立刻可以拿了千儿八百的款子来，没有这样容易的事吧？"

何德厚道："我们既然把孩子给人做二房，当然也要图一点什么，不是有千儿八百的救了我们的穷，我们又何必走到人家屋檐下去呢？"

老婆子道："舅舅回来就和秀姐生着气，我们只知道你和孩子说人家，究竟说的是怎样的人家，人家有些什么话，你一个字没提。"

何德厚坐在竹床上，背靠了墙，吸着烟闲闲地向这母女两人望着。据这老婆子所说，显然是有了千儿八百的钱，就没有问题的。因道："我和你们说，我怎样和你们说呢？只要我有点和你们商量的意思，你们就把脸子板起来了！"

老婆子道："舅舅，你这话可是冤枉着人。譬如你今天要秀姐到许家去相亲，没有让你为一点难，秀姐就跟你去了。若是别个有脾气的孩子，这事就不容易办到。"

何德厚道："好，只要你们晓得要钱，晓得我们混不下去了，那就有办法。我送了秀姐回来，还没有和许家人说句话，我再去一趟问问消息。"他说着，站起身来拍拍灰，对她母女望望，做出那大模大样、不可侵犯的样子。接着又咳嗽了两声，才道："你们自己做晚饭吃吧，不必等我了。"于是把两手挽在背后，缓缓地走了出去。

这里母女两人始终是默然地望了他走去。秀姐坐在矮椅子上，把头低着，很久很久，突然哇的一声哭了出来。然而哭出来之后，她又怕这声音让邻居听去了，两手捧了一块手绢，将自己的嘴捂住。老婆子先还怔怔地望着女儿，后来两行眼泪自己奔了出来，只是在脸上滚落。她抬头就看到院子外的大街，又不敢张了口哭，只有勉强忍住了来哽咽着。秀姐呜咽了一阵子，然后擦着眼泪道："娘，你也不用伤心。我是舅舅养大的，舅舅为我们娘儿两个背过债，受了累，那也是实情。现在舅舅年纪大了，卖不动力气，我们也应当报他的恩。"

她娘道："你说报他的恩，我也没有敢忘记这件事。不过报恩是报恩，我也不能叫你卖了骨头来报他的恩。虽说这个姓赵的家眷不在这里，那是眼面前的事，将来日子长呢，知道人家会怎样对付你？"秀姐低着头又没话说，过了很久叹了一口气。秀姐娘何氏坐在那里，把胸脯一挺，脸上有一种兴奋的样子，便道："你不要难过，老娘在一天，就要顾你一天。你舅舅不许我们在这里住，我们就出去讨饭去！至于说到吃了他十年的饭，我们也不白吃他的，和他做了十年的事呢。若是他不喝酒、不赌钱，靠我们娘儿两个二十个指头也可以养活得了他。"

秀姐道："只要他不赌钱，就是他要喝两杯酒，我还是供给得了。"

她娘还要发挥什么意见时，却有人在院子里叫道："何老板在家吗？"向外看时，就是这街上放印子钱的梁胖子。身穿一件青绸短夹袄，肚子顶起来，顶得对襟纽扣都开了缝。粗眉大眼的，脸腮上沉落下来两块肉，不用他开口，就觉得他有三分气焰逼人。秀姐先知道这是一件难于应付的事情，就迎出门来，笑着点头道："哦，梁老板来了，请到里面来坐。"

梁胖子冷笑道："不用提，你舅舅又溜之大吉了吧？今天是第三天，他没有交钱。他也不打听打听，我梁胖子没有三弯刀砍，也不敢在丹凤街上放印子钱。哪个要借我的钱，想抹我的账，那我是白刀子进去，红刀子出来。"他说话的时候，两手互相搓着拳头。

秀姐赔笑道："梁老板太言重了。我舅舅这两天生意不好，身上没有钱，大概也是真情。不过说他有意躲梁老板的债，那也不敢。这几天他有点私事沾身，忙得不落家。"

梁胖子横了眼道："私事沾身？哪个又办着公事呢？大家不都是整日忙吃饭穿衣的私事吗？和我做来往账的，大大小小，每天总也有五十个人，哪个又不是私事沾身的？若都是借了这四个字为题，和我躲个将军不见面，我还能混吗？"

秀姐被他数说着不敢作声，闪到门一边站着。何氏就迎上前来子，也赔笑道："梁老板，你请到屋子里来坐会子吧。不久他就会回

20

来的。"

梁胖子看到她，就近了一步，低声问道："我倒有一句话要问你。何老板告诉我，他快要攀一个做大官的亲戚了，这话是真的吗？"

何氏想到他是债主子，很不容易打发他走。他问出这句话来，显然是有意的，不如因话搭话，先搪塞他一下，便点点头道："话是有这句话，可是我们这穷人家怎能够攀得上做大官的人呢？"

梁胖子对秀姐看了一眼，又走上前一步笑道："若论你姑娘这份人才，真不像是贫寒人家出来的。找个做官的人家，那才对得住她。现在你们所说的是在哪个机关里做事的呢？"

何氏道："我们哪里晓得？这些事都是她舅舅做主，听说是个次长呢。"

梁胖子索性走进了屋子，抱了拳头，向她连拱了几下，笑道："恭喜恭喜，你将来做了外老太太，不要忘记了我们这穷邻居才好。"

何氏心里想着：你这个放阎王账的梁胖子，我一辈子也不会忘了你。便笑道："有那个日子，我一定办一桌酒请你坐头席。"

梁胖子带着笑容又回头看到秀姐身上去，见她满脸通红，把头低着，觉得这话果然不错。因问道："老嫂子，你女儿说何老板有私事沾身，就是为了这件喜事吗？"

何氏道："你看，他喝了两盅酒，也不问自己是什么身份，就是这样忙起来。等他回来，我叫他去找梁老板吧。没有钱也当有一句话。"

梁胖子笑道："若是他为这件喜事忙着呢，那倒情有可原，不能为交我的印子钱，耽误了姑娘的终身大事。他晚上要是忙，也不必来找我，明天菜市上见吧。"说着，又向秀姐勾了一勾头笑道："姑娘恭喜了，不要忘了我。"说着，进来时那满脸的怒容完全收去，笑嘻嘻地走了。

何氏望着他的后影去远了，点头道："秀姐，人的眼睛才是势利呢，怪不得你舅舅说要攀交一个阔亲了。"

秀姐沉着脸道:"这种人说话,等于放屁!你理他呢?"

何氏道:"说正经话,我们该做晚饭吃了。你打开米缸盖看看,还够晚饭米不够?"

秀姐走到屋里去,隔着墙叫道:"缸里还不到一把米,连煮稀饭吃也不够呢。"何氏摸摸衣袋里只有三个大铜板,就没有接着说话。可是就在这时,还有个更穷的人来借米,这就让她们冷了半截了。

第三章

挣　扎

俗言道："越穷越没有，越有越方便。"秀姐母女在这没有米下锅的情形中，自己也觉得穷到了极点，不会有再比自己穷的人了。偏有个人在门外叫着道："陈家姑妈，在家里吗?"

秀姐由屋子里伸头向外一看，正是舅舅说的那个无用的童老五，便淡淡地说："不在家我们还有哪里去?"

童老五手上拿了个钵子笑着走进屋来道："看二姑娘的样子，又有一点不高兴了。姑妈，今天我们又没了晚饭米，问你们借两升米。"

秀姐远远地站住，笑着叹了一口气。何氏道："咳，我们真是同病相怜！你到哪家去借米，也比到我们家借米为强。我们还打算出去借米呢。"

那童老五穿了一件粗布裤子，上身用蓝布腰带系住了一件灰布夹袄，胸襟上敞了一路纽扣。只看他额角上还湿淋淋地出着汗，还像去出力的时候不久。秀姐笑道："看这样子，老五不像是打牌去了。做了生意，为什么没有钱买米?"

童老五皱起两道眉毛道："做生意没有钱买米，那很不算稀奇。我要一连白干一个礼拜，才能回转过这一口气来。"

何氏道："我劝你一句话：以后不要赌钱了。你为了一时的痛快，惹得整个礼拜都伸不了腰，那是何苦?"

童老五笑道："你老人家把日历书倒看了。这些时候，无论什么都贵，规规矩矩做生意还怕不够吃饭的呢，我还有心思拿血汗钱去

23

赌吗?"

何氏道:"那么你为什么叫苦连天呢?"

童老五道:"你老人家有什么不明白的呢?我总是为了人情困死了。上次王老二的老子死了,我们几个朋友凑钱替他买的棺材。我的钱是和几家老主顾借的,约了这个礼拜把钱还清楚。我认得的都是穷人,借债不还是不行的。我只有拼命多贩一些菜卖,自己又拼命地少用几个。"

秀姐站在一旁微笑道:"我又忍不住要说两句了,一个人无论怎样地省,不能省得饭都不吃,不吃饭也挑不动担子,要拼命也拼不了。"

童老五耸了肩膀笑道:"因为这样所以我到这里来借米。无论如何,借了米这两天之内是不必还的,吃一顿,自己就可以少垫出一笔伙食费。"

何氏道:"老五,你为人是太热心了,以后自己积聚几个钱为是。你的老娘虽说她自己能干,说不要你奉养,你总也要给她几个钱,尽点人事。"

秀姐抿嘴笑了一笑。童老五道:"二姑娘有什么话要说我吗?"秀姐道:"说你我是不敢。不过现在社会上做人,充英雄好汉是充不过去的。你在茶馆里听来的鼓儿词,动不动是剑仙侠客。别人没有法子,你可以和朋友凑钱帮人家的忙。到了你自己没有米下锅的时候,就不要想有人帮你的忙了。你以为鼓儿词上说的那些故事,现在真会有吗?"

童老五笑道:"不谈这个,言归正传……"说着,他打了一个哈哈道,"说不谈这个,我还把说书的口里一句话捡了来说。姑妈,有米吗?"

何氏问秀姐道:"我们到底有多少米?若够老五吃的就借给他吧。等你舅舅回来,他总会和我们想法子。"

童老五听了这话,抢步到里面屋里去,见屋角里那只瓦缸上面盖的草蒲团,靠缸放在地上。伸头望那缸里,只有一层米屑遮了缸底。便摇头道："我的运气不好，我向别处打主意去了。何家母舅这个人闻了酒香，天倒下来了不会管，大概又是找酒喝去了。你们要他回来想法子买米，明日早上他醒过来再说了。这点米留着你们熬粥吃，那是正经。"

他说到这里，门外院子里有人大声接着道："是哪个杂种，在我家里骂我？"

童老五赶快出来，见何德厚捏了拳头，跌跌撞撞，向里面走。童老五笑道："母舅，是我和姑妈说笑话。"

何德厚靠了门框站住，将一双酒醉红眼瞪了起来，因道："我叫何德厚，那个老太婆叫陈何氏。你要叫我们尽管这样称呼，没有哪个怪你，也不敢怪你。你在茶馆里听够了鼓儿词，变成丹凤街的黄天霸了。你叫我母舅，我倒要问问，我们童何二姓，是哪百年认的亲？"

他所说的陈何氏就笑着迎上前来了，笑道："老五也不过跟秀姐这样叫一句，人家也没有什么恶意。"

何德厚捏了大拳头在大门上咚地打了一下，冒出额上的青筋，大声叫道："山东老侉的话，我要揍他。我们家里现放着一个十七八岁的黄花闺女在这里，他二十来岁的小伙子，无事生端往我这里跑做什么？我何老头子穷虽穷，是拳头上站得住人、胳臂上跑得了马的。你少要在我们家门口走来走去。"

童老五听了这话，把脸都气紫了，将手捧的瓦钵子向屋角里一丢，啪嚓一声，砸个粉碎，把胸一挺，走上前一步。何氏伸了两手，在中间一拦道："老五，他是个长辈，你不能这个样子，有理讲得清。"

何德厚把颈脖子一歪，翘起了八字胡须，鼻子里先哼了一声，接着道："小狗××你不打听打听，你老太爷是个什么人？你不要以为你年纪轻，有两斤蛮力气，就逢人讲打。我告诉你，你要动动老太爷头上一根毫毛，叫你就不要在这丹凤街混。"

秀姐为了何德厚说的话难听，气得脸皮发白，已经跑到里面屋

25

子里去坐着。陈何氏站在一老一少的中间，只管说好话。何德厚将门拦住了，童老五又出不去。这个局面就僵住在这里。还是隔壁老虎灶上的田驼子听到这院子里大声叫骂，走了过来。见童老五光了两只手胳臂，互相摩擦着，瞪直了两眼。何德厚却靠了门站住，口里不住地叫骂。这就向前一步，拉了他的手笑道："你也总算我们这些小伙子的老长辈，你怎好意思拦住门撒着人打。去，我们那边吃碗茶去。不久你要做舅太老爷了，这样子也失了你的官体。哈哈哈。"说着，拉了何德厚就跑。

最后一句玩笑话，倒是他听得入耳的。因道："我也正是这样想。我穷了半辈子，说不定要走几年老运，我能跟着这些混账王八蛋失了身份吗？但是我也不许这些狗××在我面前横行霸道。"他被田驼子拉得很远去了，还回转头来向这边痛骂。童老五倒是没有作声，站在屋子中间发呆。直等何德厚走到很远去了，才回转头来向陈何氏淡笑了一声。

何氏道："老五，回去吧。你总是晚辈，就让他一点。"

童老五道："这件事算我错了，我也不再提了。我所要问的，是田驼子说他要做舅老太爷了，我倒有些不懂。他和我一样，一个挑菜的小贩子，怎么会做起舅老太爷来了？"

何氏笑道："你理他呢，那是田驼子拿他穷开心的。"

童老五道："蒙你老人家向来看得起我，向来把我当子侄们看待。我没有什么报答你老人家，遇到你老人家要吃亏的事，我若知道不说，良心上说不过去。你以为何老头子是你的胞兄弟，他就不做坏事害你吗？老实说，这天底下天天在你们头上打主意的人就是他。我们穷人只有安守穷人的本分，不要凭空想吃天鹅肉。"何氏等他数说了一阵，呆板着脸没有话说，倒叹了一口气。童老五道："我也明白，我就是问你老人家，你老人家知道我的性子直，也不会告诉我的。不过我要重重地叮嘱你老人家，那老头子若是把什么天上掉下来的一切富贵告诉你，你应当找几位忠厚老人家，大家商议一下子，免得落下火坑。"

何氏对于他的话，并没有一个字答复，却是低下头在矮的竹椅子上坐着，长长地叹了一口气。童老五道："好吧，再见吧。"说着，他昂着头出去了。

何氏呆呆坐了很久，最后自说了一句话道："这是哪里说起？秀姐哪里去了？还有小半升米，淘洗了拿去煮稀饭吃吧。"她尽管说着，屋子里却没有人答应。何氏又道："你看这孩子怪不怪？这不干你什么事，你为什么生气不说话？就是生气，也不干我什么事，你怎么不理我？"她一路唠叨地说着，秀姐在屋里还是不作声。何氏这就不放心了，走进房来一看，见她横了身子躺在床上，脸向里。何氏道："你又在哭了。回头你那醉鬼舅舅回来了，一骂就是两个钟头，我实在受不了。你真是觉得这舅舅家里住不下去的话，我养了你这大，也不能把你活活逼死。我认命了，拿了棍子碗和你一路出去讨饭吧。你看，我一个五十岁的女人有什么法子呢？"她说着这话，手扶了墙走着，一挨坐在一条矮板凳上，也就呜呜咽咽哭了起来。

秀姐一个翻身坐了起来，手理着蓬乱的头发道："这做什么？家里又没有死人。"

何氏擦着眼泪，向对面床上看来，见秀姐两只眼睛哭得红桃一般，便叹了一口气道："你还说我呢？好吧，你在房里休息，我去煮粥。"说着，捞起破褂子的底襟揉擦了一阵眼睛，然后悄悄地走了。

她忍着眼泪去煮粥，是很有见地的。等着粥煮好了，就听到何德厚由外面叫了进来道："秀姐，饭煮好了没有，点灯很久了，我们该吃饭了。"

何氏迎着他笑道："缸里只剩有小半升米，勉勉强强煮了半锅粥。"

何德厚道："没有了米，怎么不和我说一声呢？"他说着话走进来，似乎有点没趣，偏了头屋子两面望着，只管将两只手搔着两条大腿。

他们并没有厨房，屋角上用石头支起一只缸灶，上面安上了大铁锅。灶口里有两半截木柴，燃着似有似无的一点火苗。他将锅盖掀开看了一看，稀薄得还不到半锅粥，便叹了一口气道："唉！这日子不但你们，叫我也没法子过下去。"说着，看那缸灶脚下的石头边，只有几块木柴屑子。水缸脚下有一把萎了叶子的萝卜，另外两片黄菜叶子。缸灶边一张破桌子上面堆了些破碗破碟。看时，任何碗碟里都是空的。于是桌子下面拖出一条旧板凳来，在何氏对面坐下，因皱了眉道："我们是五十年的兄妹了，我为人有口无心，你也可以知道一点。有道是人穷志短，马瘦毛长。当我年轻力壮的时候，手上又有几个钱，茶馆里进，酒馆里出，哪个不叫我一声何大哥？都以为我既能赚钱，又能广结广交，将来一定要发财。到了现在，年纪一老，挑不起抬不动，挣钱太少，不敢在外面谈交情。越是这样，越没有办法。跟着是借不动赊不动。"

何氏听到他说软话了，跟着他就软下来，因道："舅舅啊，你说到借钱的话，我正要告诉你这件事。刚才梁胖子来讨印子钱，那样子厉害死了。后来我们谈了几句天，他没有怎样逼我们就这样走了。"

何德厚道："你和他谈了些什么呢？"

何氏道："我和他又不大熟识，有什么可谈的？他在这里东拉西扯一顿，说什么我们遇贵人了，要发财了，也不知道他在什么地方听到这些话？"

何德厚两手将腿一拍，站了起来道："你说怎么样？我告诉你的话，大有原因吧。现还只是把这喜信提个头，就把街坊邻居都轰动了。假使我们真有这回事，你看还了得吗？我敢说所有丹凤街的人，都要来巴结我们。"

何氏坐在他对面，默然地望了墙角里那一锅粥。由锅盖子缝里陆续向空中冒着热气。何德厚道："你看，我们这个日子怎么过得下去？三口人吃一顿稀饭混大半天，这都不用说。讨印子钱的人若不是手下留情，今天一定要打上门。那赵次长既然肯和我们结亲，绝不会让我们这样过苦日子，只要我一张口，一定可以先借点钱给我们。第一是买两件衣料，给秀姐做两件上得眼的衣服。不用说，我们家里的米缸，也可以把肚子装得饱饱的了。"

何氏听着这话，虽然脸上带了三分笑意，可是要怎样答复这句话，还在脑子里没有想出来。秀姐在里面屋子里大声答道："舅舅，你想发财，另打主意吧！我娘儿两个，不能再连累你，从明日起我们离开这里了。"她虽没有出来，只听她说话的声音，那样又响又脆，可以知道她的态度已是十分坚决。

何德厚把一张脸涨紫了，微昂起了头，很久说不出话来。何氏便向他赔笑道："你不要理她。你从她几岁的时候就携带着她，也就和你自己的女儿一样。她这种话，你不要睬她。"

何德厚突然站起，一脚把坐的椅子踢开去好几尺远，大喝一声道："天地反复了吗？我养你娘儿两个，养到今天，我倒成了仇人！我看到你青春长大，是个成家的时候，托人和你做媒，找一个有钱有势的姑爷，这还有对你不住的地方吗？你上十年都在我家里熬炼过去了。到了现在，我只说两句重话，怎么着，就要离开我这里吗？好！你果然养活得了娘，你就带了她去。若是不行的话，老实告诉你，她和我是一母所生，让她太过不去了，我还不答应你呢。"

秀姐在屋子里答道："我带了我娘出去，当然我负养她的责任。讨饭的话，我也先尽她吃饱，自己饿肚子都不在乎。"

何德厚歪了脖子向屋里墙上喝着道："什么？你要带你娘去讨饭？那不行。你娘虽然在我这里喝一口粥，倒是风不吹雨不洒。你这年轻轻的姑娘，打算带这么一个年老的娘，去靠人家大门楼过日子，我不能认可！"

秀姐红着眼睛，蓬了头发走出来淡淡笑道："哟！你老人家有这样好的心事，怕我委屈了老娘。我要说一句不知进退的话，平常的时候，你老人家少给点颜色我们看就行了。你老人家指我年轻轻的出去不好，有什么不好呢？至多也不过是像在这里一样卖给人家罢了。"

何德厚突然向上一跳，捏了拳头，将桌子痛打了一下，喝道：

29

"好大的胆！你敢和我对嘴，你有那本事，你出去也租上一间屋子，也支起一份人家来我看看才对。吹了一阵，不过是出去讨饭，你还硬什么嘴？我告诉你……"说到这里，把脚一顿，喝道，"不许走！哪个要把我的老妹子带了去吃苦，我把这条老命给他拼了。"

何氏见他将两只光手臂互相地把手摩擦着，总怕他向秀姐动起手来，因向前一步按住他的手道："舅舅，你难道也成了小孩子，怎么把她的话当话？她说带我走，我就跟了她走吗？秀姐，不许再说！你舅舅犹如你亲生老子一样，你岂可以这样无上无下地和他顶嘴？"

秀姐一扭身子走进房去，就没有再提一个字了。何德厚唠唠叨叨骂了一顿，自拿了一只空碗盛了一碗粥，坐在矮凳子上喝。看看桌上并没有什么菜，撮了一些生盐撒在粥上，将筷子把粥一搅，叹了一口气道："天下真有愿挨饿、不吃山珍海馐的人，有什么法子呢？"说着，两手捧了那碗粥蹲在门口吃。

何氏看这情形，秀姐不会出来吃的，只好由她了。秀姐怕舅舅的拳头，不敢和他争吵，可是她暗中下了个决心，自即刻起不吃舅舅的饭了。

到了次日，天色没亮，何德厚开门贩菜去了，秀姐也跟着起来。何氏道："你这样早起来做什么？"

秀姐道："昨晚上没有米，舅舅也没有留下一个铜板，他这一出去，不知道什么时候回家，我们饿着肚子等他吗？我总也要出去想点法子。"

何氏道："你有什么法子想出来呢？两只空手你也不会变钱。"

秀姐道："你也不必管，无论如何，在十点钟左右，我一定会回家，你起来之后向街上香烟铺子里看着钟等我就是了。"她一面说着，一面扣搭衣服的纽扣，摸着黑已经走出屋子去了。

何氏躺在床上道："你这个孩子脾气真大，你在家闹闹不够，还要出去闹给别人看。"何氏接着向下说了一串，秀姐在外面一点回声没有。何氏披上衣服，赶着追到外面来看时已经没有人影了。她虽然十分不放心，也没有地方找人去，只好耐心在家里等着。一早上倒向斜对门香烟铺子里看了好几回钟点。果然到了十点钟的时候，秀姐回来了。看时，这才知道提了家里两只破篮子出去的。她右手提了一只大篮子，装着木刨花和碎木片。左手提了一只小篮子，里面装着大大小小的各种碎菜叶子。何氏见她脸上红到颈子上去，额角出着汗珠子，哟了一声，抢到街上，把大篮子先接过来，笑道："你这一大早出去，就为了这两篮子东西吗？"

秀姐到了屋子里，放下篮子喘着气道："怎么样？这还不值得我忙一早上的吗？哪！这大篮子里的烧火，小篮子里的洗洗切切，在锅里煮熟了，加上一些盐，不就可饱肚子吗？不管好吃不好吃，总胜似大荒年里乡下人吃树皮草根。"

何氏对两只篮子里望一阵，笑道："你在哪里找到这些东西的？"

秀姐道："街那头有所木厂在盖房子，我在木厂外捡了这些木片。菜叶子是在菜市上捡的。养猪的人，不是捡这个喂猪吗？"

何氏道："不要孩子气了。这样能过日子，我也不发愁了。"

秀姐坐在矮凳子上望了这两只篮子，左手搓着右手的掌心。正因为提了这只篮，把手掌心都勒痛了。听了母亲的话，竟没有一毫许可的意思，也许是自己是真有一点孩子气。可是忙了这一早上，汗出多了，口里渴得生烟，现成的木柴片烧一口水喝。于是向锅里倾了两木瓢水，拖着篮子木片过来，坐在缸灶边，慢慢地生着火。水煮开了，舀了两碗喝着。看看院子里那北瓜藤的影子，已经正正直直，时候已经当午，何德厚并没有回来。何氏悄悄地到门口探望两次，依然悄悄地进屋来。到第三次，走向门口时，秀姐笑道："我的娘，你还想不通呢。舅舅分明知道我带你不走，也不买米回来，先饿我们两顿，看看我还服不服。你说我孩子脾气，你那样见多识广的人，也没有想通吧？若是他晚上回来，我们也饿到晚上吗？"

何氏淡淡地答应了一声："还等一会子吧。"

秀姐把那小篮子菜叶提到门外巷子里公井上去洗了一阵，回来时，何德厚依然没回。也就不再征求她娘的同意了，将菜叶子清理出来，切碎了放在锅里煮着。煮得熟了，放下一撮盐，加上两瓢水，把锅盖了。于是一面在缸灶前烧火，一面向何氏道："老母亲，你饿不饿？快三点钟了，不到晚上他也不回来的。"

何氏道："唉！真是没有话说。我这大年纪，土在头边香，吃一顿算一顿，倒不讲求什么。只是你跟了我后面吃这样的苦，太不合算了。"

秀姐也不多说，连菜叶子带盐水盛上了两碗，不问母亲怎样，自捧了一碗在灶口边吃喝。何氏在远处看她，未免皱了眉头子，然而她吃得稀里呼噜地响，不到几分钟，就吃下去一碗了。这半锅菜汤，终于让她们吃完。秀姐洗干净了碗筷，见小篮子里还剩了半篮子菜叶，把腰杆子一挺，向坐在房门角边的何氏笑道："舅舅就是今天不回来，我们也不必害怕，今天总对付过去了。"

何氏道："明天呢？"

秀姐道："明天说明天的，至少我们还可以抄用老法子。"

何氏也没有作声，默然地坐着，却有几点眼泪滚落在衣襟上。

秀姐一顿脚道："娘，你哭什么？有十个手指头，有十个脚指头，我总可以想出一点法子来，不能餐餐让你喝菜汤。还有一层，我们不要中舅舅的计。舅舅总望饥饿我们，让我们说软话。他回来了，我们不要和他提一个字，他问我们，我们就说吃饱了。"

何氏只把袖子头揉着眼睛角。秀姐顿了脚道："我和你争气，你就不和我争一口气吗？吃饱了，吃饱了，不求人了！你这样说！"

何氏还没有接着嘴，院子外却有个人哈哈笑了一阵，这倒让她母女愕然了。

第四章

狡毒的引诱

这个发笑的人，便是隔壁老虎灶上的田驼子。他在今日早上，看到何氏跑向门口来好几次，就有点奇怪。后来听她母女两个的谈话，竟是饿了大半天，这就站在院子里听了一会儿。何氏看到是他，却有些不好意思，勉强笑道："田老板，你看我们秀姐舅舅，真是一醉解千愁！一粒米也没有留在缸里，到这个时候，还没有回来。秀姐故意和他闹脾气，到菜市上去捡了些菜叶子来煮汤吃。"

秀姐由门里迎出门来道："事到于今，我们还要什么穷面子？我们就是为了借贷无门，又没有法子挣钱，只好出去拾些菜叶子来熬汤度命，今日这一次，不算稀奇，以后怕是天天都要这个样子。我想：一不偷人家的，二不抢人家的，不过日子过得苦一点，也不算什么丢人。"

田驼子在耳朵根上，取下大半支夹住的香烟衔在口里，又在腰带里取出一根红头火柴，提起脚来在鞋底上把火柴擦着了，点了烟卷，一路喷了烟，慢慢走进屋来。他倒不必何氏母女招呼，自在门口一张矮凳子坐了，笑道："陈家婶娘，我要说几句旁边人的话，你可不要多心。依我看来，你们应该有个总打算，天天和何老板抬杠，就是有吃有穿，这也是过得不舒服，何况日子又是十分清苦。"

何氏听他的口音，分明是有意来和自己出主意的，便由里面屋子走出来，坐在田驼子对面小椅子上，因道："我们怎样不想打主意呢？无奈我们母女两个，一点出息没有，什么主意也是想不出。"

田驼子将嘴里半截烟卷取下来，把中指拇指夹了烟，食指不住地在上面弹灰，做个沉吟的样子。何氏道："田老板，你有话只管讲。你和我们出主意，还有什么坏意吗？"

田驼子笑道："你老人家和我做了多年的邻居，总也知道我为人。"

何氏点头道："是的，你是个热心热肠的人。"

田驼子道："据我看来，你们只有两条路可走：其一呢，你姓陈的过你姓陈的，他姓何的过他姓何的，各不相涉，自然无事。不过这里有点问题，就是你离开了何家，把什么钱来过日子呢？就算你们天天能去捡青菜叶子来熬汤吃，你总也要找一个放铺盖的地方，单说这个，就不是件容易的事，能随便一点的房子也要三五块钱一个月。其二呢，你们也就只好由何老板做主，和大姑娘找一个好人家。你老人家跟了姑爷去过，再把日子比得不如些，总也会比这强。女儿长到一百岁，总也是人家的人，与其这样苦巴苦结混在一处，分开来了也好。何况你老人家愿意把这件事和结亲的那头商量，也没有什么不可以。那就是说，姑娘出了阁，你一个孤身老人家要跟了姑娘去过。我想照何老板所说的那种人家，是很有钱的，多添口把人，那是不成问题的事。"他说着这话时，就把手里的香烟头子在墙上画着，眼望了何氏，看着她有什么表示。

何氏道："田老板，这主意不用你说，我们老早也就是这样想着的了。第一条路是不用说，那是走不通的。就是你说的那话，我们一出了这门，立时立刻哪里去找一个遮头安脚的地方呢？说到第二条路，这倒是我情愿的。但是她舅舅和她说的人家，可是做二房，也许不止是做二房，还是做三房四房呢！这样做，我们不过初次可以得到一笔钱。以后的事，那就不晓得。姑娘到了人家去，能做主不能做主，自然是不晓得。说不定还要受人家的气呢。要不，她舅舅有这种好意，我还为什么不敢一口答应呢？"

田驼子笑道："那我又可以和婶子出个主意了。你简直和男家那边说明了。不管他娶了去做几房，你们一定要他另外租房子住家。这样，你住在姑娘一处，也就没有问题。"

何氏黯然了一会儿，回头看看秀姐，见她并不在这屋子里。这又是她发了那老脾气。她遇到了人谈她的婚姻大事，她就倒在床上去睡觉的。因叹了一口气道："田老板，你还有什么不知道的吗？我辛辛苦苦一生，就是这一块肉。说是送给人家做小，我实在舍不得。"

田驼子笑道："为什么是舍不得呢？不就是为着怕受气吗？假使你能想法子办到她不受气，不也就行了吗？"何氏摇摇头，很久不作声。

田驼子咳嗽了两声，便站起来牵牵衣襟笑道："我呢，不过是看到你老人家这样着急，过来和你老人家谈谈心，解个闷。"

何氏道："田老板的好意，我是知道的。"说着，也站了起来，扯着田驼子的衣服，向屋子里使着眼色，又一努嘴，因低声道，"这一位的脾气……唉。"田驼子点点头，笑着走了。

何氏饿了这大半天，自己再也就软了半截。相信女人撑门户过日子，那实在是艰难的事，田驼子走来这样一说了，更觉除了把秀姐嫁出去，没有第二条路。坐着无聊，何德厚是一径地不回来，又再没有个可以商量的人。因之也拿了碗，盛了菜汤喝着。心里也就想着，若明天还是这个样子，后天也是这个样子，也还罢了。假如起风下雨，菜市上捡不到菜叶子，木厂里捡不到木皮，难道喝白水不成？盐水煮的老菜叶，当然是咀嚼不出滋味来。何氏一面喝着菜汤，一面微昂了头出神。不知不觉地将筷和碗放在地上，碗里还有大半碗菜汤呢。忽听得有人在院子里叫道："今天何老板在家吗？"

何氏伸头张望时，又是那放印子钱的梁胖子来了，便起身迎着笑道："梁老板，你还是来早了，他今天天不亮就出去，直到现在没有回来。这样子做事，实在也不成个局面。我不瞒你说，母女两个到这个时候还没有吃早饭，就是把这个混了大半天。"说着，在地面上端起那半碗菜汤来，举着给梁胖子看了一看。

梁胖子笑道："我不是来讨钱的，你不用和我说这些。"说着，就在田驼子刚坐的那椅子上坐下。他腰上系着带兜肚口袋的板带，这时把板带松了一松。在披在身上的青绸短夹袄口袋里，掏出了香烟火柴，自请自起来。

何氏笑道："怎么办？家里开水都没有一口。"

梁胖子摆了手道："你倒不用客气。我跑路跑多了，在这里歇一会儿。要不，你到田驼子灶上，给我泡一壶茶来。就说是我喝，他不好意思不送我一点茶叶。"

何氏听他这样安排了，他是个杀人不见血的债主子，哪里敢得罪他？在桌上拿了一把旧茶壶，就向隔壁老虎灶上去了。泡了茶回来，见梁胖子将兜肚解下来搭在那两条腿上，正由里面将一卷卷的钞票掏出来数着。地面上脚下堆着铜板银角子等类。何氏心里想着，你这不是有心在我家里现家财？我只当没有看见，便斟一杯茶放在桌子角上，因道："茶泡来了，梁老板请喝茶。"说着话，故意走到屋子角落里去看缸灶里的火，又在墙上取下一方干抹布，擦抹锅盖上的灰尘。

梁胖子点好了钞票，收在身上，又把铜板银角子算了一遍，一齐放到兜肚口袋里去。估量着那杯茶是温凉了，过去一口喝了，然后在袋里摸出一支带铜笔套的笔和一卷小账本子来。在腿上将账本翻了几翻，昂着头，翻着眼出了一会儿神，然后抽出笔在账本子上面画了几个圈。最后把账本子毛笔全都收起来了，这才向何氏笑道："你不要看了我到处盘钱，就靠的是这样盘钱过日子。账目上有一点不周到，就要赔本。"何氏坐在缸灶边，离得很远，口微笑着，点了两点头。梁胖子起身，自斟了一杯茶，再坐下来，对屋子周围上下看了一看，笑道："这个家，好像和何老板没有关系，一天到晚也不回来。我收印子钱，不是在茶馆里就他，就是在酒馆里就他。"

何氏道："梁老板，你还是那样找他好。今天恐怕不到晚上不回来了。"

梁胖子笑道："我已经说过了，并非是和他取钱，你何必多心？我再等他半点钟，不回来我再做道理。"何氏见他不肯走，又说不是要钱，倒也不知道他用意何在，只好东扯西拉地和他说着闲话。

梁胖子喝茶抽烟，抽烟喝茶，说话之间，把那壶茶喝完了。何氏捧了茶壶到老虎灶上去舀开水，田驼子笑道："怎么着？梁老板还没有走吗？这样子，今天恐怕和何老板有个过不去。"

何氏皱了眉道："秀姐她舅舅，从来也没有这样做过。无论有钱没钱，到了下午三四点钟，总要回来的。今天他更是穷得厉害，不但没有丢下一个钱下来，而且也没有丢下一粒米，梁老板就是杀他一刀，他也拿不出钱来的。"

田驼子笑道："我来和他谈谈。"于是在篾棚隔着的后面屋里，把他女人叫出来，让她看守着生意，自己便和何氏同到这边屋子里来。

梁胖子老远地站了起来，笑道："田老板，生意好？"

田驼子道："唉！我们这卖熟水的生意，大瓢子出货，论铜板进钱，再好也看得见。"

梁胖子倒一点也没有放印子钱的态度，在烟盒子里抽出一支烟卷来，双手递给他，笑道："我老早就给你们出个主意，可以带着做一点别的生意。可是你总没有这样做过。"

田驼子搔搔头发，笑道："梁老板，你是饱人不知饿人饥，做生意不是一句话就了事的，动动嘴就要拿钱。"

梁胖子笑道："我既然劝你做生意，当然不光是说一句空话。譬如说，你支起一个香烟摊子，若不带换钱，有个二三十块，就做得很活动。或者趁了现在山薯上市，搪一个泥灶卖烤薯，一天也可以做一两块钱生意，随便怎么样算，也可以挣出你们两口人的伙食钱来。"

田驼子道："这个我怎么不知道，本钱呢？"

梁胖子笑道："你是故意装傻呢，还是真个不明白。我梁胖子在丹凤街一带混，和哪个做小生意买卖的没有来往？我现和你出主意，难道提到了出钱，我就没有话说了吗？"

田驼子又抬起手来搔着头发笑道："梁老板若有那个好意，愿意放一笔钱给我，我倒怕每日的进项，不够缴你印子钱的。"

梁胖子道："你这就叫过分地担忧。有些人硬拿印子钱做生意，也能在限期以内把本利还清。你自己有个水灶，根本不用动摊子上的钱。你只把摊子上的钱拿来还我总会有盈余。一天余两毛，十天余两块。有一两个月熬下来，你就把摆摊子的本钱熬到了手了。"

何氏听他两人所说的话，与自己不相干，当然也就不必跟着听下去，就到屋子里去看看秀姐在做什么。她虽然喝了一饱菜汤，究竟那东西吃在肚里不怎么受用，又以田驼子所说的不像话，便横躺在床上倒了身子睡觉。何氏因有两个生人在外边，不愿兜翻了她，默然坐着一会儿复又出来。便向梁胖子道："梁老板，你还要等秀姐她舅舅吗？"

梁胖子笑道："他不回来，我也就不必去再等他了。有了田老板在这里，也是一样。何老板他和我商量，要我放五十块钱给他，他再放手去做一笔生意。老实说一句话，他在我身边失了信用，我是不愿和他再做来往的了。也是他运气来了，门板挡不住。我路上有一个朋友，包了一个大学堂的伙食，要一个人承包他厨房里的菜蔬，每天自己送了去。只要我作个保，可以先给七八十块钱的定洋。我就介绍了何老板。他也和当事人在茶馆里碰了头。人家做事痛快，定洋已经拿出来了。我想，他手上钱太多了，也不好。所以我只收了人家三十块钱。他既不在家，我也不便久等，当了田老板的面，这钱就交给陈家老嫂子了。"说着在他怀里，掏出了一卷钞票，就伸手交给何氏。

何氏先站在一边，听到有三十元收入，人家说是雪中送炭，那都比不上这钱的好处来，早是心里一阵欢喜，把心房引得乱跳。及至梁胖子将钞票递了过来，她却莫名其妙地两手同时向身后一缩，不觉在衣襟上连连地擦着，望了那钞票，只管笑道："这个钱，我不便接。"

梁胖子将钞票放在桌子角上，咦了一声道："这就怪了。你和何老板是同胞手足，而且又在一锅吃饭。我给他带钱来了，请你和他收着，你倒来个不便！"

何氏笑道："不是那话。这件事我以前没有听到他说过。梁老板拿出钱来，我糊里糊涂就收下。我们这位酒鬼孩子母舅，回来又是一阵好骂。"

田驼子笑道："我的婶婶，你怎么这样地想不开。世上只有人怕出错了钱，哪有怕收错了钱的道理？你若是嫌收错了，我是个见证，你把钱就退给我吧。你若是不把钱收下，何老板回来，倒真要不依。我想你们也正等了钱用吧？钱到了手，你倒是推了出去，那不是和日夜叫穷的何老板为难吗？"

何氏掀起一角衣襟，只管擦了手望着桌子角出神，笑道："若是这样说，我就把钱收下吧。像梁老板这样精明的人，也不会把钱送错了人。"

梁胖子笑道："幸而你说出了这句话。要不然，我梁胖子倒成了个十足的二百五！拿了钱到处乱送人。好了好了，你把钱收下吧。"

何氏觉得绝不会错，就当了两人的面将钞票一张张地点过，然后收下。

梁胖子笑道："在这里打搅了你母女半天，改天见吧。"说着，系起他那板腰带，径自走了。

田驼子站在屋子里，眼望着梁胖子去远了，然后摇了两摇头道："这年头儿改变了。像梁胖子这样的人，居然会做起好事来。他已经答应借二十块钱给我摆香烟摊子，连本带利，一天收我一块钱。一个月收完，而且答应还不先扣五天利钱，实交我二十块钱。要拿他平常放债的规矩说起来，对本对利，那就便宜我多了。"

何氏道："是呀，这三十块钱虽然不是他拿出来的，但是要他作保，那也和他拿出来的差不多。要不，钱咬了手吗？怎么看到钱，我还不敢收下来呢？"

田驼子笑道："你放心吧。梁胖子若不是做梦下了油锅，他也不会有这样的好心，白替何老板作保。我想，在这里面他已经揩够了油了。你若不收下这钱，白便宜了他，那才不值得呢。有了这款子，你可以放心去买些柴米油盐了。回头见。"说着，他点头走了。

何氏拿了这笔钱，倒真没有了主意，便到屋子里把秀姐喊起来。秀姐不等她开口，便坐起来瞪了眼道："不用告诉我，我全听到了。照说，梁胖子不会那样傻，他肯把整卷的钞票送人，我们收下来没有什么错处。不过这钱到底是怎样一个来源，不等舅舅回来，是闹不清楚的。你老人家可不要见钱眼红，好好地收着，等舅舅回来，原封不动地交给他。"

何氏道："那自然，我们只当没有这事，不也要过日子吗？钱在我手上是靠不住的，你收着吧。"于是在衣袋里掏出那卷钞票来，一下子交给了秀姐。

虽然是交给女儿了，她心里总这样想着，等何德厚回来把事问明了，就可以拿钱去买些吃的。只是事情有些奇怪，何德厚这一整晚都没有回家。秀姐也想着，不管它怎样，这三十元钞票决计是不动的，第二日还是一早起来到菜市上去捡菜叶子去。哪晓得到了半夜时，电光闪红了半边天，雨像瓢倒似的落将下来。在这大雨声里，雷是响炮也似的鸣着。秀姐由梦中惊醒，隔了窗户向外看着。见那屋檐下的雨溜，让电光照着，像一串串的珠帘。窗子外那棵小柳树，一丛小枝条也会像漏筛一样淋着雨。不免坐在被头上，有点发呆。何氏在电光里看到她的影子，便问道："你坐着干什么？仔细受了凉。"

秀姐道："等雨住了，我还要出去呢。"

何氏道："你真叫胡闹了。你还想像昨日一样出去捡菜叶子吗？漫说天气这样坏，捡不到什么；就是捡得到东西，淋了人周身澈湿，女孩子像个什么样子？"

秀姐沉吟了很久，才道："你打算动用那三十块钱吗？"

何氏道："这雨若是下得不停的话，我明天早上向田老板借个几毛钱做早饭。到了下午你舅舅回来了……"

秀姐一扭身道："照你这样说，你还是指望了动那个钱。你要知道，我们就为着吃了舅舅这多年的饭，现时落在他手心里。留在这里，饿过了上顿，又紧接下顿，是没有法子。要走呢？又走不了。

40

我们再要用他的钱，那可由得他说嘴：'你们除了我还是不行。'那么，只有规规矩矩听他来摆弄吧。"说着，倒下去，扯了半边被将身子盖了。当然是没有睡着，头在枕上，睁了两眼望着窗户上的电光一闪一闪过去。那檐溜哗啦啦地响着，始终没有停止一刻。

清醒白醒巴望着窗户完全白了。雨小了一点，慢慢起床，却见母亲侧身睡着，脸向里边，轻轻叫了两声，她也没有答应。料着她就是醒的，也不愿起来。因为起来无事可做，看到锅寒灶冷，心里也会难过，因之不再去喊她，悄悄地到外面屋子里将昨日所捡到的木柴片，烧了一锅水。本来呢，除了这个，也另外无事可做。不想那些木柴片，看起来还有一大抱。可是送到灶口里燃烧起来，却不过十来分钟就烧完了，揭开锅盖来看看，里面的水不但没有开，而且也只刚有点温热。自己很无聊地洗了一把脸，就舀过半碗温热水喝了。往常早上，有洗米煮饭、切菜砍柴这些零碎工作。今天这些事情全没有了，屋外面大雨住了，小雨却牵连不断地夹着小雨丝，若有若无地飞舞着。

天上阴云密集，差不多低压到屋头上。街上行人稀少，带篷子的人力车，滚得街心的泥浆乱溅，门口就是水泥塘子，一步也行走不了。那两棵大柳树的柳条子被雨淋着，在田驼子矮屋上，盖着绿被。秀姐靠着门框，站住对天上看望了一阵子雨，还只有退回来两步，在矮凳子上坐着。觉得人心里，和柳荫下那一样幽暗。两手抱住了膝盖，纵不费力，也是感觉到周身难受。而同时昨日容纳过两碗菜汤的肚子，这时却很不自在，仿佛有一团炭火微微地在肚子里燃烧着。于是将凳子拖向门前来一点，看看街上来往的车子作为消遣。偏是那卖油条烧饼的，卖煮熟薯的，提着篮子，挂着柄子，陆续地吆唤着过去。尤其是那卖蒸米糕的，将担子歇在大门外，那小贩子站在对面屋檐下，极力地敲着小木梆。而那蒸糕的锅里，阵阵地向寒空中出着蒸气。她情不自禁地瞪了一眼，便起身走进屋子里去，在破橱子里找出针线簸箕来，坐在床沿上将里面东西翻了一翻。虽然，这里针线剪刀顶针一切全有，但它并没有什么材料，供给做针线的。想到母亲的一条青布裤子破了两块，趁此无事，和她补起来也好。因之在床头边垫褥底下，把折叠着的青布裤子抽出来。可是一掀垫褥的时候，就看到昨晚上放在这里的那三十元钞票，她对那薄薄一沓钞票呆望了一下，便将钞票拿起来数了一数，这里除了一张五元的钞票而外，其余都是一元一张的零票子。回头看看母亲时，她面朝里依然睡着，一动也不动。她是一个最爱起早的人，今天却只管睡得不醒，没有这个道理。起来有什么想头呢？起来是干挨饿，倒不如睡在床上了。她叹了一口气，将钞票依然放在垫褥下面，走向外面屋子来。她没有意思去补那裤子了，便依旧在那条矮板凳子上坐着。心里也有这样一个念头，雨下得很大，舅舅未必有什么生意可做，大概他快回来了。他回来之后，一定要和他办好这个交涉，先给母亲做饭吃。

这样想过之后，索性跑出院子来，站在老虎灶屋檐下，向街上张望着。正好田驼子老婆两手捧了一大碗白米饭，放到灶沿上来。另外还有一大碗煮青菜、一碟子炒豆腐干丁子。那青菜和白米饭的香味远远地顺风吹了过来，觉得有生以来，没有嗅到过这样动人的气味，肚子里那一团微微的火气，觉得立刻增加了几倍力量，只管向胸口燃烧着。而口里那两股清涎，不知是何缘故，竟由嗓子眼里逼榨着，由两口角里流了出来。自己再也不敢正眼向菜饭碗看去，扭转身就要走。偏是那田驼子老婆不知气色，追着问道："大姑娘吃了饭没有？坐一会子去啊。"秀姐回头点了一点，赶快向家里走去。家里冷清清的，母亲没有起来，母舅也没回家，天上的细雨似乎也故意替这屋子增加凄凉的滋味，随了西北风斜斜地向屋子里面吹了来。除了水缸脚下有两只小土蛤蟆沿着地上的潮湿向垫缸灶的石磴下跳了去。这屋子里外，可说没有了一点生气。秀姐忽然把脚一顿，却转了一个念头了。

第五章

吞饵以后

秀姐这一顿脚，是兴奋极了的表示，可是她并没什么出奇的求生之道，只是走到里面屋子去，把床枕底下放着的一小卷钞票捏在手心里。另一只手却去推着半睡着的何氏，叫道："妈，起来吧，我上街去买米了。"

连叫了好几句。何氏似乎不耐烦地一翻身坐起来，问道："买米，天上落下钱来了吗？"

秀姐顿了一顿，眼角里已含着有两汪眼泪，因道："你这大年纪了，我不忍只管了我自己干净，让你受罪。日子多似毛毛雨，今天饿过去了，明天饿过去了，后天怎么饿得过去？天下没有看着米仓饿死人的道理。舅舅不回来，我们就不动这钱，他若十天半月不回来，我们还饿下去十天半月来等着不成？若是舅舅有意和我娘儿两人为难，大概还有两天才回来的。要等他回来再去买米做饭，恐怕……"

何氏听她这样说，就明白她的意思了，因道："孩子，我也不愿你老饿着呀。可是你把舅舅这钱花了，他回来和你算账，你打算怎么办？"

秀姐把眼泪水给忍住了，反而笑起将手一拍身上道："你老人家发什么急？我就是一套本钱，舅舅回来了，有我这条身子，固然可以还债。就是放印子钱的梁胖子来，我这条身子也一样地可以还债。我也想破了，人生一世，草生一秋，快活一天是一天，何必苦了眼前，反去担心后来看不见的事？"何氏将手揉了眼睛，倒说不出这样一套。

秀姐说过这一套之后，更是下了最大的决心，扭转身子就走出去了。等着她回来的时候，后面有个柴炭商店里的小徒弟，扛着一捆柴进来。秀姐左手提了一小袋子米，右手挽了一只竹篮子，里面装满油盐小菜。何氏站在房门口，只哟了一声，秀姐却交了一只纸口袋到她手上。她看时，正是刚刚出炉的几个蟹壳黄烧饼。虽然也不见得有异乎平常的样子，可是一阵芝麻葱油香味，立刻袭进了鼻子来。她且不问烧饼的来源如何，两个指头先夹了一个放到嘴里咀嚼着。其实她并不曾怎么咀嚼，已是吞下去了。因见秀姐已经到缸灶边去砍柴烧火，便靠了门框站定，老远地向她看着。却是奇怪，低头一看，一纸袋烧饼完全没有了。这才来回想到刚才看女儿砍柴的当儿不知不觉地却把一口袋烧饼吃光。烧饼吃完了，当然也无须去研究它的来源，因也走出来帮同洗菜洗米。平常过着穷应付的日子，总也有饭吃、有菜吃，虽是生活很苦，却也不觉得这粗菜淡饭有什么可宝贵。到了今天，隔着有四十八小时没吃过白米饭了，当那饭在锅里煮熟，锅盖缝里透出了饭香之后，就是这没有菜的白米饭，也是十分引人思慕的。何氏坐在灶门口，嗅到那阵阵的熟饭气味，已是要在口角里流出涎来了。

秀姐是很能知道母亲，而又很能体贴母亲的，并没有预备多的菜，只做好了一项，就和母亲一同吃饭了。何氏未便吃多了让姑娘笑着，只来了个大八成饱，吃下去三碗饭。她依然不问这饭菜是用什么钱买的，其实也用不着问。饭后，天气已经晴朗了，秀姐也就想着，舅舅在下午必要回来的，就预备一番话打算抢个先把他驳倒。可是，这计划却不能实行，直到晚上也不见他回来。何氏便道："秀姐，你到外面去打听打听吧，怎么你舅舅还没回来？不要是喝醉了酒，在外面惹出了什么祸事？"

秀姐笑道："你老人家放心吧。舅舅纵然喝醉了，这几天他也不会闹什么事，他正等着机会来了，将发一注洋财呢。我想着，我们把这几十块钱用光了的时候，他也就回来了。"

何氏望了她道："你这是什么意思？我倒有些不明白。"

秀姐正收拾着剩下来的冷饭，将一只空碗盛着放在桌上，因笑道："你不懂吗？等着我们家里一粒米又没有的时候，这时也许就明白了。现在我们不但是有的吃，而且还有整大碗的白米饭剩下来，这件事是不容易明白的。为什么呢？我们再没有米吃了，就会有比梁胖子还要慷慨的人送了吃的用的来。你想到了那个时候，你不会看出来吗？"何氏听了女儿的话，当然也就知道一些话因。不过看到姑娘脸上那种哭笑无常的样子，也不忍接着向下说；一说，更会引起她的烦恼。

到了次日早上，秀姐在屋子里听到门外闹哄哄的声音，知道是早市开始兴旺了，挽着菜篮子的，陆续在面前经过。有两天了，不敢看这类的人，今天胆子壮了，也就挽个空篮子出去。这是个晴天，丹凤街上的人，像滚一般拥在摊子和担子中间，回来的人篮子都塞着满满的。青菜上，或者托了一条鲜红的肉，那多么勾引人！她在路边担子后边，挨了店铺的屋檐走。在一家屠店门口，被肉杠子拦住了。屠户拿了一把尖刀，割着一片猪肉身上的胁缝，嘶的一声，割下了一块。他看见秀姐站住，问道："要多少？"

秀姐觉得不说要是一种侮辱，便道："要半斤。"于是数着钱，坦然地买了半斤肉，放到篮子里去。忽听得有人在身后笑道："今天也不是初一十五，怎么买荤菜了？大概是哪一位过生日吧？"

秀姐回头看时，正是童老五挑了菜担子在街上经过，便笑道："你一猜就猜着了，是我过生日，你打算拿什么东西送礼呢？"

童老五摇了一摇头道："你不要信口胡说。你是四月初八的生日，最容易记不过。"

秀姐道："统共买半斤肉，这算得了什么？不过生日，连这半斤肉都不能吃吗？"她说着话走出了屠案，和老五并排走着。

童老五笑道："不是我多心，前天我到你府上去借两升米，你们家连一粒米都没有，今天吃起肉来了！"

秀姐道："那是你运气不好，你借米的那一天，就赶上我们家里空了米缸。假使今天你来借米，不但是有米，我还可以借给你半斤肉呢。"

老五笑道："我不想这份福，我也不要去挨你舅舅的拳头。"

秀姐道："提到了他，我正有一件事问你，你在茶馆里看到他没有？他有两天两夜没有回来了。"

老五笑道："他半个月不回来也更好，省得你娘儿两个受他的气，听他那些三言两语。你还记惦着他呢！"

秀姐想把记惦舅舅的原因说出来，已有人叫着要买老五的菜，彼此便分开了。她买了肉回来，何氏看到，果然也是大吃一惊，问道："孩子，你这做什么？"

秀姐不等她说完，手提了那一串草索捆的半斤肉，高高举起，抢着笑道："动那笔钱，一毛钱是花了人家的钱，一齐花光也不过是花了人家的钱，索性花吧。这样，也落个眼前痛快。你老人家好久没有喝口清汤了，我来把这半斤肉煨汤你喝，好吗？"

何氏皱了眉道："我的姑娘，我倒不在乎吃什么喝什么，能够少生些闲气，太太平平地过着日子，那就比什么山珍海味都强。"

秀姐道："你放心，从今以后，舅舅绝不会找你吵嘴了。不但不会找你吵嘴，说不定还要常常恭维你呢。"

何氏听她这话，里面是另含有原因，只管向她身上打量着。可是秀姐自身，却不怎么介意，倒是自自在在地做事。何氏只有一个姑娘，平常是娇养得惯了。说话偶不对头，就要受姑娘的顶撞。若是明明去问她不爱听的话，当然她要发脾气。因之虽心里有些奇怪，没得着一个说话的机会，也只好忍耐着，只坐了发呆。可是秀姐进进出出，总是高兴的，把菜切了、米洗了，便烧着火煮饭。另将一个小灶子烧着柴炭，将那半斤肉放在吊罐里，搁在炉子上煨汤。她坐在灶口边，将大火钳靠了大腿放着，在袋里掏出一把五香瓜子来，左手心托着，右手一粒一粒地送到嘴里去嗑。何氏坐在竹椅子上，就着天井里的阳光，低了头在缝缀一只破线袜子，不住斜过眼光来，看秀姐是什么情形。然而她含笑嗑了瓜子，脚在地面上拍着板，似乎口里还在哼着曲子。这倒心里有点疑惑。为什么她这样过分地高兴，莫非另外还有什么道理吗？

何氏正在打着肚算盘，要怎样来问她，却听到门外有人叫一声姑妈。回头看去，童老五把菜担子歇在院子里，箩筐里还有些菜把，便道："老五下市了？今天生意怎么样？"老五放下担子，两手扯了短夹袄的衣襟，头伸着向屋子里张望了一下，似乎是个手足无措的样子，便道："进来坐了吧，有什么事吗？"

老五两只巴掌互相搓着，笑道："何老板不在家？"

何氏道："他三天不在家了，你看到他没有？"

老五这才把脚跨进门来，笑道："怪不得了，两天没有在菜市上看到他。"说着，在怀里掏出一盒纸烟来，向何氏敬着一支道："你老人家抽一支？"

何氏笑道："谢谢！老五，你几时又学会了吃香烟？"

老五道："人生在世，要总有一点嗜好才对。一点什么也不来，专门到这世界上来吃苦，这人也就没有什么做头。喂！二姑娘，来玩一根怎么样？"说时，搭讪着把纸烟送到缸灶门口来。

秀姐把瓜子纸包放在灶礅石上，接着纸烟道："吸一支就吸一支吧。"于是将火钳伸到灶里去，夹出一块火种来，嘴角衔了烟，偏了头将纸烟就着炭火把烟吸上了。放下火钳，却把燃着的烟递给老五去点烟，两手把了一只腿膝盖，昂头望了他道："卖菜还没有下市吧？怎么有工夫到我们这里来？"

老五站在一边，将烟点着了，依然把那支烟递给秀姐，趁那弯腰的时候，低声道："一来看看姑妈。"

秀姐倒不觉得这些事有什么不能公开，因向他笑道："二来呢？"

老五道："二来吗……二来还是看看姑妈。"

秀姐将嘴向前面一努道："她不坐在那里？你去看她吧。"

老五倒退了两步，在桌子边一条破凳子上坐着，架起一条腿来。因回转脸来向何氏道："你老人家里有什么喜事吧？一来二姑娘这样高兴。二来你老人家这样省俭过日子的人，今天居然舍得买一罐子肉煨汤吃。"秀姐听他这话，狠命地盯了他一眼。他微笑着，没有理会。

何氏道："秀姐为什么高兴，我也不知道，你可以问她。说到煨这半斤肉吃，我和你一样，觉得不应当。可是她买了肉回来了，我怎能把它丢了呢？"

老五啊了一声，默然地吸了纸烟。他大概很想了几分钟，才问道："真的，何老板有什么要紧的事耽误了，两三天不回来？他有吃有喝了，就不顾旁人。"

何氏叹了一口气道："前天你没有来，你看到就惨了，我们秀姐上街去捡些菜叶子回来熬汤度命，不要说米了。"

老五道："后来怎么又想到了办法呢？"

何氏将手招了，把童老五叫到面前去，低声把梁胖子放钱在这里的话告诉了他，因道："这不很奇怪吗？我们本来不想动那笔钱，也是饿得难受。"

秀姐便插嘴道："童老板，你要打听的事，打听出来了吧？我们买肉吃，不是偷来的抢来的钱，也不是想了别种法子弄的钱。"这两句话倒把童老五顶撞得无言可答，两片脸腮全涨红了。

何氏道："你这孩子，说话不问轻重。老五问这一番话，也是好意。现在有几个人肯留心我们的呢？老五，你到底是个男人，你昼夜在外头跑，你总比我们见多识广些。你看梁胖子这种做法是什么意思？"

老五冷笑了一声道："若是梁胖子为人，像姑妈这样说的，肯和人帮忙，天下就没有恶人了。何老板几天不回来，梁胖子放一笔钱在你们家里，不先不后，凑在一处，这里面一定有些原因。我看，梁胖子来的那天，田驼子也在这里，他少不得也知道一些根底，我要找田驼子去谈谈。"

秀姐原是坐在灶门口始终未动，听着这话，立刻站了起来，喂了一声道："你可不要和我娘儿两个找麻烦。"

老五道："你急什么，我若找他说话，一定晚上在澡堂子里，或

48

者老酒店里和他谈谈。他现时在做生意，我也要做生意，我去找他做什么？姑妈，你镇定些，不要慌张。有道是不怕他讨债的是英雄，只怕我借债的是真穷。他就是来和你们要钱，你们实在拿不出来，他反正不能要命。"

秀姐轻轻淡淡地插一句道："不要命，也和要命差不多。"老五已是到院子里去挑担子，秀姐道，"送我们两把韭菜吧。"说着这话，追到院子里来。

老五道："你娘儿两个能要多少？要吃什么菜，只管在筐子里捡吧。"

秀姐就当在筐子里捡菜的时候，轻轻地道："喂，我和你商量一件事。"

老五道："要买什么呢？"

秀姐一撇嘴道："你有多少钱做人情呢？一张口就问要买什么，我的事情你总知道，你和我打听打听风声。"

老五把担子挑在肩上，缓缓地向大门口走，低声道："打听什么风声？"

秀姐有些发急了，瞪了眼道："打听什么风声？我的事，难道你不晓得？你早点告诉我，也好有一个准备。"

老五道："真的，我不太十分清楚。"

秀姐因跨出门外，就会让隔壁的田驼子看到，只揪着菜筐子说了一句"随你吧"，她已是很生气了。她回到屋里，照常地做饭。何氏道："老五放了生意不做，到我们家来坐了这一会子，好像他有什么事来的？"

秀姐道："你没有看到拿出香烟来抽吗？挑担子挑累了的人，走门口过，进来歇歇腿，这也很算不得什么。"何氏没想到问这样一句话，也让姑娘顶撞两句，只好不向下说什么了。

吃过早饭后，天气越发晴朗，秀姐家里没有人挑井水，到隔壁老虎灶上，和田驼子讨了一桶自来水，回家来洗衣服。在半下午的时候，老虎灶上的卖水生意比较要清闲些，田驼子在大门外来往地

49

溜着，见秀姐在院子里洗衣服，便站定脚问道："二姑娘，何老板回来了吗？"

秀姐道："我母亲为了这事，还正着急呢。"

田驼子道："这倒是真有一点奇怪，事先并没有听到说他要向哪里去，怎么一走出去了，就几天不回来呢？"他说头两句话的时候，还站在大门外，说到第三四句的时候，已是走进了院子。秀姐将木盆装了一盆衣服在地上，自己却跪在草蒲团上，伸手在盆里洗衣服。田驼子背了两手在身后，向盆里看着。他很随便地问道："你妈在家吗？"

秀姐道："她倒是想出去找我舅舅，我拦住了。你想，这海阔天空的，到哪里去找他呢？"

田驼子道："何老板这就不对。不要说每天开门七件事，他不在家，没有法子安排。就是家里的用水，也不是要他挑吗？"秀姐弯了腰洗着衣服，没有作声。田驼子回头向屋里瞧瞧，见墙上挂的竹篮子里满满地装着小菜，灶口外堆好几捆木柴。桌上一只饭簸箕又装了一半的冷饭在内。这样就是说他们家里有钱买柴米了。田驼子笑道："二姑娘，我们邻居，有事当彼此帮忙。假如你家里为了何老板没有回来，差一点什么的话，可以到我家里要。"

秀姐道："这还用说吗？啰！这盆里的水，就是在你家里提了来的。"

田驼子笑道："这太不值得说了，晚上的米有吗？"

秀姐道："多谢你关照，米还够吃几天的。"

田驼子又说了几句闲话，缓缓地走开了。秀姐望了他的后影，淡笑了一笑。她虽没有说什么，何氏在屋子里，隔着窗户纸窟窿眼看到了，也就觉得田驼子也学大方了，是奇怪的事。想着，就把秀姐叫了进去，低声问道："田驼子走进来，东张西望，好像是来探听什么消息的。"

秀姐道："让他打听吧。他们有他们的计划，我也有我的计划，反正不能把我吞下去。"

何氏道："自然不会把你我两个人弄死，所怕的像前两天一样半死不活地困守在家里。"

秀姐摇摇头笑道："再不会有那么一天的，我有把握。"她说过这话，还拍了一下胸襟。何氏瞧了她一眼，也就没什么可说。

说这话不过两小时上下，却听到有人在院子里叫了一声何老板。何氏由窗户纸窟窿里面向外张望着，正是放印子钱的梁胖子。因为过去几次，他并没有进门就讨钱，料着今日这一来也和往日一样，便迎出去道："梁老板，你坐一会子吧。你看，这不是一件怪事吗？我们这位酒鬼兄弟出去了三天，还没有回来。"

梁胖子也不怎么谦逊，大摇大摆走进来，把放在墙根的一把竹椅子提了过来，放在屋子中间，然后坐下，伸张两腿，把一根纸烟塞到嘴角里，张眼四望。秀姐也是很含糊他的，立刻拿了一盒火柴送过去。梁胖子擦着火柴把纸烟点了，喷出一口烟来问道："他到哪里去了，你们一点不知道消息吗？"

秀姐道："他向来没有这样出门过，我们也正着急呢。"

梁胖子口里喷出了烟，把眉毛皱着，连摇头道："他简直是拆烂污！他简直是拆烂污！"

何氏道："梁老板有什么要紧的事找他吗？"

梁胖子先咦了一声，接着道："你们难道装麻糊吗？我不是交了你们三十块钱吗？那钱是人家要他每天送菜的定钱，我也和你们说明了的，还有一个田驼子做证呢。人家不等了要菜吃，也不会先拿出这些定钱来。于今就是拿定钱退还人家，误了人家的事，人家也是不愿意。"

何氏听到定钱两个字，就不敢作声，只是呆呆地望着。秀姐倒不怎么介意，靠了房门框站住，微微地笑道："梁老板，说到定钱的事，那还要让你为难。我舅舅这多天不回来，我们的困难你是可以想得到的。我们不能手里拿着钱，饿了肚子，坐在家里等死。万不得已，我已用了几块了。"

梁胖子听了她的话，倒不十分惊异，翻了眼望着她道："用了多少呢？"

秀姐还是很从容地，答道："恐怕是用了一半了。"

何氏道："没有没有，哪里会用了这样多呢？我们也并没有买什么。"

秀姐道："不管用了多少钱吧，我们已经没有法子退还人家的定钱，只好请梁老板替我们想个法子。"

梁胖子道："用了人家的钱，就要和人家送菜去，不送菜去，就还人家的定钱，另外有什么法子可想吗？"秀姐低了头，将指头抢着自己的纽扣。梁胖子道："有还是有个法子，除非是我垫款，把人家的定钱还了。可是话要说明，我梁胖子靠放债过日子，在银钱往来上，我是六亲不认的。二姑娘，你舅舅不回来，这钱怎么办？"

秀姐笑道："听了你这句话，我可前知五百年，后知五百年了。若是我舅舅不回来，这钱就归我还。你不要看我是个无用的女孩子，还很有人打我的主意。这几十块钱找个主子来替我还，倒是并不为难的。梁老板若信得过我这句话，就把款子垫上。信不过呢，只好等我舅舅回来，你和他去办交涉了。"梁胖子见她靠着门框，微昂了头，脸红红的，她倒成了个理直气壮的形势了。于是又拿出一支纸烟来点着吸了，一手按了膝盖，一手两个指头夹了嘴角的烟，且不放下来，只是出神。秀姐扑哧一声笑道："梁老板，你还想什么？鱼吞了钩子，你还怕她会跑了吗？"这句话透着过重，不但梁胖子脸变了色，就是何氏也吓了一跳呢。

第六章

明中圈套

在秀姐的邻居家里，谁都知道她是一个老实姑娘。梁胖子心里，也就是把她当一个老实姑娘看待。现在听她所说的话，一针见血，倒有点不好对付，可是真把这事说穿了，料着她也不奈自己何。不过欢欢喜喜的事，勉勉强强来做，那就透着无味。在他沉吟了几分钟之后，这就笑了一笑道："陈姑娘说话真厉害！你说的这话我根本不大明白，我也无须去分辩。和何老板垫出这三十块钱来，完全是一番好意。不想你们把钱花了，事情不办，倒向我来硬碰硬，说只有等何老板回来再说，何老板一辈子不回来，难道我就等一辈子吗？"他说着话，把嘴里衔的烟卷头扔在地上，极力用脚踏着，似乎把那一股子怨气，都要在脚踏烟头的时候发泄出来。

何氏这就向他赔着笑道："梁老板，你是我们多年多月的老邻居，有什么不明白的？我家这大丫头为人老实，口齿也就十分地笨。她说的这些话，当然是不能算事。"

梁胖子望了地面，很有一会子，忽然将身子一扭，脸望了她道："既是不能算事，你就说出一句算事的办法来。"

何氏本已走着站到了他面前来了，被他这样一逼问，向后退了几步，坐在门边椅子上去。秀姐在抢白梁胖子一句之后，本也就气不忿地向屋子里一缩。这时听见梁胖子说出这句话来，母亲有好久不曾答应，便隔了墙道："妈，你怎么不说话了？你想不出主意来，请个人替你想主意，还有什么不会的吗？你可以到隔壁老虎灶上找田驼子和梁老板谈谈。田驼子来了一定会和你出个主意，来把梁老板说好的。"

何氏道:"这个时候,人家要做生意。"

秀姐道:"你去叫叫看啊,也许他很愿意来呢。他就是不来,你也不会损失了什么!为什么不去?"

何氏听了这话,缓缓地站起身来。看那梁胖子时,他又点了一支烟衔在嘴角里,偏了头在吸着。何氏向他笑道:"梁老板,我去请田老板和你来谈谈,好吗?"梁胖子笑着点了一个头道:"那也好。"就是这"那也好"三字,虽不知道梁胖子真意如何,但他不会表示反对,却可断言。何氏也就不再考虑,径直向田驼子家中去。

那田驼子听了一声请,很快地就走过来了。在大门口,老远地就向梁胖子点着头道:"梁老板早来了,我在那边就听到你说话的声音。"

梁胖子站起来笑道:"我说话和我为人一样,总是唱大花脸。田老板来得很好,我们还有一点小事要麻烦你一下。前日我送那笔款子来,你也在当面。何老板拆烂污,到了这个时候他还没有回来。钱呢?我们这位大嫂子又扯得用了。一不向人家交货,二不向人家退定钱,你想,我这中间人不是很为难吗?"两个人一面说着,一面坐下来。梁胖子就拿出一盒烟来,敬了他一支,又自吸了一支。

两个人面对面地喷着烟,默然了一会儿,田驼子抽出嘴角里卷烟来两指夹了,将中指在烟支上面弹着灰,偏过头向站在门边的何氏道:"陈家婶子,打算怎么办呢?"

何氏鸡皮似的老脸,不觉随着问话红了起来,因道:"我有什么法子呢?"

田驼子将烟卷放到嘴角里又吸了两口,然后向何氏点了个头笑道:"当然在银钱上要你想不出什么法子。我想在银钱以外,和梁老板打个圆场,免得梁老板为难,这种办法你总不反对吧?"

何氏偷着看梁胖子的颜色时,见他很自然地向半空里喷出烟去,并没有什么反对的样子,便道:"只要不出钱,我有什么不愿意?可是田老板说的办法,总也要我办得到的才好。"

田驼子把手指上夹的烟卷，放在嘴角里又吸了两口，先点了个头，然后向梁胖子微笑道："这没有法子，谁叫梁老板伸手管这件事呢？既然沾了手，只好请你将肩膀扛上一扛。"

梁胖子叹了一口气道："烦恼皆因强出头。陈家大嫂子很清苦，我是知道的，我若是一定要她拿钱出来，那也未免太不肯转弯。你说吧，可以想个什么办法来周转呢？"

田驼子笑道："你就好人做到底，那三十块钱都借给陈家婶子好了。"

何氏听到这话，不觉全身出了一阵冷汗，随着站了起来，两手同摇着道："这个我不敢当，这个我不敢当。"

田驼子笑道："你也太老实了，我一双眼睛干什么的，难道还会叫你借印子钱吗？梁老板虽是放债过日子的人，买卖是买卖，人情是人情，他借钱给你们当然是人情，不是买卖，既是人情账，自然说不上放印子钱那些办法。就是利钱这一节也谈不到，只要写一张字，收到梁老板多少钱，定一个还钱的日子就算完了。"

何氏道："这样说，梁老板自然是十二分客气。不过我的事，田老板是知道的，我也在人家大树荫下乘凉，一文钱的进项也没有。你说让我定个日子还钱，叫我定哪个日子呢？我自己都不相信我会有那种日子。"

梁胖子忍不住插嘴了，扑哧一声地笑道："人家讨债的自己找台下，总说要约一个日子。你是连日子都不肯约，这就太难了。"

何氏强笑着道："不是那样说，田老板知道我们的事。"

田驼子摇了两摇头道："不是那样说，你是怎么样说呢？我可不知道。"

这一僵把何氏松懈了一分的神经复又紧张起来。满脸浅细的皱纹都闪动着，变成深刻的线条，苦苦地向田梁二人一笑。梁胖子坐在矮凳子上，不住地颤动着大腿，这就向何氏沉着肉包脸腮道："你也应该替别人想想。你为难，人家和你帮忙，这忙也应当帮得有个限度。你现在虽然是没有进项，但你不能够一辈子都没有进项。你迟早约一个还钱的日子，我也就放了心。再退一步说，就算你没有法子，何老板总要回来的，他回来了必定会替你想法子的。你发愁什么？"

田驼子坐着，微笑了听完话，却把手一拍大腿道："照哇！何老板总会和你想法子的。一棵草有一颗露水珠子，天下有多少人生在天底下会干死了？总有办法，总有办法。"说时，他不住地点头。

何氏看到他这样肯定地说自己有办法，但这办法在哪里？实在不明白，只有睁眼望了他们，一句话说不出。梁胖子以为她心里在打主意，由她慢慢去想着，并不加以催促。倒是秀姐在屋子里默听了半天，见外面并无下文，因又走出来看看。见母亲满脸莫名其妙的样子在房门边呆坐着，因道："妈，人家等你回一句话，你怎么不作声？"

何氏对她说话，却有辞可措了，掉过头来向她望着道："你在屋里头，难道没有听见吗？人家要我们约一个还钱的日子呢。我就不知道我们家里哪一天会有钱，我怎么好说什么呢？"

秀姐微微一笑，向她点头道："你老人家实在太老实，不用王法也可以过日子。"说着，走出来，也在一把椅子上坐下，品字形地对了田梁二人，向田驼子笑道："我妈太老实，所以请你来出一个主意。我们愿出一张借字给梁老板用这三十块钱。至于哪一天还他，各有各的算法。田老板你和我们估计一下，大概什么时候可还呢？"

田驼子笑道："你们家的事，我怎么好估计？"

秀姐望着他，哟了一声，笑道："你就估计一下也不要紧。估计错了，也不能叫你替我们还钱啦。"

田驼子笑了一笑，将右耳朵缝里夹的半根烟卷取了下来，放到嘴角里衔着，在卷着的袖子里找出一根火柴，抬起脚来，在鞋底上擦燃了，然后自点着烟吸了。这样沉默了四五分钟，他向秀姐笑道："我是瞎说的，对与不对，大姑娘不要见怪。据我想着，在三个月内你们家里一定有办法。"

秀姐笑道："好吧，借重田老板的金言，那么我就写一张三个月里还他的借字吧。"

何氏道:"三个月里还钱?到那时,你有钱还人家吗?"

秀姐道:"田老板久经世故,什么事不知道?他这样说了,一定是三个月里有办法,就请田老板和我们写一张借字吧。"

田驼子望了梁胖子笑道:"梁老板的意思怎么样?"说着,站起来拍了两拍身上的烟灰。

梁胖子也随他的话站起身来,笑道:"我无所谓,只要陈家大嫂子感觉得不困难。"

秀姐笑道:"天下人都是这样,借钱的时候,非常高兴,到了还钱的时候,就觉得有困难了。最好是我们借了梁老板这笔钱,不用……"她说到这里就不向下说了,向田驼子点了一个头道,"诸事都拜托田老板了。"

田驼子道:"你这里没有笔砚,拿到我家里去写吧。写好了我来请大姑娘画一个押就是。"

何氏道:"还要画押?"说着,突然地站了起来。

秀姐笑道:"我的老娘,你怎么越过越颠倒。人家替你写一张借字,交给梁老板,这就算事了吗?假如这样算得了事,你有十个姑娘,也让舅舅卖掉了。"梁田两人都站在院子里听她说话。秀姐笑道:"你二位去吧。我娘儿两个一天抬到晚的杠,这算不了什么。"梁胖子听说,笑着走开了。

何氏看到两个人都走进老虎灶去了,便悄悄地问秀姐道:"这样办不要紧吗?到了日子拿不出钱来,你我娘儿两个要挑着千斤担子的。我们画了押,你舅舅不会管这件事的。"

秀姐道:"哪个又要他管这件事呢?我们花了人家的钱,我们还。我们还不出钱来,我凭着我这个人就有法子解决。"

何氏笑道:"你也自负得了不得,你就有这么大的面子吗?"

秀姐道:"你老人家太老实,非说明了不可。我就告诉你吧,他们这是一个圈套。头一下子我就有些疑心,可是我们饿得难受,不得不上钩。现在既然是上钩,只有跟着吞了下去,不吞也是不行。

57

好在我们穷得精光，除了这条身子，也没有什么让人家拿去的。我舍了这条身子就是了，你老人家还担什么心？只要我肯下身份，漫说是三十块钱，就是三百块钱，也有法子对付。"

正说到这里，田驼子已经同着梁胖子走回来了。他们听到秀姐在道论这件事，在院子里站着没有进来。秀姐点点头道："二位请进来，我们家里并没有什么秘密！"

那两人见她这样大马关刀地说着，在尴尬情形中也就只好笑了一笑走进来。田驼子手上捧了一张借字，向秀姐微欠了一欠腰，笑道："姑娘看看，这借字写得怎么样？"说着，将借字伸着递过来。

秀姐向后退了两步，笑着摇了两摇头道："我又不认得字，你给我看什么？"

田驼子笑道："大姑娘客气，我知道你在家里老看鼓儿词。不过也应当念给陈家大婶子听听。"于是举着字条在面前，念道：

> 立借约人陈何氏，今借到梁正才先生名下大洋叁拾元。
> 言明月息一厘，在三个月内，本息一并归还。空口无凭，
> 立此借约为据。

年月日俱念完了，他又声明一句道："无息不成借约。只好在字上写了一厘息，三十块钱做三个月算，到了还债的日子，要不了你一角钱利钱，载上这一笔，总没有什么关系。"

何氏点点头道："我懂得懂得！我们常当当的人，利钱是会算的。"

田驼子道："那就很好，请你画上一个押。"说着，把那借字递了过来。

何氏拿了这张字在手，不知道怎样是好，却回过脸来向秀姐望着。秀姐笑道："这发什么呆呢？梁老板手上有笔，你接过来画上一个十字就是。"何氏糊里糊涂地在梁胖子手上接过那支毛笔来，又不知道要在哪里下手，还是掉过脸来向秀姐望着。秀姐道："咳！我索

性代了你老人家吧。我自己押上一个字，想梁老板一定也欢迎。"说着，把字条铺在桌上，在立借约人陈何氏名下画了一个押，而且还在旁边注了一行字，陈秀姐代笔。写得清楚完毕了，两手捧着，送到梁胖子手上，笑道："梁老板你放心，你这笔钱跑不了的。我娘还不了你的钱，你好歹认在我身上。"

梁胖子望了她笑道："大姑娘，你不要误会了我们的意思。"

秀姐道："我这话也并不见得说出了格呀。我做代笔人在上面画了押，你不能拿借字和我办交涉吗？"

梁胖子笑道："哦，大姑娘是这个意思，但那也不至于。再会！再会！"他一面说着，一面将借字折叠起来揣到怀里去，和田驼子看了一眼，笑嘻嘻地走了。

秀姐签过押的那支笔还放在桌上，田驼子就向前去捡了在手上。秀姐向他勾勾头笑道："田老板，多谢你费神了。做中的人，像你这样热心的，真是少有！除了跑路，连画押的笔都要你随身带着。等我舅舅回来，一定告诉他，深深地和你道谢。"

田驼子道："谁让我们是紧挨着的邻居呢？这样近的邻居家里有了事，我有个不过问的吗？"

秀姐笑道："说到邻居，那也不一定呀！有些人就是搭得邻居不好，弄得不死不活。像田老板这样的邻居，实在可以多多地请教一下。"田驼子虽觉她的话带刺，可是想到所做的事，就表面看来是没有什么可说的，微笑着也自走了。

何氏听到女儿这些似恭维非恭维的话，又看看她脸上那一种愤恨的颜色，也就想到这件事的前前后后，好像是事先约好了的一套戏法。姑娘既是做主把借约画了押了，自己也就无须去再说什么，只是坐着矮椅子上，背半靠了墙壁呆呆地想。秀姐却不理会，抬头看看天上，自言自语地道："天气不早了，该做饭吃了。还有二十多块钱，可以放心大胆，平平安安过上一个月的好日子。妈，你晚上想吃点什么菜？"

何氏望了她道："你这孩子气疯了我，还这样调皮做什么？"

秀姐笑道："我调什么皮？这本来是实话。他们拿钱来圈套我们，我们也上了人家的圈套，这好比人落到水里去了，索性在水里游泳着，还可以游过河去。若是在水里挣扎起来，还想衣服鞋子一点不湿，那怎样能够？我们现在快快活活吃一点，也就和落了水的人索性在水里游泳一般。"

何氏道："孩子，你这样做，是一不做二不休的意思，你真做到了那一步田地的时候，那就不能怪做娘的不能维护你了。"

秀姐把脸色向下一沉道："我要你维护做什么？我不是维护你，我还不这样一不做二不休呢。"

何氏被女儿这样顶撞了一句，就不再向下说了。秀姐却像没有经过什么事一样，自自在在地烧火做饭。这样一来，何氏倒添了一桩心事，晚饭只吃了一碗就放下筷子了。秀姐虽也吃饭不多，可是态度十分自然，赶快地洗刷了锅碗，就把茶壶找了出来，用冷水洗了，放在桌上，问道："妈，记得我们家还有一小包茶叶，放在哪里？"

何氏靠了桌子坐在矮凳子上，手撑了头，只是昏昏沉沉地想睡。听了这话，抬起头来，皱了眉道："还喝个什么茶？"

秀姐道："哪是我们喝？我是预备舅舅喝的。我预算着，舅舅该回来了。"

何氏道："好几天没有回来了，你倒算得那样准。"

秀姐倒不去和她计较，笑道："我出去买茶叶去吧。"

随着这话，她走了出去。当她的茶叶还没有买回来的时候，就听到何德厚在院子里先啊哟了一声，接着道："我知道，这几天家里一定等我等急了。"

何氏见他果然是这时候回来，秀姐所猜的情形那就一点不错。不觉一股怒火直透顶门，立刻扭转身躯，走进房去。可是她还没有走进卧室门去，那何德厚已走进了外面堂屋门了。他笑道："秀姐娘，老妹子，我这个没出息的哥哥回来了。"

何氏见他这样喊着了，不能再装麻糊了，只得站住脚回转身来向他笑道："舅舅你怎么记得回来？我和你外甥女快要讨饭了。"

何德厚道："我想着，你娘儿两个一定会想出一些办法来的，所以我也没有托人带一个口信回来。今天吃过晚饭吗？"

何氏还没有答言，秀姐已经买了一包茶叶进门了。她笑道："舅舅财喜好哇！在哪里出门来呢？"

何德厚本已坐在椅子上了，看到她走进来，便站了起来向她点了一个头笑道："外甥姑娘，这两天把你急坏了，真对不起。"

秀姐笑道："真想不到，舅舅和外甥女这样客气，其实应该说是我们对不住舅舅。"

何德厚手上捏了一个大纸包，正放到桌上去透开着，这里面除了烧饼馒头，还有一张荷叶包，包着熏鸡酱肉之类，正笑着要请她母女两人吃。听了这话，故意放出很吃惊的样子，向秀姐望了道："你这话什么意思？"

秀姐道："也没有什么意思。不过我没有知道舅舅回来得这样快，没有把茶叶给你预备下来，好让你一进门就有得喝。"

何德厚笑道："就是这件事？"

秀姐道："不就是这件事，舅舅还希望你不在家的时候，我们和你惹下一场大祸吗？"

何德厚笑道："若是那样说，我益发不敢当了。"

秀姐笑道："哼！不敢当的事，以后恐怕还要越来越多呢。"说着，她在茶壶里放下了茶叶，立刻到田驼子家里泡了热茶来。

田驼子随在她后面走来，走到院子里，老远地就抬起一只手来，向何德厚指点着道："你在哪里吃醉了酒，许多天没有回来？真是拆烂污，真是拆烂污！"

何德厚道："我到江边上去贩货，让我一个朋友拉着我到滁州去，做了一趟小生意。虽也寻了几个钱，扣起来去的盘川，也就等于白跑了。请坐，请坐！"他搬过一张竹椅子来让田驼子坐下，又在身上掏出一盒纸烟来敬客。对于田驼子之来，似乎感到有趣，还将新泡来的茶斟了一杯，放在桌子角上相敬。

田驼子抽着烟，微笑道："何老板这多天，家里不留下一个铜板，也没有在米缸里存下一合米，你这叫人家怎样过日子呢？"

何德厚搔搔头发，笑道："这实在是我老荒唐。不过我这位外甥姑娘很能干，我想着总也不至于吊起锅来。"

何氏站在房门边听他们说话，这就把头一偏道："不至于吊起锅来？可不就吊了一天的锅嘛。"何德厚向她一抱拳头，笑着连说对不起。

田驼子笑道："你不用着急，天无绝人之路呢。"于是把梁胖子送款来的事粗枝大叶地说了一个头尾。何德厚当他说的时候，只管抽了烟听着。直等田驼子说完，却板了脸道："田老板你虽是好意给她们打了圆场，但是你可害了我。你想吧，她母女两人在三个月之内，哪里去找三十块钱来还这笔债？"

田驼子脸上透着有点尴尬，勉强笑道："我也明知道，梁胖子不是好惹的。不过在当时的情形，不是这样就下不了台。而况梁胖子这样对她们客气，还是一百零一次，我觉得倒不可以太固执了。"

何德厚道："客气是客气，他不会到了日子不要钱吧？我和他有过一次来往账，我是提到他的名字就会头痛。"

秀姐将身子向前一挺，站到他们两人面前，脸红红地望了何德厚道："舅舅，你说这些话，还是故意装作不知道呢，还是真不知道？你要把我说给赵次长做二房，你早已就告诉梁胖子的了，梁胖子还向我娘道过喜呢，这不就是我一个还钱的机会吗？我一天做了赵次长的姨太太，难道三十块钱还会难倒我？我并不是不害臊，自己把这些话说出来。不过我看到大家像唱戏一样地做这件事，真有些难受！我索性说明了。大家痛痛快快向下做去，那不好吗？哼！真把我当小孩子哄着呢！"

她这样说着，别人一时答复得什么出来？田驼子看着情形不妙，搭讪着伸了个懒腰，问声："几点钟了？"在这句话后，懒洋洋地走了。

第七章

谈条件之夜

抽烟的动作是给人解决困难的补救剂。何德厚闷着一肚皮的春秋，自是想到家以后，按了步骤一步一步做去。现在听到秀姐说的这一番话，简直把自己的五脏都掏出来看过了。一时无话可说，只好在身上掏出一盒纸烟来，衔了一支，坐在矮凳子上慢慢地抽。秀姐在一边看到微笑道："我们舅舅真是发财了，现在是整包的香烟买了抽。将来在我身上这笔财要发到了，不但是买整包的香烟，还要买整听子的烟呢。"

何德厚再也不能装傻了，两指取出嘴里衔的烟来，向空中喷了一口烟，把脸子沉了下来，因道："秀姐，你不要这样话中带刺。我和你说，人家也是一番好意。你这大年岁了，难道还没有到说人家的时候吗？至于说给人家做二房，这一层原因我也和你详细地说了，从与不从，那还在你，你又何必这样找了我吵？"

秀姐道："我为什么从？我生成这样的下贱吗？不过你们做好了圈套，一定要把我套上，我也没有法子。我为什么没有法子呢？因为我饿得冷得，也可以受得逼。但是我这位老娘，苦了半辈子就指望着我多少养活她两天。现在我要一闹脾气，寻死寻活，第一个不得了的就是我的娘。我千不管，万不管，老娘不能不管。我明知道我将来是没有好下场，但是能顾到目前，我也就乐得顾了目前再说。譬如说，那个姓赵的讨我去做姨太太，开头第一项，他就要拿一笔钱来。我娘得了这钱，先痛快痛快一阵子再说。至于我本人到了人家，是甜是苦那还是后话，我只有不管。我娘这大年纪了，让她快

63

活一天是一天。"

何德厚这才带了笑容插嘴道："姑娘，你说了这一大套，算最后这一句话说得中肯。你想，你娘为你辛苦了半生，还不该享两天福吗？至于你说到怕你到了人家去以后，会有什么磨折，你自然也顾虑得是。我做舅舅的和你说人家，也不能不打听清楚，糊里糊涂把你推下火坑。你所想到的这一层，那我可写一张保险单子。"秀姐不由得淡笑了一声，索性在何德厚对面椅子上坐下，右腿架在左腿上，双手抱了膝盖，脖子一扬，小脸腮儿一绷，一个字不提。何德厚道："姑娘，你以为我这是随便说的一句淡话吗？"

秀姐笑道："若是开保险公司的人，都像舅舅这个样子，我敢说那公司是鬼也不上门。"

何德厚又碰了这样一个硬钉子，心里也就想着，这丫头已是拼了一个一不做二不休，若是和她硬碰硬地顶撞下去，少不得她越说越僵，弄个哭哭啼啼，也太没趣味，就让她两句也没什么关系。这就笑道："姑娘，随便你怎样形容得我一文不值。好在你的娘和我是胞兄妹。再说，我膝下又没有一男半女，你也就是我亲生的一样。我就极不成人，我也不至于害了你，自己找快活。"秀姐在一边望了他，鼻子里哼上了一声，除了脸上要笑不笑而外，却没有什么话说。

何氏坐在旁边，看到秀姐只管讥讽何德厚，恐怕会惹出其他的变故，便笑道："舅舅，你刚回来，喝碗茶，不必理会她的话。人家的钱我们已经用了，后悔自然也是来不及。我们慢慢地来商量还人家的钱就是了。"

秀姐把身子一扭，转了过来，向她母亲望着道："你老人家，也真是太阿弥陀佛，我们还商量些什么？哪里又有钱还人？老老实实和舅舅说出来，把我卖出去，你要多少钱？这样也好让舅舅和人家谈谈条件。"

何德厚把吸剩的半截烟头扔在地上将脚踏了，笑道："我们外甥姑娘是越来越会说话。字眼咬得很清楚不算，还会来个文明词儿。世上将女儿许配人家做三房四妾的很多，难道这都是卖出去的吗？

你说出这样重的字眼，我就承当不起。"

秀姐笑道："哟！我说了一个卖字，舅舅就承当不起？好了，我不说了，现在也不是斗嘴巴子的时候，有什么话娘就和舅舅谈谈吧。"

何氏道："你看，你还是耍脾气。"

秀姐道："并不是我耍脾气。事到于今，反正是要走这一条路，有道是快刀杀人，死也无怨。我就愿意三言两语把这话说定了，我死了这条心，不另外想什么。你老人家也可以早得两个钱，早快活两天。"

何德厚又点了一支纸烟抽着，点点头道："自己家里先商量商量也好。你娘儿两个的实在意思怎样，也不妨说一点我听听。"

何氏皱了眉道："叫我说什么呢？我就没有打算到这头上去。"

秀姐站起来，把桌子角上那壶茶又斟了一杯，两手捧着送到何德厚面前笑道："我没有什么孝敬你老人家，请你老人家再喝一杯茶。"

何德厚也两手把茶杯接着，倒不知她又有什么文章在后，就笑道："外甥姑娘，你不要挖苦我了，有话就说吧。"

秀姐笑道："你老人家请坐，我怎么敢挖苦你老人家？因为到了这个时候，我不能不说几句实在话，也不能不请你做主。既是要你做主，我就要恭维恭维你了。"

何德厚笑道："恭维是用不着。我想着，你总有那一点意思：我和你提亲，一定在其中弄了一笔大钱。这事我要不承认呢，你也不相信。好在这件事，我不能瞒着你的，人家出多少钱礼金，我交给你母亲多少礼金，你都可以调查。"

秀姐道："这样说，舅舅是一文钱也不要从中捞摸的了。"

何德厚顿了一顿，然后笑道："假使你母亲答应我从中吃两杯喜酒，那我很愿意分两个钱吃酒，横直你舅舅是个酒鬼。"说着，就打了一个哈哈。

秀姐望了何氏，将脚在地上面连顿了几顿，因道："我的娘，你到了这时候，怎么还不说一句话？这也不是讲客气的事，怎么你只管和舅舅客气呢？"

何氏道："我倒不是客气。这是你终身大事，总也要等我慢慢地想一想，才好慢慢地和你舅舅商量。"

秀姐道："你老人家也真是阿弥陀佛。说到商量，要我们在愿不愿意之间还有个商量，意思是可以决定愿不愿。现在好歹愿是这样办，不愿也是这样办，那还有什么商量？我们只和舅舅谈一谈要多少钱就是了。"

何氏见自己女儿总是这样大马关刀地说话，便道："你何必发脾气？舅舅纵然有这个意思，也没有马上把你嫁出去。"

秀姐叹了一口气，又摇了两摇头，因笑道："麻绳子虽粗，也是扶不起来的东西。"就向何德厚道："大概我娘是不肯说的了，我就代说了吧。什么条件也没有，就只两件事，第一，我娘要三千块钱到手，别人得多少不问。第二，我要自己住小公馆，不和姓赵的原配太太住一处。钱拿来了，不管我娘同意不同意，我立刻就走。"

何德厚微笑道："你总是这样说生气的话。"

秀姐点点头道："实在不是生气的话。说第一个条件吧，姓赵的既是做过次长的，拿五七千块钱讨一个姨太太也不算多，漫说是三千块钱。第二条呢……"

何德厚道："这一层，我老早就说过了，绝不搬到赵次长公馆里去住。人家讨二房，也是寻开心的事，他何必把二太太放到太太一处去碍手碍脚呢？"

秀姐道："好，难为舅舅，替我想得周到。这第一件呢？"说时，伸了一个手指，很注意地望了何德厚。

他笑道："第一条？"说着，伸手搔了几搔头发。

秀姐道："钱又不要舅舅出，为什么发起愁来了呢？"

何德厚道："我当然愿意你娘多得几个钱，不过开了这样大的口，恐怕人家有些不愿意。"

秀姐道："不愿意，就拉倒嘛！这又不是卖鱼卖肉，人家不要，怕是馊了臭了？"何德厚觉得有些谈话机会了，正要跟着向下说了去，不想她又是拦头一棍，让自己什么也说不上，只得口衔了纸烟，微微地笑着。

何氏道："这也不是今天一天的事，你舅舅出门多天，刚刚回来，先做一点东西给你舅舅吃吧。"

这句话倒提醒了何德厚，便站起来，扯扯衣襟，拍拍身上的烟灰，自笑道："我真的有些肚子饿，要到外面买一点东西吃去了，有话明日谈吧。"说着话，他就缓缓地踱了出去。何氏自然是好久不作声。

秀姐见何德厚掏出来的一盒纸烟没有拿走，这就取了一支烟在手，也学了别个抽烟的姿势，把烟支竖起，在桌面上连连顿了几下，笑道："我也来吸一支烟。"

何氏道："你这孩子，今天也是有心装疯。你要和你舅舅讲理，你就正正堂堂和他讲理好了，为什么一律说着反话来俏皮他？他不知道你的意思，倒以为你的话是真的。"

秀姐把那支烟衔在嘴角里，擦了火柴，偏着头将烟点着吸上一口，然后喷出烟来道："我本来是真话。有什么假话也不能在你老人家面前说得这样斩钉截铁。娘，我真是有这番意思，嫁了那个姓赵的拉倒。"

何氏还没有答话，门外却有一个人插嘴道："好热闹的会议，完了一场又是一场。"随着这话，却是童老五口里衔了一支香烟，两手环抱在胸前，缓缓地踱着步子走了进来。

何氏倒无所谓，秀姐却是一阵热气由心窝里向两腮直涌上来，耳朵根后面都涨红了。先还不免一低头，随后就勉强一笑道："老五什么时候来的？我们一点也不知道。"

童老五且不答复她这句话，笑道："几时喝你的喜酒呢？"随了这话，扭转身来向何氏抱了一抱拳头，笑道，"恭喜恭喜！"

何氏道："哪里就谈得上恭喜呢？我娘儿两个，也不是正在这里为难着吗？"

童老五笑道："认一个做次长的亲戚，这算你老人家前世修到了哇，为什么为难呢？"

秀姐本就含住两汪眼泪水，有点抬不起头来。到了这时，实在忍不住了，哇的一声哭着，两行眼泪在脸上齐流，望了童老五顿着脚道："前世修的也好，今世修的也好，这是我家的事，不碍别人。你为什么挖苦我？"说毕，扭了身子就向自己屋子里头跑，呜呜咽咽地哭着。

童老五进门的时候，虽然还带了一片笑容，可是脸上却暗暗藏着怒气。这时秀姐在屋子里哭了起来，他倒没有了主意，不觉微微偏了头，皱了眉向何氏望着。何氏叹了一口气道："本来啊，她已经是心里很难受，你偏偏还要拿话气她。你想，她舅舅出的这个主意，她还愿意这样做吗？"

童老五道："你们家的事，多少我也知道一点。第一自然是你娘儿两个的生活无着，不能不靠了这老酒鬼。第二是你们又错用了梁胖子三十块钱了，没有法子还他。俗话说：一文逼死英雄汉，你们是让人家逼得没奈何了。"何氏倒没有什么可说的，鼻子里唏嘘两声，忽然流下泪来。童老五道："唉！酒鬼不在家，你们过不去，该告诉我一声。我纵然十分无办法，弄得一升米，也可以分半升给你娘儿两个，不该用那三十块钱。"

秀姐止住了哭声，突然在里面屋子插嘴道："好话人人会说呀。你不记得那天还到我们家来借米吗？假如，我娘儿两个有一升米，你倒真要分了半升去。"她虽没有出来，童老五听了这话，看到里面屋里这堵墙，也不觉得红了脸。

何氏道："老五，你也不要介意。她在气头上，说话是没有什么顾忌的。不过我娘儿两个，在背后总没有说过你什么坏话的。"

童老五两手环抱在怀里，将上牙咬了下嘴唇，偏着头沉思了一番，脸色沉落下来，向何氏道："姑妈，你往日待我不错。你娘儿俩现在到了为难的时候，我要不卖一点力气来帮帮忙，那真是对不起你。我也不敢预先夸下海口，能帮多大的忙。反正我总会回你们一个信的。看吧!"说完，他一撒手就走了。

何氏满腔不是滋味，对于他这些话也没有十分注意。还是秀姐睡在屋子里头，很久没有听到外面说话，便问道:"童老五走了吗?"

何氏道:"走了，他说可以帮我们一点忙。"

秀姐隔着墙叹了一口气道:"他也是说两句话宽宽我们的心罢了。我现在死了心，倒也不想什么人来帮我们的忙。"

何氏道:"真也是，我们是六亲无靠。假如我们有一个像样的人可靠，也不会落到这步田地。"

秀姐道:"你这话我不赞成。你说童老五和我们一样穷倒也可以。你说他也不像样，那就不对，他为人就很仗义。一个人要怎么样才算像样呢? 要像梁胖子那样，身上总穿一件绸，腰包里终年揣了钞票，那才是像样子的人吗?"

何氏道:"我也不过那样比方地说，我也不能说童老五不是一个好人啦。"

秀姐对于她母亲这话，倒并没有怎样答复，屋子里默然了下去。何氏拿了一件破衣服，坐到灯下，又要来缝补钉。秀姐由屋子里出来，靠了房门框站定，脸上带了泪痕，颜色黄黄的。手扶着鬓发，向何氏道:"这个样子，你老人家还打算等着舅舅回来，和他谈一阵子吗?"

何氏道:"你看，你先是和他说得那样又清又脆，一跌两响，他出去了一趟回来，就把这事丢到一边不问，那怎么可以呢?"

秀姐道:"你谈就尽管和他谈，我也不拦你。你不要忘记了我和舅舅提的那两个条件。只要舅舅答应办得到，你就不必多问，无论把我嫁给张三李四，你都由了他。"

何氏道:"你不要说是三千块钱没有人肯出。你要知道，有钱的人拿出三千块钱来，比我们拿出三千个铜板来，还容易得多呢!"

秀姐道:"有那样拿钱容易的人，我就嫁了他吧，假使我吃个三年两载的苦，让你老人家老年痛快一阵子，那我也值得。"

何氏两手抱了那件破衣服在怀里，却偏了头向秀姐脸上望着，因道："你以为嫁到人家去，两三年就出了头吗？"

秀姐道："那各有各的算法，我算我自己的事，三两年是可以出头的。你老人家太老实，什么也不大明白，我说的话无非是为了你，你老人家……唉！我也懒得说了。"说着，摇了两摇头，自己走回屋子去了。

何氏对于她这话，像明白又像不明白，双手环抱在怀里，静静地想了一想，接着又摇摇头道："你这些话，我是不大懂得。"可是秀姐已经走到屋子里去了，她纵然表示着那疑惑的态度，秀姐也不来理会。她手抱了衣服，不做针活，也不说话，就是这样沉沉地想。

不多一会子，何德厚笑嘻嘻回来了，笑道："秀姐娘，你还没睡啦。"

何氏道："正等着舅舅回来说话呢。"

何德厚道："等我回来说话？有什么事商量呢？"说着抬起手来，搔搔头发，转了身子，四周去找矮凳子，这就透着一番踌躇的样子。

何氏道："舅舅请坐，再喝一杯茶，我缓缓来和你说。"

何德厚终于在桌底下把那矮板凳找出来了。他缓缓坐下去，在身上又摸出一盒纸烟来。何氏立刻找了一盒火柴，送到他面前放在桌子角上，笑道："舅舅真是有了钱了，纸烟掏出一盒子又是一盒子。"

何德厚擦了火柴吸着烟笑道："那还不是托你娘儿两个的福。"

何氏道："怎么是托福我娘儿两个呢？我们这苦人，不连累你就是好的了。"

何德厚顿了一顿，笑道："我说的是将来的话。"

何氏道："是的，这就说到秀姐给人家的事情了。她果然给了一个有吃有喝的人家，我死了，一副棺材用不着发愁，就是舅舅的养育之恩也不会忘记。不过若只图我们舒服，把孩子太委屈了，我也是有些不愿意的。"

何德厚连连摇着头道："不会不会，哪里委屈到她？我不是说了吗？她就像我自己的姑娘，我也不能害自己的女儿。那赵次长不等

70

我们说，他就先说了，一定另外租一家公馆。"

何氏道："我晓得什么？凡事总要望舅舅体谅一点。"她说着，哽咽住了，就把怀里抱的那件破衣服拿起，两手只管揉擦眼睛角。她不揉擦倒也没有什么形迹，这一揉擦之后，眼泪索性纷纷地滚了下来。

何德厚劝也不是，不劝也不是，皱了眉头子抽着烟卷，口里却连连说着："这又何必呢？"

何氏越是耸了鼻尖，唏唏嘘嘘地哭。秀姐突然地站在房门口，顿脚道："舅舅和你说话呢，你哭些什么？你哭一阵子，就能把事情解决得了吗？舅舅，我来说吧。另外住这一件事，我看是没有什么问题的了。还有一件我想也不难，那个姓赵的讨得起姨太太，就可拿得出三千块钱。"

何德厚微偏了头，向秀姐笑道："姑娘，你不要这样左一声右一声叫着姨太太，说多了你的娘心里又难过。至于三千块钱的话，只要你不反悔，总好商量。"

秀姐道："我反悔什么？只要这三千块到了我娘的手上，要我五分钟内走，我要挨过了五分零一秒，我不是我父母养的。舅舅，你和我相处，也一二十年了。你看我这个人说话，什么时候有说了不算事的没有？至于姨太太这句话，说是名副其实，也没有什么难过不难过。不说呢，也可以，这也并不是什么有体面的事情。"

何德厚先把大拇指一伸，笑道："姑娘，不错！你有道理。只要你说得这样干脆，我做舅舅的也只好担些担子。就是这话，我去对赵次长说，没有三千块钱，这亲就不必再提。"说着，伸手掌拍胸脯。

秀姐笑道："今晚上你老人家没有喝酒吗？"

何德厚突然听了这一问，倒有些愕然，便道："喝是喝了一点，怎么，你一高兴了打算请我喝四两吗？"

秀姐道："不是那话。你老人家没有喝什么酒，这会子就不醉。既不醉呢，说的话就能算数。"

何德厚抬起右手，自在头皮上戳了一下爆栗，笑骂道："我何德厚好酒糊涂，说话做事，都没有信用，连自己的外甥女儿都不大相信，以后一定要好好地做人，说话一定要有一个字是一个字。"

秀姐笑道："舅舅倒不必这样做。好在我已经拿定了主意，无论怎样说得水点灯，没有三千块钱交到我娘手上，我是不离开我娘的。"

何德厚点点头道："你这样说也好。你有了这样一个一定的主意，我也好和你办事。"说着，口里抽了纸烟，回转头来向何氏道，"你老人家还有什么意见呢？"

她听着她女儿说话，已经用破衣服把眼泪擦干了，却禁不住扑哧一声地笑了起来，因道："孩子舅舅一客气起来，也是世上少有。连我都称呼起老人家来了。"

何德厚笑道："你也快做外婆的人了，老兄老妹的，也应当彼此客气一点。"

秀姐把脸色一沉道："舅舅，你还是多喝了两杯吧？怎么把我娘快做外婆的话都说出来？我娘没有第二个女儿，我可是敢斩头滴血起誓，是一个黄花幼女。这话要是让外人听到，那不是一个笑话吗？"

何德厚抬起右手来，连连地在头上戳着爆栗，然后向秀姐抱了拳头，连拱了几下手，笑道："姑娘，你不要介意。我这不是人话，我简直是放屁。今天晚上，大概是我黄汤灌得多了，所以说话这样颠三倒四，我的话一概取消。"说着，把头还连连点了两下，表示他这话说得肯定。可是他把话说完了，自己大吃一惊，啊哟一声。秀姐娘儿两个倒有些莫名其妙，睁了两眼向他望着。何德厚连连作了揖道："我的话又错了，先答应秀姐那两个条件的话，还是算数，绝不取消。我的外甥姑娘，你明白了吗？"

秀姐叹了一口气，又笑道："舅舅，你这样子，也很可怜呢。"

何德厚点头道："姑娘，你这话是说到我心坎上来了。我也是没法子呀，哪个愿意过得这样颠三倒四呢？"

72

秀姐手扶了房门框，对他注视了很久。见他那两个颧骨高挺，眼眶子凹下去很多，脸色黄中带青，这表示他用心过度。抬昂着头叹口气，回房睡觉去了。

第八章

朋友们起来了

世上被人算计着的，自然是可怜虫。而算计人的，存着一种不纯洁的脑子，精神上就有些不大受用。加之对方若是有点知识的人，多少有些反抗，这反抗临到头上，无论什么角儿也不会受用的。何德厚存着一具发财的心理，算计自己骨肉，实在不怎么痛快。遇到秀姐这个外甥女，在不反抗的情形下，常是冷言冷语地回说两句，却也对之哭笑不得。一晚的交涉办完了，秀姐是带着笑容叹了气进房去的。何德厚没得说了，只是坐在矮凳子上吸纸烟。头是微偏着，右手撑住大腿，托了半边脸。左手两指夹了纸烟，无精打采地沉思量着，那烟缕缕上升，由面孔旁边飞过去。不知不觉之间，眼睛受到熏炙，流出了一行被刺激下来的眼泪。何氏道："舅舅，你还尽想些什么呢？好在我娘儿两个，苦也好，乐也好，这八个字都全握在你手掌心里。你还有什么发愁的呢？"

何德厚丢了烟头，拿起腰带头子擦着自己的眼睛角，叹了一口气道："你娘儿两个当了我的面，尽管说这些软话，可是背了我的时候，就要咬着牙骂我千刀万剐了。"

何氏道："你也说得太过分一点。我们也没有什么天海冤仇，何至于这样？"

何德厚道："这也不去管它了。好在你们已经说出条件来了，我总当尽力，照着你们的话去办。将来有一天你做了外老太太了，你开了笑容，我再和你们算账。"说着，他哧哧地一笑。何氏还没有答言呢，院子外忽然有人叫了一声何老板。何德厚道："啊！是田老板，十来点钟了，快收灶了吧？"田驼子悄悄走了进来，老远地张了口，就有一种说话的样子，看到何氏坐在这里就把话顿住了。何德厚笑道："我外甥姑娘和我泡了一壶好茶，我还没有喝完呢。"

田驼子道："我灶上两个罐子里水都开着，我和你去加一点水。"说着他拿了桌上的茶壶出去，何德厚就在后面跟了出来。田驼子在院子里站住等了一等，见何德厚上前来，便低声道："你们的盘子（注：盘子——行会语言，意即条件）谈得怎样了？刚才童老五在这门口，来回走了好几回。他那几个把兄弟在后面跟着，好像有心捣乱，你提防一二。"

何德厚冷笑道："这些小浑蛋，向来就有些和我捣乱。他们尽管跑来跑去，不要理他。我嫁我的外甥女，干他们什么事？要他们鬼鬼祟祟在一旁捣什么乱？我何德厚在这丹凤街卖了三十多年的菜，从来不肯受人家的气，看人家的颜色。他们真要……"

田驼子一手拉扯住他的衣襟，低声笑道："你和我干叫些什么？又不是我要和你为难。"

何德厚道："你想，我为了这事已经憋了一肚子的气。若是再让这些浑蛋气我一下，我这条老命不会有了。"

说着，两人走上了大街，果见童老五又在这门口，晃了膀子走过去。他后面跟了两个小伙子，都环抱了手臂在怀里，走路有点歪斜。一个是卖酒酿子的王狗子，一个是卖菜的杨大个子。这两人和童老五上下年纪。杨大个子更有一把蛮力，无事练把式玩的时候，他拿得动二百四十斤重的石锭。何德厚一脚踏出了门，情不自禁地立刻向后一缩。杨大个子正是走在最后一个人，他两手紧紧抱了在胸前，偏了头向着这边故意放缓了步子，口里自言自语地道："发财？哪个不想发财！一个人总也要有点良心，割了人家的肉来卖钱，这种便宜哪个不会捡？但是这种人，也应当到尿缸边去照照那尊相，配不配割人家的肉来卖钱呢？道路不平旁人铲……"说到这里，人已走远了，下面说的是些什么，就没有听到。

何德厚站在门后边，等了一会儿，等人去远了，这才伸出头来，向街两头张望了一下。田驼子本已抢先走回老虎灶去了，这也就伸出头来，同样地探望着。看到何德厚悄悄地溜过来，伸了头在他肩膀边，低声道："你看怎么样？童老五这家伙不是有心和你捣乱吗？"

何德厚道："怕，我是不怕的。不过他三个小伙子，又有杨大个子那个蠢牛在内，我打不过他。"

田驼子笑道："就是打不过他，那才怕他。打得过他，他就该怕你了。你还怕他做什么呢？"

何德厚道："其实我也不怕他。青天白日，朗朗乾坤，他还能够杀人不成？若说打架，他一天打不死我，我就可以带了伤到法院里去告状。田老板还坐一会子吗？"他一面说着，一面将两手扶了门，做个要关闭的样子。田驼子看了，自然不再和他谈话。

这里何德厚把门关闭好，又用木柱把门闩顶上了，接着又把手按了一按，方才去睡觉。其实童老五虽十分气愤，他也不会跑到何家来打他一顿。这时候，丹凤街上的行人和街灯一样零落，淡淡的光照着空荡荡的街道。店铺都关上了板门，街好像一条木板夹的巷。远处白铁壶店，打铁板的声呛呛呛，打破了沉寂。三个人悄悄地走着，找了一间小面馆吃面。这是半条街上唯一的亮着灯敞了门的店铺。三人在屋檐下一张桌上坐了。童老五坐在正中，手敲了桌沿道："找壶酒来喝喝吧。"

杨大个子道："你明天还要特别起早，为什么今天还要喝酒？"

童老五皱了眉道："不知什么道理，我今天心里烦闷得很，要喝上两杯酒，才能够痛快一下。"

王狗子坐在他下手，就拍拍他肩膀道："老弟台，凡事总要沉得住气，像你这个样子，那还能做出什么事来吗？事情我们正在商量，未见得我们就走不通。说到对手，他也是刚才在商量，也未见得就走得通。就算我们走不通，他倒走得通那也不要紧。你这样年纪轻轻一个漂亮小伙子，还怕找不到老婆吗？"

童老五把脸色一正，因道："狗子，你这是什么话？我请你帮忙，绝不是为了讨老婆。要是你那个说法，我全是一点私心。何德厚这老家伙听了，更有话可说了。"

杨大个子向王狗子瞪了一眼，然后向童老五道："他是向来随便说话的，你又何必介意？这又说到我和他自己了。我们出面来和何老头子对垒，为了什么呢？不就是为了朋友分上这点义气吗？我们是这样，当然你也是这样。玩笑是玩笑，正事是正事，酒倒不必喝了，你早些回去休息休息要紧。跑这么一下午，到现在还没有吃饭，肚子里一肚子饥火，再喝几杯酒下去，那不是火上加油吗？"

童老五道："火上加油也好，醉死了也落个痛快。"

说着，面店里伙计，正端上三碗面到桌上来。杨大个子将面碗移到他面前，又扶起桌上的筷子，交到他手上笑道："吃面吧。吃了面，我们送你回去。"

童老五道："你送我回去做什么？难道我会在半路上寻了死？"

王狗子笑道："这可是你自说的，人到了……"

杨大个子不等他说完，拦着道："吃面！吃面！"王狗子看看他两人，自也不再说什么了。

三人吃完了面，看看街上来往的人已经是越发稀少。童老五却将筷子碗摆在面前，将手撑住桌子，托了自己的头，只管对街上望着，很久叹了一口气。王狗子道："你还要吃一碗吗？为什么这样坐了发呆？"

那个面馆里的伙计站在一边，却向他们望了笑道："我看你们商量了大半天，好像有什么大为难的事。我李二好歹算是一个朋友，怎么不和我说一声？有道是添一只拳头四两力，让我好歹帮一个忙。"杨大个子向他望望点点头。李二道："什么意思？我够不上帮忙吗？"

杨大个子道："不是那样说。这事不大好找许多人帮忙。"

李二走过来收着桌上的面碗，向童老五笑道："我多少听到一点话因，好像是说到酒鬼何德厚，你不是和他……"说着，把语气拖长又笑了一笑。

王狗子道："不要开玩笑，我简单告诉你一句吧。童老五要一笔

77

钱用，打算邀一个会。这会邀成了，我们要办的一件事，就好着手去办。"

李二把碗端了去，复拿了抹布来擦抹桌面，这就问道："多少钱一会呢？我勉强也可凑一会。你两人虽然是老五的把子。我和老五的交情也不错。去年夏天我害病，老五在医生那里担保和我垫脉礼，我到于今也没有谢谢他。"

杨大个子昂头向屋梁看了一会儿，站起来抓住李二的手道："你是个好朋友，我晓得。有你这两句话，你就很对得住朋友了。"

李二道："钱是不要出了，力我总可以出四两。你们兄弟有什么跑腿的事，派我一份也好。"

王狗子忽然将桌沿一拍道："你看，眼前一着好棋，就是李二能办，我们倒忘记了。"他说得这样有精神，大家都睁了眼向他望着。王狗子道："这件事只有我知道。那姓许的小气不过，又喜欢在家里请客。他常常请客在家里吃素面，办上四个碟子，无非是花生米、萝卜干、豆腐干、拌芹菜。其实哪里是素面，就是在这里叫去的猪头肉汤面，到家换上他们自己的碗才端了出去。他告诉人是他太太用豆芽汤下的。人家吃了他的面，觉得素面有肉汤味道，那真了不得。他花钱不多，对人家又吹了牛。这面总是李二送了去。李二很认得他家，让他去打听……"

李二正操手站在一边，听他们报告。听到这里，不觉两手一拍，笑了起来道："这样一说，这事我就完全明白了。这几天，他们家常有一位赵次长来做客。来了之后，就在我这里叫面。他们说来说去，就是女人怎样，小公馆怎样，那女人的姓也说出来了。这么一说……"他说到这里，也不便向下说，把话顿住了。

杨大个子道："这么一说，你对于这件事，大概可以明白八九分了。事到这步田地，你想我们怎不恨何德厚？老五虽然缺少两个钱，年轻力壮，还比我们多认得几个字，要说挣钱养活家口，他是足有这个力量的。"

童老五皱了眉道："你谈这些个做什么？我们也不……"说着，

78

手拍桌子，叹了一口气，又摇了两摇头。

李二道："这事我完全明白了，我和你们打听打听消息，你们也好有个应付。"

杨大个子道："我想这件事让李二办办也好。老五，你这就不必太拘执。有道是知己知彼，百战百胜，我们能够知道对方一些消息，那就有力使力，无力使智，凡事抢姓赵的一个先。"

童老五道："和姓赵的我们无冤无仇，他有钱，他花他的钱，我们不能怪他。只是何德厚这东西，饶他不得，卖人家骨肉，他自图快活。"

李二走到店前一步，向左右张望了一番，然后回头向大家道："你们也太冒失了，在这大街边上这样道论人家的是非。"

王狗子把头一昂，翻了眼睛道："道论人家的是非又怎么样？大概也没有那样大的胆子，敢把我王狗子在大街上怎么样？"刚刚是说完了这一句，却听到街上很厉害的啪一声响。王狗子觉得要跑是已经来不及，身子向桌子下一缩，却把桌面遮了脸。

杨大个子伸脚在桌子下面，接连踢了他两脚道："这是做什么？街上的黄包车拖破了橡皮轮子，也值得吓成这个样子吗？"

王狗子由桌下伸了起来，笑道："我怕什么？我和你们闹着玩的。"

童老五道："好了好了，吃人家三碗肉丝面，尽管在这里闹，也好意思吗？"说着，将面钱交给李二，先向外走。

李二跟在后面，追到大街上来，扯着童老五的衣襟道："老五，你说要干什么，我没有不尽力的。"

童老五道："也没有什么，你只听听他们说些什么，那就够了。假使有紧急的消息，请你立刻来告诉我。"

李二将手一拍胸道："你尽管放心，有重要的消息绝漏不了。我到哪里找你呢？"

童老五道："你在三义和茶馆里找我。你若是没有看到我，你和跑堂的洪麻皮说一声就行了。我们的交情也不坏。"

李二听了他的话，记在心里。当面店里收堂之后，他就躺在床上，想了大半夜的心事。到了次日，他生意人照着他生意人想的计划进行。到了下午两点钟，跑到三义和茶馆里去，这正是丹凤街和这茶馆子比较闲散的时候，却见洪麻皮搭了一条抹布在肩上，在胸前环抱了两手，斜了一只脚，向大街上来往的人看着。可以看到每个行人，在那石子粼粼的路面上，拖着一个斜长的影子。偶然一回头看到了李二，他就迎着跑向前来，笑道："童老五像落了魂一样的，坐立不安。十一点多钟的时候，在这里泡了一碗茶喝，他也只掺了两三回开水，就跑走了。你那意思，他已经对我说过了，这就很对。在这个时候，我们不交交朋友，什么时候我们才可交朋友呢？来！喝口茶。"说着，把李二引到茶堂角落里，找了一个向里倒坐的座位，泡了一碗茶，自己抱了桌子角和他坐下，因问道，"你送了消息来了吗？"

李二道："今天十二点钟的时候，恰好是许家又来叫面，我就借了这个缘故把面送了去。到了他家，正好那姓赵的在那里，他们在外面那间小客厅里正说得热闹。我说出这消息来，倒要叫童老五忧心。"

洪麻皮在蓝短褂小袋子里掏出只半空的纸烟盒，两个指头由盒子里夹出一支纸烟来，放在李二面前，笑道："老五伤什么心？人家挑好了娶姨太太的喜期吗？"

李二道："若是为了人家选择了喜期，就要为老五伤心，那也太值不得伤心。我所听到的，是那个姓赵的所说，只要女孩子愿意了，多花几个钱，倒是不在乎。既是女孩子有这话了，他就花五千块钱。要些什么衣服，请女孩子自己到绸缎庄里去做，请姓许的太太陪了去，花多少钱就给多少钱，他绝没有什么舍不得。随后，他又说了，既是女孩子愿意了，也不妨先做一做朋友。他要求许太太先去邀女孩子出来，一路去玩玩。这也并没有别的意思，无非是请吃个馆子，同去看看电影。"

洪麻皮也就衔了一支烟在嘴角，在裤子布袋缝里寻出几根零碎火柴来在桌面底下擦着，然后将烟点了，向李二道："那么，许家人怎么答复他的呢？"

李二道："那许先生倒认为有点困难，怕女孩子害羞。可是那许太太就拍了胸，说是办得到。她说她和姑娘在一处谈了几个钟头的话，又出了许多主意。那姑娘倒很感激她是一位摇鹅毛扇子的军师，若果然如此，就说一路出去玩也是她出的主意，姑娘没有不去的。我听了这话，倒不怪这位许太太瞧不起人，我只是说这位姑娘有点让人看不过去，为什么亲自跑到做媒的许家去？这样，不是送上门的买卖吗？"

洪麻皮听说，脸上几个白麻子倒是跟着涨红了，因道："这倒是奇怪了。秀姐这个人，平常是很有骨子的，不像是那种风流女人。但是你所听到的，也绝不是假话。"

李二道："那是笑话了。我们和老五是好朋友，总望他成其美事，哪有拆散人家婚姻的道理？不过朋友为朋友，叫老五去上人家的当，那我也犯不着。"

洪麻皮去提了开水壶，和李二掺着茶，点了两点头道："这话也诚然是有理。老五的意思说是邀一个五十块钱的会，先把梁胖子三十块钱还了，免得受人家的挟制。然后剩下个一二十块钱，让她娘儿两个找房搬家。这样办，那自然是她娘儿两个还格外地要跟着吃苦下去。要说男女两方，彼此有一番情义，这自然也有人做得到。不过就平常情形来说，哪个人不愿穿绸着缎？哪个人不愿住洋房坐汽车？哪个人不愿手上整大把地花钞票？至于说，少不得有人叫声姨太太，那是没有关系的。她走出去的时候，脸上也不贴着姨太太三个字。就是脸上贴三个字，做次长的姨太太，比做菜贩子的老婆，那总要香得多。他们在我这里计议和秀姐设法的时候，他们只说一个五十块钱的会。这五十块钱在我们当然是一笔本钱，可是在人家做次长的人看来，只是赏赏听差老妈子的一笔小费。我就发愁办不了大事。现在据你这样一说，这事越发得不行了。若把这话告诉秀姐，她不笑掉牙来才怪呢！"

李二道："不过老五这个人的脾气十分古怪，他相信了那个人，到底相信那个人。他相信五十块钱办得了一切事情，所以他就只邀五十块钱的会。你说这五十块钱不行，不是说他没有计划到，是你说秀姐无情无义，那比打了他两个耳巴还要难过。我听到的这些话要不告诉他，他老是睡在鼓里。我要告诉了他，他不但不相信，反会说我们做朋友的毁坏人家的名誉。所以我也来和你商量商量，这事怎么处理？"

洪麻皮道："杨大个子是和他割了头的弟兄，等他来了，再做商量吧。"

两人又坐谈了一会儿，吃茶的人慢慢又加多，洪麻皮自要去照应生意。李二一个在这里坐了一会子，很觉得没有意思。刚起身要走，却见王狗子通红的脸，腋下夹了一个小布包袱，一溜歪斜走了进来，迎头遇到李二，一把将他抓住，问道："你来了，正好，有话问你，你要到哪里去？"李二觉他有一股酒气喷人，便不愿和他执拗，一同走回茶馆来。王狗子将包袱放在茶桌上，又在上面连连拍了两下，因道："当不值钱，卖又一时找不到受主，拿去哪里押几天吧。"

洪麻皮走过来，问道："狗子，泡一碗茶吗？满脸的酒气，好像不高兴。"

王狗子道："童老五的会，今天晚上要缴钱，买卖不好，借又借不到，我还差三块钱呢。我想把一件老羊皮的背心拿去押三块钱，你路上有人没有？"

洪麻皮笑道："我一份还不晓得怎么样呢？哪里能替别人想法子？"

王狗子道："你和梁胖子很熟……"

洪麻皮道："再也不要提梁胖子。他已经知道我们和童老五在一处弄什么玩意儿，早上在这里吃茶，只管向我打听。这两天我们要和他借钱，一个许他还十个，他也不高兴。"

王狗子伸手起来，只管搔着耳后根。李二看了他那样子，不免插嘴道："若不是我觉得你们这事是多余的，我就凑三块钱借给你。"

王狗子一伸手，将李二领口扭住，另一手伸了个食指，指点了他的鼻子尖道："我倒要问问，朋友帮忙，这也是做人应尽的道理，你怎么说是多余的？亏你昨晚上说得嘴响，也要认一股会呢。"

李二见他酒醉得可以，这又是茶馆里，不能和他吵闹，就只管向他笑。洪麻皮立刻抢了过来，按住王狗子的手道："你一吃了两杯酒，就不认得自己。我告诉你一句话，李二的哥哥是身上带手枪的，你应该记得。"

王狗子道："身上带手枪的怎么样？吓得倒我吗？就是他哥哥自己来了，我也要谈谈这是非。"他口里虽是这样说着，抓住李二领口的那只手可缓缓地放了下来。

李二知道他的脾气，倒向他笑道："等你酒醒了，我们再算账。"说着，一笑去了。

第九章

他们的义举

"礼失而求诸野"，这是中国古圣贤哲承认的一句话。但仁又失而求诸下层社会，倒是一般人所未曾理会到的。李二是为了老五事情来的，虽经王狗子侮辱了一番，倒并不介意。王狗子在茶馆里喝了约莫一小时的茶，却清醒过来了，等洪麻皮来加开水的时候，笑道："今天这碗茶喝得可以，早成了白水了。"

洪麻皮道："你现在酒醒了吧？我可以问问你了，你为什么和李二为难？"

王狗子睁了眼望着人，将手搔着头发笑道："我是和他吵过的吗？不过他的话也实在可恼，他说我们替老五帮忙那是多余的。朋友正要帮忙的时候，他不从中帮忙也就罢了，为什么还要说话来破坏？"

洪麻皮道："你一张嘴不好。要不然，我就对你说了实话，李二说的话是为着老五。"

王狗子道："李二是为他的？哦！我明白了。"说着伸手连连在额角上拍了两下，笑道，"我知道他为什么这样。"说了就向外跑。

洪麻皮道："你向哪里跑？李二不和你一样，要你赔什么礼？"说着一把将他的衣襟扯住。

狗子道："我有工夫和李二赔礼吗？我要去找童老五告诉一声。"

洪麻皮道："你说，你告诉他什么？我倒要听听。"

王狗子道："我就说李二去调查清楚了，这事不行了，另想办法吧。昨晚上托李二去调查，老五也是在场的。"

洪麻皮将他推着在空座位的凳子上坐了笑道："你省点事。这样你不是让老五更加糊涂吗？"

说时，一个十四五岁的半小伙子挽了只空篮子，站在街对面屋檐下，静静地看了发呆。洪麻皮左手叉了腰，右手抬起，向他连连招了几下道："高丙根，来来来！你倒是言而有信。"

丙根挽了空篮子走过来，笑道："今天运气好，货都卖完了不算，还同买主借到三块钱。五哥的事情，我们有什么话说？就是做贼去偷，也要帮个忙。"

洪麻皮拿了一碗茶来，在他面前空桌上泡着，笑道："兄弟，我请你喝碗茶。"

王狗子在那边桌上抢了过来，瞪了眼道："麻皮，你好势利眼。"

洪麻皮道："你知道什么？我另有一件事要托他，若是他把这事办妥，我们就可以拿出一个主张了。"

丙根道："洪麻哥，你就不请我喝茶，有什么事要我跑腿，我还能够推辞吗？"

洪麻皮将手拍拍他的肩膀道："那就很好。你认得这件事里头的许家吗？"

丙根道："认得。他们家的许先生，常常买我的插瓶花。"

洪麻皮伏在茶桌子角上，对他耳朵边低低说了一阵。王狗子也伸了头过来，从一边听着洪麻皮说完了，他突然伸手将桌子一拍，道："原来有这么一些情形，童老五真是个冤大头。我们这挑粪卖菜的人，出了一身臭汗，苦挣苦扒几个钱，还不够人家买瓜子吃的。这个会不用得邀了，老五拿了钱……"

洪麻皮一伸巴掌将他的嘴掩住，因轻轻喝道："不知道这是茶馆里吗？"王狗子翻了眼望了他，就没有作声，将丙根的茶碗盖舀了一些茶泼在桌上，然后将一个食指蘸了那茶水画圈圈。洪麻皮知道他在想心事，因道："狗子，说是说，笑是笑，我和你说了实话，这事今天还不能告诉老五。他的脾气太躁，你仔细他不等今天天黑，就出了毛病。"王狗子也没有答复，继续着将指头在桌上画圈圈。

就在这时，有两下苍老的咳嗽声在身后发出。狗子回头看时，是余老头挑了一副铜匠担子走进来。他把担子歇在墙角落里，掀起一片衣襟擦着额头上的汗，向这里望着道："老五还没有来？"他缓缓走过来，大家可以看到他那瘦削的脸腮上，长着牙刷似的兜腮胡子，却与嘴上的胡子连成了一片，想到他有好些日子都没有剃头。

洪麻皮拿着一只茶碗过来，因道："余老板，就在这里喝茶吗？"

余老头和王狗子、丙根一桌坐下，答道："歇下脚也可以，不喝茶也用得，我还要到城南去一趟呢。"说着，两手翻了系在腰上的板带，翻出几张卷一处的钞票，向王狗子道："你们的会钱都交了吗？"

王狗子摇摇头道："不用提。余老板，我还不如你。我这几天生意不好，又是借贷无门。"

余老头手掀了茶碗盖，慢慢在茶沿上推动，笑道："小伙子，人生在世，过着一板三眼的日子，那怎么行呢？到了挨饿的时候，就紧紧腰带，到要出力的时候，就预备多出两身汗。我们这一群人哪个也不会剩下三块五块留在枕头下过夜，还不都是要钱用就硬拼硬凑。我说这个拼，还是拼命的拼。若是打算和朋友帮忙，连四两白干都省不下来，自然也就很少法子可想了。"他说着，两手捧起茶碗来，一口长气下注地喝着茶。

王狗子翻了两眼，倒真有些发呆。高丙根坐在旁边，将手拉着他的衣袖道："狗子哥受不住一点气。忙什么？今天拿不出钱来还有明天。"王狗子将手一拍桌子道："真是气死人。你们老的也有办法，小的也有办法。我王狗子二三十岁小伙子，一天到晚在街上磨脚板，磨肩膀，就混不出三五块钱来？那真是笑话。我既是顶了个人头，我就不能输这口气，我一定要做点事情你们看看。"说着，他一晃手膀子就走了，连他带来的那件破背心也没有带走。

洪麻皮叉了两手站着望他去了很远，摇摇头道："这个冒失鬼，不知道要去闹些什么花样出来。"余老头道："这东西死不争气，让他受点气，以后也让他成器一点。"

正说着，杨大个子和童老五先后进来。杨大个子将蓝布褂子胸襟敞了，将一件青布夹背心搭在肩上，额角上冒着汗珠，仿佛是走了远路而来。洪麻皮便迎着他笑道："你兄弟两个人辛苦了。"

杨大个子在腰带上抽出了一条白布汗巾，由额角上擦汗起，一直擦到胸口上来，向茶铺座上四周看过了遍，笑问道："这只来这么几个人？"

高丙根道："你早来一脚，王狗子还在这里，他发着脾气走了。"

杨大个子道："他发什么神经？"

洪麻皮道："他……"他顺眼看到童老五站在他身后，便改口笑道，"他为人，你还有什么不明白的？"

杨、童两个人在同桌上坐下，这时，茶铺子来吃茶的人，慢慢加多，洪麻皮要去照应茶座，料理生意去了。童老五向余老头一抱拳道："我倒没有打算余老板加上一股。"

余老头笑道："那是什么话？朋友帮忙，各看各的情分，这还有什么老少吗？王狗子就为了我也凑了一股，他钱不凑手，一拍屁股走了。这一下子，不晓得他向哪里钻钱眼去了。"

童老五摇了两摇头，叹口气道："这都是我太不争气，为了打抱不平，拖累许多朋友，没有这份力量，就不该出来管这份闲事。"

杨大个子道："这也不是你好事，是大家朋友拥你出来唱这一台戏。我们既然把你拥出来了，就不能让你一个人为难。"

说着，洪麻皮过来筛茶，因道："老五邀的是九子会，还是十二股会？"

杨大个子道："钱自然是越多越好，凑不上十二个人，那就是九子会了。"

洪麻皮道："钱我是预备好了，不过我要多说两句话。我觉得这个会，再等一天也好，一天的工夫也耽误不了多少事。"

童老五左手按了桌子，右手掀了茶碗盖，推着茶碗面上漂浮的茶叶，眼望茶碗上冒的热气道："老洪的钱也没有筹出来？"

洪麻皮道："我在柜上活动，三五块钱倒也现成。"

童老五只管将茶碗盖子推动碗面上的茶叶，忽然哦了一声，问道："那面馆里的李二来过了吗？"

洪麻皮道："他来得很早，等你们回来，有些来不及，只好先走了。"

杨大个子望了他道："托他打听的事，他怎样回说的？"洪麻皮放下手上提的壶，将手搔着头发，向他们望了微笑。杨大个子道："你笑些什么？李二一点消息都没有探听得到吗？"

洪麻皮道："他去过的，在晚上你们可以会面，那时候问他就是了。"

童老五道："他一个字没有告诉你吗？不能够吧？我和他约好了，让他和你接头的，难道他就孤孤单单闷坐在这里几个钟头吗？"

洪麻皮道："他去过的。他对我说了两句话，我也摸不着头脑，他说晚上会面再提。你也不必问我，免得我说得牛头不对马嘴。"说完了这话，他提起地上的开水壶，就匆匆地走开了。

童老五望了杨大个子道："这大概不会有什么好消息。你看我们这个会，还是……"说着，摇摇头道，"这还差着人呢，大概是这个会今天邀不成了。"

杨大个子道："你忙什么？你当会首的人，还不是刚刚到吗？老贤弟，向人谈到钱，这不是平常的事，你以为这是请人吃馆子，人家都来白领你一份人情，这可是要你领人家人情的事。"

童老五听说，也觉得自己有点过分着急，便在身上取出纸烟来，低着头点了纸烟抽。约莫有半小时，茶铺门口，歇了三副挑菜的空箩担，同业赵得发、张三、吴小胖子先后进来，在隔壁茶桌上坐下，都是来和童老五凑会款的。杨大个子点点人数，因道："若是王狗子和李二都来，连会首共是十个人，九子会的人就够了。狗子这东西真是颠头颠脑。"

老五站起来，看看对面米铺子里墙上挂的钟，已经到了三点半，因道："我知道狗子的地方，我去找找他看，顺路我告诉李二一声。"

洪麻皮听了，老远地赶了过来，叫他不要去，可是他走得很快，已在街上了。童老五转过两三条小巷，到了冷巷子口上，一座小三义祠前。这里隔壁是个马车行，把草料塞满在这个小神殿上。靠墙有一堆稻草，叠得平平的，上面鼾声大作，正有一个人架了腿放头大睡。童老五叫道："王狗子，你在这里做发财的梦吧？有了多少钱了？"

王狗子一个翻身爬了起来，眼睛还没有睁开，这就问道："有了钱了？是多少？"他跳下了草堆，才看清楚了是童老五，手揉了眼睛笑道，"你怎么会找到这种地方来了？"

童老五眼睛横起来道："大家都在茶铺里商量办法，你倒舒服，躲在这里睡觉。这是你一个老巢，我一猜就猜着了。"

王狗子笑道："我因为没有了法子，打算躺在草堆上想想法子。不想一躺下去，人就迷糊起来。"

童老五道："想到了法子没有呢？"

王狗子搔搔头道："没有睡以前，我倒想得了一个法子，我就是不能先告诉你。"

童老五道："你这叫扯淡的话。人家上会的人都拿了钱在茶铺里等着你，你一个人还要慢慢想法子。"

王狗子头一伸，鼻子里呼出一阵气，笑道："我扯淡？你才是扯淡呢！人家女孩子都亲自到媒人家里去商量大事，不要金子就要宝石。你把这些卖苦力的兄弟找了来，拼了命凑了五六十块钱，这拿给人家去打副牙签子剔牙齿都不够。你就能买回她的心来吗？依着我的话，你收起了你这一份痴心是正经，不要让人家笑话。"

童老五听他的话倒是呆了许久说不出话来，因望着他道："你是信口胡诌，还是得着了什么消息？"

王狗子道："我信口胡诌？你去问问李二。"童老五听着这话，又对他望了五七分钟。王狗子笑道："洪麻皮可叫我不要对你说，我们是好朋友，不能眼望着你上人家这样的大当。你就是不逼我，今天晚上我也打算告诉你。"童老五听了这话，转身就要走。王狗子一把将他的手臂抓住道："这个时候，你回到茶铺里去一喊，冷了大家朋友的心。知道的以为我嘴快，不知道的还以为我拿不出来这一份会钱，就来从中捣乱。"

童老五站着出了一会儿神，两手互相抱了拳头来搓着，望了他道："依你说怎么样？"

王狗子道："怎么问依我说怎么样，我是著名的横球。我还能够和你出个什么主意吗？"

童老五道："你凑不出钱来也好，这个会改到明天再邀。你就不必到茶铺子里去了，我好有话推诿。"

王狗子笑道："我也并不是一点法子想不到。我觉着拿热脸去贴人家冷屁股，太没有意思，我也就不上劲去找钱了。"

童老五道："你修行了几世？就是修得了这张嘴；无论如何，你都有嘴说得响。你不会在说嘴外，再找些事情出出风头吗？"说着他一晃手膀子就走了。

王狗子跟着走到庙门口，望了他的后影道："咦！他倒是有一段说法。我王狗子无用是无用，可是真要做事，我也是一样可以卖命的。"说着这话时慢慢走出了这条小巷子。转了一个弯，这里是片广场，抬头看去，便是鸡鸣寺那座小山峰，这就联想到和秀姐做媒的那个许家就在这附近。李二能到这人家去看看，自己为什么就不能去？他并没有很多的计划，这样想着，就向许家门口走来，远远看到许樵隐住的那座雅庐半掩地敞了大门。在大门外阶沿石上，歇着一副鲜鱼担子。鱼贩子叉了手向门里望着。这时出来一个中年人，穿了一件大袖深蓝色旧湖绉夹袍，手里捧了一支水烟袋。嘴唇上面，微微地有些短胡子，倒像是个官僚。王狗子老远地看着，心想这个人家我是认得的，姓许一点不会错，不过这个小胡子是不是那个做媒的许先生还难说。

那胡子正和鱼贩子在讲价钱，倒没有理会有人打量他。他弯下腰去，蹲在阶沿石上，向鱼篮里张望了道："这条鲢鱼拿来煮豆腐吃，那是非常地好，但不知新不新鲜？"他说时，拔出烟袋纸煤筒里的烟签子，拨开了鱼腮看看。

鱼贩子嚷道："先生，你不要拿烟签子乱戳，我还要卖给别

90

人呢。"

那小胡子捧着水烟袋站起来道："你叫什么？我有钱买东西，当然要看个好坏。你接连在我家卖了三四天鱼了。每天都要销你五六角钱的鱼，这样的好主顾你不愿拉住吗？过两天我们这里，还要大办酒席，和你要做好几十块钱的生意呢。"

正说时，那人后面出来一个中年妇人，立刻接了嘴道："你不要这样瞎说，人家不知道，倒以为我们家里真有什么喜事。"

那小胡子道："赵次长说了，要在我们家里请一回客。"

王狗子老远地看了去，已知道这家伙就是许樵隐。缓缓地踱着步子由他家门口踱了过去。远处有几棵树，簇拥了一堆半黄的树叶子，斜对了这大门。他就走到那里，背靠了树干，两手环抱在怀里，对这里出神。他也不知道是经过了多少时候，却见何德厚一溜歪斜地由那门里走出来，正向着这里走。王狗子要闪开时，他已先看见了，老远地抬起手来招了几招，叫道："狗子，你怎么也到这里来了？你和童老五那家伙是好朋友，你遇到了他，你不要告诉他看见了我。"

王狗子等他到了前面，见他两脸腮通红，眼睛成了朱砂染的，老远地便有一股酒气送了过来，就忍不住笑道："我睡了一觉，酒也不过是刚刚才醒，又遇到你这个醉虫。不要信口胡说了，回家睡觉去吧。"

何德厚站住了脚，身子像风摆柳一样，歪了几歪，抓了王狗子一只手道："喝醉了？没有那回事。不信，我们再到街上去喝两盅。今晚上八点钟我还要来，这里许先生带我一路到赵次长那里去。是的，要去睡一觉，这个样子去和人家见面，就是我说不醉，人家也不相信。"

王狗子道："你的酒真喝得可以了。到了那个时候，你来得了吗？"

何德厚把身子又摇撼了几下，因道："啊！那怎样可以不来？我们有大事商量。"说着，张开嘴来打了一个哈哈，将手拍了王狗子肩膀道，"你们这班家伙，专门和我为难，我不能告诉你。再见了。"说毕，他大跨着步子走着，向对面墙上撞去。虽然轰通一声响过，他倒不觉得痛，手扶了墙，他又慢慢地走了。

王狗子看到他转过了弯，不由得两手一拍，自言自语地笑道："这是你苍蝇碰巴掌了。"他笑嘻嘻地就向茶铺里走来。离着还有一马路远，高丙根顶头碰到，叫道："都散了，狗子，你还向哪里去？"

王狗子笑道："你来得正好。有你做伴，这事就办成了。找别个，别个还不见得肯干。"说着，抓住他的篮子，把他拖到小巷子里去，对他耳朵边叽咕了一阵。

丙根笑道："干，干，干！我们就去预备。"

王狗子抬头看了一看天色，因道："现在还早。你回去吃过晚饭，我们七点钟前后，还在这里相会。"

丙根道："我一定来，我不来像你一样是一条狗。"

王狗子笑道："小家伙，你占我的便宜，不要紧。你若不来，明天遇到你，我打断你的狗腿。"

丙根道："对了，打断狗腿，不知道是哪个身上的腿。"他笑着跑了。

王狗子听了他这话，却怕他晚上不来，六点钟一过，便到丙根家里去邀他，却见他用绳索拴着两个瓦罐子，一手提了一个走过来，两手轻轻掂了两下，笑道："你看，这是什么玩意儿？"

王狗子笑道："我还没有预备呢，你倒是先弄好了。"

丙根笑道："够不够？"

王狗子道："自然是越多越好，不过我懒得拿，便宜了他们吧。"

两个人带说带笑走到许家门口，远远望着，双门紧闭，没有一些灯火外露。丙根站住了脚，望了门沉吟着道："他们都睡觉了，我们来晚了。"

王狗子道："刚才天黑哪里就睡了？我们到那树底下等着他。"

丙根先奔那树下，手提了一只瓦罐子，掩藏在树身后面，做个要抛出去的姿势。王狗子走过来，扯了他的衣服笑道："你忙什么的？等他们开了门出来，再动手也不迟。丙根却还不相信，依然做个要抛出去的姿势。王狗子见说他不信，也就只好由他去。自靠了墙站着，把一只罐子放在脚下。可是丙根做了十来分钟的姿势，口里骂了一句，也就放下罐子，在地下坐着。王狗子道："你忍耐不下去，你就走开，等我一个人来。你不要弄穿了，倒误了大事。"

丙根笑道："我忍耐着就是。"说着，弯了腰要咳嗽，立刻两手抬起来掩住自己的口。王狗子看看好笑，也没有拦他。两人在黑树影下，一站一坐，一声不响熬炼了有半小时以上。

在巷子转角的街灯下，淡淡的光斜照过来，看见何德厚快步抢了过来，就向许家去敲门。王狗子倒怕丙根妄动，抢着在树荫下两手将他肩膀按住。到何德厚进去了，才笑道："现在可以预备了。不管他出来多少人，我打那个姓许的，你打老何。我咳嗽了你才动手。"

丙根手捧一只瓦罐，进一步，就靠了树干站着。又有一刻钟上下，门轰隆两下响，接着一阵哈哈大笑，许家门开了，放出来两个人影。仔细看去，许樵隐在前，何德厚在后，缓缓地迎面走来。王狗子看得真切，口里咳嗽着，手里举起瓦罐子，向许樵隐身上砸去。啪啪两声瓦罐子破碎响，早是臭气四溢，随着啊哟了一声。于是王狗子拔腿向东跑，丙根向西跑，分着两头走了。丙根究竟是一个小孩子，他奏凯之下，得意忘形，一路哈哈大笑了跑去。

第十章

开始冲突

武器是要看人用的。像王狗子玩的这种武器，打在何德厚身上，那是无所谓的，往日在乡下种菜的时候，还不是大担的粪尿挑着。可是打在许樵隐身上那便不得了。他正为了手头紧缩，羡慕着人家有抽水马桶的房间。这时突然由黑暗里飞来一身汁水，口里哎哟了一声，在臭味极其浓烈之下，他立刻感到这必是粪尿。他两只手垂了，不敢去摸衣服，呆站了，只管叫："怎好？怎好？"

何德厚顿脚骂了一阵，向许樵隐道："还好，离家不远，你先生回去把衣服换了吧。"

许樵隐两手张开，抖了袖子，缓缓移近路灯的光，低头看看衣襟，只见长袍大襟半边湿迹，便顿脚道："这，这，这太可恶了，怎么办？连我的帽子都弄脏了。帽檐上向下淋着水呢。这，这是怎样回去？这路边上有一口塘，先到塘边上去洗了吧。"

何德厚道："那口塘里的水，也是很肮脏的，平常就有人在里面洗刷马子夜壶，许先生要到塘里去洗一洗，那不是越洗越脏吗？"

许樵隐道："用水洗洗那总比带了这一身臭气回去要好些。"

正说着，有一辆人力车子经过。车上的女人，将手绢捏了鼻子道："好臭，好臭！这是哪家打翻了茅坑？"

许樵隐再也忍受不住，一口气跑到自己大门口，连连地喊着道："快来快来，大家快来，不得了！"

他们家里的大门还不曾关闭，他家人听到了这种惊呼声，便一窝蜂地拥了出来。他夫人首先一个站在门口，问道："怎么了？啊哟！什么东西这样地臭？"

许樵隐道："不用问了，快用脚盆打水来向我身上浇浇。不知道什么人暗下里害人，将大粪来泼了我。"许太太听了这话，才督率老妈子七手八脚，张着灯亮，舀水拿衣服，替他张罗了一阵。

何德厚站在身后看着，料着没有自己插嘴的机会，只得跑到路外那口脏水塘里去，脱下衣服冲洗了一阵。依旧湿淋淋地穿着赶回到家里去，一面找衣裳换，一面乌七八糟乱骂。何氏和秀姐终日地不痛快，本已是睡觉了，听了他的话音，是受了人的害，何氏便走到外面屋子来问道："舅舅怎么把衣服弄脏了？"

何德厚坐在凳头上，两手环抱在胸，生着闷气抽烟。听了这话，将身边桌子一拍道："这件事没有别人，绝对是童老五做的。有冤报冤，有仇报仇。"

何氏望了他这情形，倒不敢怎样冲撞，因问道："衣服弄脏了吗？脱下来，明天我和你浆洗浆洗吧。"何德厚僵直了颈脖子叫道："泼了我一身的屎！放到哪里臭到哪里，送到哪里去洗？童老五这小家伙，真还有他的一手！和我来个明枪容易躲，暗箭最难防。他躲在小巷子里，用屎包来砸我，我恨极了。"说着，伸手又拍了一下桌子。

何氏道："你见他了吗？"

何德厚道："我虽没有看到他，但是我断定了这事会是他干的。今天下午的时候，我在许公馆门口遇到过王狗子，王狗子是童老五一路的东西，显而易见的，他是替童老五看看路线的。"

何氏笑道："许公馆门口那条路，哪个不认得？还要看什么路线？倒不见得王狗子在这里，就是……"

何德厚瞪了双眼道："怎么不是？他们砸了屎包，就躲在暗处哈哈大笑，那笑声我听得出来，就是王狗子。王狗子与我无仇无冤，他甩我的屎包做什么？把屎罐子甩我，那犹自可说，许先生更是妨碍不到他们的人。他们费尽了心机，为什么也要砸许先生一下屎罐子呢？"

何氏道："王狗子倒是有些疯疯癫癫。"

何德厚道："什么疯疯癫癫，他要这样做，就是为了童老五唆使，童老五唆使，就是为了……这我不用说，我想你也会明白这是什么道理吧？我没有工夫和你们谈这些了，我去看许先生去，今天真把人害苦了。"他说着话，已是早出了门。

何氏站着呆立了一会儿，秀姐在门里问道："舅舅走了吗？你还不去关大门？"

何氏道："关什么大门，哪个不开一眼的贼，会到我们家里来偷东西？他时风时雨的，一会儿出去，一会儿回来，哪个有许多工夫给他开门？"

秀姐道："我宁可多费一点工夫，和他多开两次门。如其不然，他半夜三更地回来，大声小叫地骂人，自己睡不着是小，倒惊动了街坊四邻。"她说着话，自己可走出房来，到前面关门去。

关了门回来，何氏道："这几天以来，你只管和他抬杠，他倒将就着你，为什么你今天又怕起来了？"

秀姐走近一步，低声道："他说有人砸了他屎罐子，我一猜就是童老五这班人，刚才他又说在许家门口看到王狗子，那还用得着仔细去猜吗？"

何氏道："就是童老五做的，也犯不上你害怕，难道他还能将你打上一顿吗？"

秀姐道："打？哼！他是不敢。不过姓许的认得一些半大不小的官，倒不是好惹的，他打一个电话就可以把童老五抓了去。这时候他到许先生那里去，还不定他会出什么主意？我怎能够不敷衍敷衍他？他回来的时候，我还可以和他讲个情。"

何氏道："你替童老五讲个情吗？你……"何氏在灯下望了女儿，见红了她脸，把头低着，便没有把话说下去。

秀姐道："到现在我也用不着说什么害羞的话。童老五常在我们家里来来往往，我是一点什么邪念没有的。不过他为人很有义气，很热心，我总把他当自己的亲哥哥这样看待。他看到舅舅把我出卖，他是不服气的，可是他就没有知道，我们自有我们这番不得已。他管不了这闲事，他找着许先生出这口气，那是一定会做的。倘若我舅舅去找他，我相信他不但不输这口气，还会和舅舅斗上一口气。那个时候，你老人家想想那会有什么结果？所以我想着，今天晚上，舅舅不会发动的，发动必然是明天早上，不如趁着今天晚上，先把舅舅的气平上一平。我们做我们的事，何必让人家受什么连累？我这样揣摸着，你老人家不疑心我有什么不好吗？"

何氏道："你长了这么大，一天也没有离开我，我有什么话说？不过你舅舅的毛病，是不好惹的，你和他说话，你要小心一二才好。"

秀姐道："我们睡吧，等他回来再说。"

何氏听秀姐有这番意思，自是心里不安，睡在床上只是不得安稳，约在一两点钟的时候，何德厚叮叮咚咚地捶了门响。秀姐口里答应着，便赶来开大门。当何德厚进门来了，便没有扑人不能受的酒气，料着他没有吃酒回来，便代关了门，随着他后面进来，因用着和缓的声音问道："舅舅还要喝茶吗？我给你留了一壶开水。"

何德厚到了外面屋子里，人向床上一倒，先长长地舒了一口气，然后答道："我在许公馆喝了一夜的好龙井茶，不喝茶了。"

秀姐将桌上的煤油灯扭得光明了，便在桌子边一把竹椅子上坐了，向何德厚道："舅舅怎么到了这时候才回来？许先生又有什么事要你办一办吧？"

何德厚这才一个翻身坐起来，向秀姐道："上次回来，你大概听到我说了，童老五这东西，太无法无天，他勾结了王狗子躲在冷巷子里砸我的屎罐子，他那番意思你明白不明白？"

秀姐微笑道："我怎么会明白呢？我好久没有看到他了。我若是明白，岂不成了和他一气？"

何德厚冷笑了一声，然后站起来四围张望着，在腰包里掏出一包纸烟来。秀姐知道他是要找火柴，立刻在桌子抽屉里找出一盒火柴来，她见何德厚嘴角上衔了香烟，立刻擦了一根火柴，来和他点着。他先把头俯下来，把烟吸着了，脸上那一股子别扭的劲儿，就慢慢地挫了下去，向她望了道："你怎么这时候还没有睡？"

秀姐带了笑容，退回去两步，坐在椅子上望了望他道："舅舅回来得快，在这里等着门呢。想不到舅舅和许先生谈得得意，谈到这时候才回来。"

何德厚两手指夹了香烟，扣在嘴唇缝里，极力呼了一口，微笑道："我实话告诉你吧，许先生也知道了童老五为什么砸他的屎罐子，他气得不得了，决定明天早上找警察抓他。"

秀姐道："真的吗？"说着也站起来，睁了两眼望着他。

何德厚突然站起来道："难道你还说这件事不应该？"

秀姐道："当然是不应该，可是你犯不上去追究。"

他道："这样说，你简直是他同党，你难道叫他这样砸我的吗？那也好，我们一块儿算账。"他昂头将嘴抿住了烟卷，两手环抱在胸前。

秀姐道："你不要急，听我说，一个人没有抓破面皮，讲着人情，凡事总有个商量。你若把童老五、王狗子抓到官里去，问起案子来，要为什么砸你的屎罐子，那时舌头长在他口里，话可由他说。万一扯上了我，我是个穷人家女孩子，丢脸就丢脸，无所谓。只是你们想靠他发一笔小财的赵次长，他可有些不愿意。论到舅舅你为人，不是我做晚辈的嘴直，这丹凤街做小生意买卖、挑担卖菜的，你得罪了恐怕也不止一个，这屎罐子不一定就是童老五砸的，就算是他砸的，你知道他为什么事要报仇？在你的现在想法，可硬要把这缘故出在我身上。人家不跟着你这样说，倒也罢了。人家要跟着你这样说，那才是茅坑越掏越臭呢。你想，这些做小生意的小伙子，肩膀上就是他的家产，他有什么做不出来？你不要为了出气，弄得透不出气来。"

何德厚先是站着，后来索性坐着，口里衔了烟，慢慢地听她说。她说完了，何德厚点点头道："你这话也有理。我倒不怕他们和我捣乱，可是把这件事闹得无人不知，倒真不好办。"于是他抱住的两只手也放下了。

秀姐道："我本来不愿对你说这些。说了之后，你倒来疑心我是他们一党。但是我要不说，把我弄了一身腥臭，知道人家还干不干？那时弄得我上不上，下不下，那不是一条死路吗？许先生是一个明白人，他不该这一点算盘都没有打出来。"

何德厚将桌子轻轻一拍道："你这话对的，你这话对的，我去找着许先生说上一说。"他竟不多考虑，起身就向外走。秀姐倒不拦着他，只遥遥地说了一声："我还等着开门。"何德厚也没有答应什么，人已走到很远去了。

何氏在屋子里躺着，先轻轻哼了一声，然后问道："你舅舅走了吗？这样半夜三更，还跑来跑去干什么？"

秀姐走进里屋子道："我说的话怎么样？他想发这一笔财，他就不敢把事情弄坏了。你睡你的，我索性坐在这里等他一会子，看他弄成一个什么结果。"何氏无法干涉她的，也只好默然地躺在屋里。

约莫有一小时，何德厚回来了。秀姐又倒了一杯茶放在桌上，然后手扶了里屋门站定，望了他一望。他大声笑道："外甥姑娘，你总算有见识的。我和许先生一谈，他也说这件事千万不能闹大了，暂时倒只好吃个哑巴亏。不过他猜着，这件事他一天不办妥，童老五这班人就一天要生是非。你没有睡那就很好，许先生叫我和你商量一下，可不可以把喜期提前一个礼拜？只要你说一声可以，你要的三千块钱，明天一大早就拿来。只是你要的衣服，赶做不起来。这是没有关系的，你到了新房子里去了，你就是一家之主了，你爱做什么衣服就做什么衣服，还有什么人可以拦阻着你吗？"他坐着一手扶了桌沿，一手去摸几根老鼠须子。

秀姐低头想了一想，笑道："舅舅只说了许先生的半截话，还有半截，你没有说出来。"

何德厚道："外甥姑娘，你还不相信我吗？自从你说过我为人不忠实以后，我无论做什么事都实实在在地对你说话的。"

秀姐望了他一眼，淡笑道："真的吗？这次许先生说，等我到赵家去了，再来收拾童老五这班人，这几句话怎么你就没有说出来呢？"

他隔着桌上的灯光，向她脸上看了一看，因道："你跟着我到了许家去的吗？你怎么知道我们说的这些话？"

秀姐走出来了两步，坐在他对面小凳子上，很从容地道："你们要存的那一种心事，我早就知道，还用得着跟了去听吗？你们那样办倒是称心如意。不过你也跟我想想，我出了自己的门，并不是离开了这人世界，把这些人得罪之后，他们会放过我吗？就算我可以藏躲起来，我的老娘可藏躲不起来。我为了老娘享福才出嫁的，出嫁害我的老娘，我那就不干。再说，舅舅你自己，你拿到了我们的身价钱，你是远走高飞呢，还是依然在这里享福呢？你要是在这里享福的话，你要把这些人得罪了，恐怕还不只让人家砸屎罐子呢。我说这话，大概你不能说是我吓你的。"

何德厚又拿出了纸烟来吸，斜靠了墙坐着，闭着眼睛出了一会儿神，因道："依着你的话，我们让他砸了一屎罐子，倒只有就此放手。"

秀姐微笑道："放手不放手，那在于舅舅。可是我的话我也要说明，让我太难为情了，我还是不干的。"说着，她不再多言，起身进房睡觉去了。

何德厚道："你看，我们软下去了，她就强硬起来，那倒好，吃里爬外，我算个什么人。"这话何氏听在耳里，秀姐并没有理会。

到了次日早上，何氏母女还没有起来，何德厚就悄悄地溜出去了。何氏起来之后，见前面大门是半掩着的，因道："我看他这样起三更歇半夜，忙些什么东西，又能够发多大的财？"秀姐这时由里屋出来，自去做她的事，母亲所说，好像没有听到。午饭的时候，何德厚笑嘻嘻地回来了，站在院子里，就向秀姐拱拱手道："佩服佩服！你两次说的话，我两次告诉许先生，他都鼓掌赞成。他说，对这些亡命之徒，值不得计较，虽然弄了一身脏，不过弄脏脏一身衣服。一大早，他就到澡堂子洗澡去了，剃头修脚，大大地破费了一番，也不过是两三块钱，此外并没有伤他一根毫毛，过了，哈哈一笑也就完了。他让我回来和你商量，可不可以把……"

秀姐抢着道："我早就说过了，赵家什么时候把条件照办了，我五分钟也不耽误，立刻就走。日期是你们定的，提前也好，放后也好，问我做什么？"

何德厚走进屋来，站在屋中间，伸手搔了头发笑道："虽然这样说，到底要和你商量一下。也是我昨天说的话，那衣服一时赶不上来，别的都好办。"

秀姐的颈脖子一歪道："那是什么话？我这么大姑娘，嫁一个次长的人，总算不错了。既不能摆音乐队，坐花马车，正式结婚，又不能大请一场客，热闹一阵子，难道穿一套好衣服做新娘子都不行吗？"

何德厚笑道："你不要性急，这原是和你商量的事，你不赞成，那我们就一切都照原议。忙了这一大早上，我们弄饭吃吧。不过我有一件事拜托。"说着，掉转身来望了何氏，因微笑道，"童老五、王狗子那班人，未必就这样死了心，必定还要有个什么做法。他不来这里，还罢了。若是我不在家，他们来了，千万不要理他，叫他们赶快滚蛋。要不然，我遇着了一定和他算上这笔总账。"说着，捏了拳头举上一举。

秀姐听说，冷笑了一声。他道："外甥姑娘，你倒不要笑我做不出来。人怕伤心，树怕剥皮，他们要欺侮到我头上来的时候，我就和他拼了这条老命。"

何氏站在桌子边，桌上堆了一堆豆芽，她摘着豆芽根，脸向了桌上，很自然地道："他们也不会来，来了我劝他们走就是了。"

何德厚道："你说他不会来吗？他们忘不了和我捣乱。若遇着，我在家里，我先挖他一对眼珠。"

只这一声，却听到有人在外面院子里接嘴道："啊哟！为什么这样凶？何老板！"说了这话，前面是杨大个子，后面是童老五，全把手臂反背在身后，摇撼着身体走了进来，齐齐在屋门口一站，竖了两根短柱子。杨大个子道："我们在这条街上的人，多少有点交情，人情来往是免不了的，为什么我们到了你家里，你就要挖我们的眼珠，我们还有什么见不得你的事情吗？"

何德厚突然红着脸皮，望了他们，张口结舌地道："你们到这里来，要……要……要怎么样？"

杨大个子摆了两摆头道："不怎么样，我们到府上拜访来了，你何老板要怎么样呢？"

何德厚气得鼻孔里呼呼出气有声，两手捏了拳头，站着不会动。何氏丢了豆芽便向他二人迎上一步，因道："两位大哥请坐吧。秀姐她舅舅也是吃了两杯早酒，说话有些前后不相顾，不要见怪。"说着，先拖过一条凳子来，放在杨大个子脚边。

童老五瞪了眼道："我不知道我自己有什么不对之处，惹得何老板这样恨我？今天无事，我特意找何老板谈谈。"

何德厚举着拳头摇撼了两下，抬起来，平比了自己的鼻尖，因道："我告诉你，不是我外甥姑娘说好话，这个时候，你在警察局里了。"

秀姐拦着道："舅舅，你尽管说这些话做什么？"

童老五横了眼冷笑道："我倒要听听，为什么我这个时候会在警察局里呢？你说出来，你说出来！"他站在杨大个子身后，却由杨大个子旁边伸了手过来，向何德厚乱指点着。

何德厚看到他那个样子，也越发地生气，因喝道："你犯了法，你自己知道，你昨天晚上砸我的尿罐子，你以为我不知道吗？"童老五道："你是醉糊涂了，想发财想昏了。你在什么地方看见了我？你信口胡诌！"他道："你这东西，岂有此理，怎么跑到我家里来骂我？"说着，也就一跳上前。幸是何氏从中隔断，才没有打起来。隔壁的田驼子看到童老五、杨大个子来了，早就留意这事了。于是跑了过来两手伸张，也在中间一拦。接着向童、杨二人一抱拳笑道："天天见面的人，红着脸吵起来，那好意思吗？"口里说着，两手带推带送，把杨、童二人就推出了院子。

何德厚两手扯着带子头，将腰上的板带紧了一紧，跳到院子里，指着隔壁老虎灶叫起来道：“好哇！我长了这么大年纪，还没有什么人欺侮着，敢打上我的门？你两人奉了玉皇大帝的圣旨，打到我家里来了。好！这是你找我，并非我找你，我们就比一比本领，看是谁胜谁败？”他说着话，人就走出大门来。秀姐站在一边，本来不愿多这些事，现在看到事情越发地闹大了，只得也抢出大门来，预备劝解。所幸何德厚出了大门，并不向老虎灶这边去，口里叽叽咕咕地却向街那边走去。看那方向，大概是到许樵隐家去了。

秀姐站在大门口，倒有点发呆，万一他真的把警察叫了来，这可是一出热闹戏。眼光向老虎灶上看去，见童老五横板脸不住地冷笑，一脚踏在矮凳子上站着，气汹汹的不像往日那样脸上带了殷勤的颜色。杨大个子却坐在灶后一张桌子上，大声叫道：“翻了脸，我们就亲爹也不认识。那些只认得洋钱不认得交情的比狗不如。狗不论贫富，见了熟人，还摇摇尾子呢。老五，不要生气。这世界三年河东，三年河西，就知道你我没有一天发财吗？你发了财，我和你做媒，至少介绍你讨三位姨太太。哈哈！”说着仰起头来，放声大笑。秀姐听他这话，仿佛句句都刺扎在自己的心上，再也忍耐不住，扭转身来，抢步地向里走。到了屋里向床上一倒，就放声大哭起来。杨大个子的大笑和她的大哭，正好是遥遥相对，于是这就逼着演出一幕情节错综的悲喜剧来。

第十一章

新型晚会

这出戏，在秀姐的母亲何氏心里始终是不愿演出的。但是她没有权力也没有办法，大家一定要表演，她也只好跟着一块儿上台。这时秀姐倒在床上大哭，她也由外面屋子走了进来，因道："杨大个子罢了，向来和我们没有什么关系。论到童老五，我们对他不错。我们的事，他也知道得很清楚，无论怎么样，他不该在大街上对了我们骂。"

秀姐也不答复她这些话，只是将脸伏在枕头上哭。何氏站在床面前出了一会儿神，见她无言可说，便在床面前一把椅子上坐了，又过了一会儿，因道："你心里头难受，我是知道的，事到于今，活着呢，我们只好认命。不活着呢，我不能让你活受罪，买一包毒药来，我们一块儿吃。"

秀姐这才坐起来，掀起衣襟擦着眼泪道："我是为了要活下去，才肯这样丢脸吃苦。若是我们可以吃一包毒药了事，那不早把这事情办妥了！何必还要扯这些闲是非？这也算不了什么。我心里难过，让我哭一阵子，这就痛快了。舅舅现在走了，不知道他要弄出什么是非来。依着我的意思……"她说到这里时慢慢地将手理着鬓发，似乎有点踌躇。

何氏道："事到于今，你还有什么怕说的？你那舅舅想发横财，已是想成了财迷，若要把这件事弄糟了，他一定要在我们母女两个头上出气的。"

秀姐点点头道："这个我自然知道。舅舅为了想发一笔横财，大概连他百年之后要用什么棺材，他都有了一番算盘了，我们要不让他发上这笔财，那他不但会发狂，简直会寻死。我本来心里，也不为了那个寻死寻活，我又何必逼得他寻死寻活？舅舅要死，那是舅舅自作孽，可是连累你受苦，我于心不忍。这样一想，所以我一迁就百迁就。现在什么也不谈，把你和舅舅安顿得不冻不饿，我自己无论吃尽什么亏，我都不在乎。"

何氏皱了眉道："你这话也和我说过多次了，又提到这话做什么？"

秀姐道："我自然有我的想法。我现在愿意牺牲个人，但愿和我有关系的人，不只要是我认识的人都愿他好。我想舅舅出门去，没有别条路，一定是到许先生家里去了。我好容易说得舅舅相信，不去找军警来和童老五、杨大个子捣乱了。这一下子，他们和舅舅翻脸了，舅舅气来了，他忍耐不下去，一定再去补下这着棋。万一许先生听了他的话，那不是糟糕吗？"

何氏道："依着你的意思，那要怎么样办呢？"

秀姐道："我自己到许先生那里去一趟，对许先生把话说开了，也许他就不把这件事看大了。"

何氏道："哼！你听听那杨大个子，王婆骂鸡一样吧，什么也没有看到，在田驼子水灶上，就那样拍桌子大喊，你果然这样明明白白地到许家去，我相信他们在大路上就要追着你打。孩子，你不要管他们的事吧。他们这些人，不会见你的好处的。"

秀姐也没有理会她母亲的拦阻，自走到外面屋子来，将脸盆打了一盆热水，正预备放到桌上来洗脸，这就看到两名制服整齐的武装朋友在门对过站了一站，先向这里面看看，又向田驼子水灶上看看，然后顺着那边走了过去。秀姐心里一动，赶快找来手巾，蘸着盆里水胡乱地把泪眼洗擦了一把。然后在窗户台上把雪花膏瓶子取下来，抠了一团雪花膏在手心里，两手掌揉搓了一下，就向脸上敷着。这样一面敷着粉，一面向外走。

何氏也看出来她是很急，恐怕不是随便一句话所能阻止，因之随在后面，走到大门口，望了她走去。隔壁水灶上的田驼子原在那里做买卖，却向这里连连看了几眼。秀姐却大着步子向前走，头也不回一下。好在田驼子那屋里，并没有童老五一党，她走了也就坦然地走了吧。何氏总是那样郁结了很深的心事的，行坐都有些不能自主，走到了大门口，她就靠了门框站着。不多一会儿，只见卖花的小孩子高丙根挽了一只花篮子，含了笑容，带着一副鬼脸，向这屋子里偷觑了几眼。何氏道："丙根，你要进来就进来嘛，鬼头鬼脑做些什么？"

丙根听了这话，才迎上前来，微笑道："姑妈，何老板没在家吗？"

何氏道："你有什么事找他？"

丙根将舌头一伸道："哟！我们有几颗人头，敢来找他？不过由这里过，顺便向他请个安问个好。"

何氏周围看看，又向田驼子水灶上看看，然后低声向他道："小孩们要走就快些走吧，不要滑嘴滑舌了。"

丙根走近一步也低声道："不快走又怎么样？"

何氏道："你去告诉童老五他们，暂时避开一下，不要在这丹凤街前前后后转，已经有了带手枪的在这里找他们了。"

丙根翻眼望了她道："真的？我们也没有什么犯法的事，带枪跟了做什么。"

何氏道："我是这样地说了，信不信在乎你。"

丙根也站着前后看了一会儿，低声笑道："果然有这件事？你们家大姑娘呢？"

何氏道："她还不是想替大家了结这一段事，现时也出去了。"丙根一言不说，掉转身就跑了。

这时，到了正午十二点钟后，茶铺里吃早堂茶的人都已经分散了。菜市的大巷子口上的一间茶馆，还有一两副座头上坐着几个茶客。杨大个子架了一只脚在凳子上，右手撑住桌子，托了自己的头，左手盘弄着茶碗盖，只是向着街上走路的人呆望。旁边坐着童老五，两手抱了膝盖，前仰后合地出神，口里衔着一支烟卷，要吸不吸的。高丙根由街上跑了来，老远地举了一只手叫道："吓！老五，你还在这里大模大样地喝茶呢！人家都打算来抓你们了。"他走到桌子边，放下篮子，挤了凳子角坐下。

杨大个子道："你看到了秀姐娘吗？"

丙根走到桌子面前，低声道："我一点也不骗你。她说，看到两个带手枪的在丹凤街前前后后找你，劝你们暂避一下子。"

童老五将头一偏道："国法也不是他何德厚一个人的，他说怎么样就怎么样吗？我不避开，看他把我怎么样。至多我不过和他口角一次，这有什么了不得。"

杨大个子道："这话倒不是那样说，你听过洪国兴说《水浒传》没有？他说高俅害林冲的那段故事，听得哪个不火高三千丈？林冲对他高俅有什么罪过？那个姓许的，他就有法子把你当林冲。"

童老五道："那倒奇怪了，他做他的媒，姓赵的自娶他的姨太太，我也拦不住哪个不这样干，为什么把我当林冲？"

杨大个子道："照说是彼此不相干。可是这家伙和王狗子干的事不好。"说着指了高丙根道，"你们开心，何醉鬼就把这笔账记在童老五身上。"

丙根先笑了一笑，看着童老五绷住了脸子，捏了大拳头，轻轻捶着膝盖，便把胸脯一挺，直了脖子道："那算得了什么？好汉做事好汉当，军警来捉人，我可以挺了身子去受罪。拿屎罐子砸人，总也犯不了枪毙的罪吧？"

童老五道："你好汉做事好汉当，我们事到临头就躲到一边去，不用说我们不算是好汉了。我姓童的怎么不争气，也不能在你高丙根面前丢人。"

高丙根向杨大个子伸了一伸舌头，笑道："五哥好大脾气。不过我还要报告一段消息，不知道二位仁兄愿不愿意听？我看到秀姐脸上粉擦得雪白，又向许家的那条路上去了。我要到她家门口去看看，来不及盯梢。"杨大个子向童老五看时，见他脸上白里泛青，很久很久，却冷笑了一声。高丙根道："你以为我扯谎？好！从今以后，我不多管你们的事，要打听什么消息你们自己去打听吧，不要来找我。"

童老五也没有理他，在身上掏出一把角子和铜板来，啪的一声，打了桌子响，这就向远处的茶房招了两招手道："把茶钱拿了去。"

茶房来时，他拍了桌子说："钱在这里，拿了去。"说毕，起身就走。

杨大个子瞪了眼道："发什么神经，两碗清茶，给这多钱？"说着他给清了茶钱，将所余的钱一把抓了，就追出茶馆来。见童老五挺了身子就径直地向前走。杨大个子走上去，一把抓了他的衣袖，因低声喝道："小兄弟，你不要糊涂，你打算到哪里去？"

童老五笑道："我糊涂？你才糊涂呢。你以为我到许家去打抱不平吗？人家真会大耳光把我量出来呢。我想着这个地方住得没有什么意思了，无非是有钱有势不要良心不要脸的人的世界。我回去和老娘商量商量，收拾铺盖卷另去找码头。"

杨大个子道："我早已劝过你不必生气了，我们弟兄争口气，在何德厚没有醉死以前，我们几个人立一番事业，给他看看。"

童老五道："那是自然，但是这一座死城，我决计不住下去了。这回蒙许多好朋友帮忙，要凑的那个会，虽是没有拿出钱来，倒是难为了人家费了一番力气。我打算买两斤牛肉，杀一只鸡，请这几位好朋友在我家里吃餐晚饭。菜不多，尽我一点心。我现在就回家去预备，请你替我邀一邀他们。"

杨大个子道："你有钱吗？"

童老五道："家里有两只鸡，我回去找两件棉衣服当一当，打酒买牛肉的钱，大概可以拿得出来。这回不许你借钱给我，非吃我自己的不可。是好朋友，你把这些人给我都请到了，就很对得起我。"

杨大个子站着想了一想，见他满头是汗，便道："好吧，我就依你了。你也就只要办那两样就够了，我可以买些豆腐干子、花生米来凑凑数。"

童老五道："这倒可以，不过你不要花钱太多了，弄得我做主人的没有面子。"杨大个子答应着去了。

童老五的家住在一条冷巷里。一字门墙的矮屋子，共是前后五开间，围了中间一眼小天井。四五家人家各占了一间屋子。童老五和他老娘住在正屋的左边，炉灶桌椅是和对房相处的王寡妇共堆在这堂屋里的。堂屋开扇后门，正对了一片菜园。园里有口两三丈见方的小野塘，塘边长了老柳树，合抱的树干斜倒在水面上，那上头除了两三根粗枝而外，却整丛地出了小枝，像个矮胖子披了一头散发，样子是很丑的。那口小水塘里，也浮了几只鹅鸭。这里并没有什么诗意，那鸭子不时地张了扁嘴呱呱乱叫。可是童老五很爱它，回家来的时候，总是端了一把破椅子坐在这后门外。夏天在墙荫里乘凉，冬天在坦地上晒太阳。这天回来，他在天井里叫道："老娘，今天晚上，我要请朋友在家里吃顿饭，你把那两只鸡杀了吧。"

童老娘坐在窗檐下打布鞋底，望了他道："你这几天，忙得脚板不沾灰，也不晓得忙些什么，无缘无故地又在家里请什么客？"老人家说着话，手上扯了打鞋底的麻索，还是唏唆作响。鼻子上架了一副大框老花眼镜，样子还是老式的，两只腿夹住太阳穴。她卷起蓝布夹袄的袖子捏了拳头，只管去拉扯麻索，头也不抬起来。

童老五走向前两步，站到他母亲身前低声笑道："老娘，你动动身吧。我已经约好了人，回头人来了，一点吃的没有，那不是一场笑话吗？"

童老娘这才放下了鞋底，两手捧了眼镜放到膝上，望了他道："你说这是什么意思吧？好好的要请人在家里吃饭。我就是养了这几只鸡罢了，你还有什么要打算的？"

童老五笑道："也就为了只有这两只鸡可以打算盘，所以回来打算这两只鸡。"

老娘道："你那三兄四弟来了就是一大群，光靠两只鸡就能塞饱人家的肚子吗？"

老五笑道："我想把我那件大袄子拿去当，尽那钱买两斤牛肉，买一条大鱼。你老人家不要埋怨，有道是人情大似债，头顶锅儿卖，我也是领了人家的大人情，不得不如此。"

童老娘道："你今天吃得痛快，吃到肚子里去了。转眼冬天到了，没有袄子穿，看你怎样办？"

老五笑道："到穿袄子的时候，还有两个月。这两个月里，做不起一件新棉袄罢了，难道赎取一件袄子的钱都没有？"

老娘站起来一甩手，板着脸道："你太胡闹，我不管。"她一面说着，一面走向后门口去。

老五站在窗檐前倒发了呆，半天没有想出一个转弯的法子。就在这时，却听到后面有人捉着鸡，咯咯地叫。老五笑了一笑，开箱子拿了棉袄，提了篮子自上街去。去是空篮子，回来的时候，棉袄不见了，却带了一篮子鱼肉吃食。他到了屋子时，已看到水沟边，堆上一堆鸡毛了。老五自觉得母亲能十分体谅，将鱼肉交给了母亲，也帮着料理起来。

到了太阳落山，各位朋友也慢慢来到。童老五借了一张方桌子，合并了自己家里一张桌子，在堂屋中间合并摆着，似乎像张大餐桌，长板凳矮椅子围了桌子，摆着一周。客人是挑铜匠担子的余老头、茶馆里跑堂的洪麻皮、卖花的小伙子高丙根、面馆里伙计李二，加上杨大个子、王狗子、赵得发、张三、吴小胖子五位菜贩同业。杨大个子真带了一大包花生米、二十多块五香豆腐干子来，放在桌子中间。王狗子也带了一个荷叶包来，透开来是一包切了的猪头肉，他也放在桌心。朋友们围了桌子坐着，童老五在下方点了两盏煤油灯，又在桌子角上倒放下两个香烟听子，在听子底上各粘上半支点残了的洋烛，倒也照着桌子雪亮。他拿了两瓶酒来，向各人面前斟着，虽是酒杯子大小不一，有茶杯有小饭碗，却也照着各人的酒量分配。童老五筛过了酒，坐在下方先笑道："蒙各位朋友关照，没有什么感谢，请大家来喝口鸡汤。一来我也觉得这个城里头，鬼混不出什么好事来。十天半月里，我也打算另去跑一个码头。交朋友一场彼此要分手了，我们自当快活一下子。"

正说时，童老娘两手捧了一只大瓦钵子来，里面正放着萝卜烧牛肉。萝卜块子的颜色都煮着成了橘红，热气腾腾的，把一阵香味送进人的鼻子来。大家异口同声说："累了老伯母了。"

童老娘掀起胸前的破围巾擦着两手，站在儿子身后笑道："多喝一盅，各位。老五脾气不好，在外面做生意总承各位关照。"

王狗子笑道："这话是倒说着呢。我就不行，常常要老五来关照我。你老人家也坐下来喝一口好吗？"

老娘笑道："还要把两样菜弄好了，给你们端来呢。只要你们多喝两盅就很赏脸了。"

杨大个子端了一碗酒，送到她面前来，笑道："你老人家喝一盅，算我们尽了一点孝心。"老娘笑着，真个接过碗来喝了一口酒。才待转身要走，高丙根却抓了一把花生米，迎上前去，笑道："菜是你老人家弄的，我们没有法子，请吃两粒花生米吧。"老娘接着花生米，笑着去了。

余老头端了酒杯呷着酒，笑道："老五有这样一位贤德的老娘，真也是前世修的，应该要好好地让老伯母享两年福才好。"

童老五道："我也就是这样想。她老人家快六十了，托福是老人家身体康健。在两年之内，我若不把手边弄得顺当一点，要孝养也孝养不及了。所以我猛然一想，还是另找出路为妙。酒，我们慢慢地喝，大家有什么高见，也可以指教指教我。"说着，端起酒碗来向大家举了一举。

在座的吴小胖子，却是朋友之中见多识广的一个。三杯酒下肚，他额角上有了豌豆大的汗珠。他解开了短夹袄胸前的纽扣，敞开了胸脯子，两个小乳峰中间长了一撮黑毛。他一手端了酒杯，一手抖了衣襟笑道："老五这话呢，当然是有道理的。不但说是想发财，就是想把手边混得顺当一点，在这城里也不容易。不过打算要离开这里，似乎也很费事吧？"

杨大个子道："你是说他和市面上有些来往账？"

吴小胖子道："可不就是这一个。我们这手糊口吃的人，最好是不要在外乱欠人家的账，欠了人家的账，哪怕是一文钱呢，这条身子就不能自由。我不知道老五是有了欠账的呢，还是自由身体呢？"

童老五笑嘻嘻地拍了一下胸膛，接着又向大家伸了一伸大拇指，因道："童老五就是这一点长处，在银钱上不苟且，绝不为了银钱把身子做押头。我的腿长在我的身上，我要走，我一抬腿就走。"

余老头笑道："小伙子，你真不愧是个好的，我长了这么大年纪，还不敢说是不欠人家的账，不押上这个身子呢。来！我们大家来！贺这小伙子一杯！"说着举起他面前的杯子来。

就在这时，听到屋外面有皮鞋声，接着有人在大门外问道："童老五是住在这里吗？"大家向前面看时，见几个壮汉走进来。有的穿着西装，有的穿着长衣，都是脚蹬皮鞋、头上歪戴了帽子的。其中有两个人手上还拿着手杖。吴小胖子一看这情形，觉得并非无意而来，便抢着迎上前来笑道："各位先生哪里来？我们这里，可污浊得很。"

一个穿西装的汉子站在来的一群人最前面，瞪了眼道："你是童老五？"

杨大个子在席上，和童老五是挨了坐的，这就连连扯了他几下衣襟，并向他丢了两下眼色。只听吴小胖子赔笑道："我姓吴，先生有什么事找童老五吗？"

那西装汉子道："他到哪里去了，不在座吗？"

童老五早是站起身来，一脚拨开了坐凳，然后迎上前道："我是童老五，这都是我的朋友。"

那西装汉子两手都揣在裤子袋里，似乎有一个要拿出什么来的样子，向童老五周身上下看了一遍，冷笑一声道："你是童老五？好！都跟我们一块儿走。"

童老五道："到哪里去？"

有一个身穿浅灰哗叽袍子、手拿藤杖的人，大声喝道："要把你们这群东西关起来！"

童老五也偏了头向他望着道："先生，我们在家里吃两杯花生酒，没有什么罪呀。好好地把我们……"

他一言未了，那人早是举起藤手杖，向他身上劈来。童老五身子一闪，那藤杖已在左肩上刷了一下。童老五还待回手，早有几支手枪高高向这边同伙脸上比着。穿西装的喝道："谁要动一动，他却休想活命。"

这么一来，坐着的也好，站着的也好，都不敢动上一动。同时，门外又进来三个人，有两个人手上拿了长而且粗的麻索。那吴小胖子肚里有不少鼓儿词的，他看到之后，已料到这是所谓一网打尽的毒计，暗地里只是连连叫着："完了完了！"

第十二章

新人进了房

　　下层阶级的人，他们的道德观念没有中庸性。有的见利忘义，在为了数十文的出入上，可以辱没祖宗地打骂着。有的却舍生取义，不惜为了一句话，拿性命和对方相搏斗。这就由于他们是情感的发展而少有理智的控制。杨大个子这班弟兄们，这时在童老五家里聚会，便是一种情感催动的行为。现在突然有了个大包围，这绝不能说是哪一个人的事。大家就都沉着脸，站了不动。童老五是站在最前面的一个人，脸上由红变成了紫色，他道："各位不必动怒，我们一个也跑不了，要到哪里去，我们跟着去就是了。"说到这里，就有两个来人拿出了绳索，要向前捆缚。

　　就在这个当儿，后面有人叫了起来道："各位千万不要动手，千万不要动手！"随了这话，何德厚由大门抢了进来。大家看到，这已觉得够奇怪了。随在何德厚后面，还有一个女子，那正是问题中心的秀姐。童老五竟忘了人站在枪口前，情不自禁地咦了一声。秀姐气吁吁地站在众人后面，额角上只管流了汗珠子，鬓汗粘贴在脸上，睁了眼望人。何德厚向那个歪戴帽子、穿了哔叽夹袍的人一抱拳头笑道："王先生，没事了，事情我们已经说开了。"

　　那些来执行任务的人，听了何德厚的话，都不免向他脸上看看，怕他又是喝醉了，在说酒话。及至见秀姐也来了，这个明白内幕的首领，便放下了举着的手枪，因道："我们对你们私人的交涉，那是不过问的。我们就为了有上司的命令，我们才跑了这么一趟远路。若没有上司的命令，我们又回去了，他们这里一伙子人，倒疑心我们和他开玩笑呢。"说着各人都透着有一份踌躇的样子，但拿枪拿杖拿绳子的都垂下了手。

秀姐道："各位只管请散吧。你们还有人在巷口子上等着呢，你去一问就明白了，有什么责任都归我来担负。"她说时，红红的脸上带了三分笑意，向大家望着微微地点头。

那歪戴帽子的人似乎也知道她是一种什么身份了，便摘下帽子来，向她一点头笑道："只要大家无事，我们也就乐得省事。"

秀姐笑道："有劳各位了，过几天再招待各位。"

那些人哄然一声笑着道："过几天再喝喜酒。"说着，还有两个和童老五点了头道，"打搅，打搅。"然后拥着出大门去了。

吴小胖子走向前，和秀姐奉了两个揖，笑道："大姑娘，多谢多谢！不是你亲自来一趟，我们还不知道要让人家带到什么地方去呢。这总算我们幸运，刚刚他们掏出索子来捆我们，你就来了。"

秀姐看到童老五许多朋友站在当面，回头又看到自己舅舅红了一张酒糟脸向大家望着，大家都在一种尴尬情形之中，无论说两句什么话，也总是个僵局。可是不说什么呢，又不便抽身就走，只好借了吴小胖子向前说话的机会答复了他道："无论怎么样，我们总是一群穷同行，虽不能面面顾到，我总也愿意大家无事。非是万不得已，我自己不会赶了来。这事既是解决了，那就很好。我就不多说了，有道是日久见人心，将来总可以看出我的心事来的。各位受惊了，再见吧。"她说着，绷住了脸子，又向大家一一点着头，然后退了出去。何德厚跟在后面也走了。童老五两手叉了腰半横了身子站定，向秀姐看着，嘴角上梢颇有几分冷笑的意味。在座的兄弟们，在半个小时内，经过两个不可测的变化，已是神经有些受着震动，不知道怎样才好，或站或坐，都是呆呆的。现在见到童老五这番怒不可遏的神气，大家也就觉得无话可说，眼睁睁望了她走去。

这样成群地静默着，总有十分钟之久，还是杨大个子道："这是什么邪气？要说是吓吓我们，我们也不是三岁两岁的小孩子，还会受人家这一套？要说是真要把我们怎么样，那把我们带走就是了，

115

我们还有什么力量对付手枪？怎么起了个老虎势子来了，不到威风发尽又夹着尾子走了？"

童老五取了一支纸烟在手，斜靠了桌子坐着，昂了头，口里只管喷了烟出来。听了杨大个子的话，他鼻子里哼着，冷笑了一声。吴小胖子道："我看这事，并不是吓吓我们的做作。只看秀姐跑来气吁吁的，好像很着急的样子，就知道她也吓了一下子的。不过他们真把我们带走了，也不会有什么三年五年的监禁，至多是办我们十天半月的拘留。再重一点，将我们驱逐出境也就是了。"

童老五道："你最后一句话说得是对的。其实我并无这意思，要留恋在这座狗眼看人低的城圈子里。那些人说，过两天要吃秀姐的喜酒，我倒不忙走了，还要过两天，看看这场喜事是怎样的做法。喜酒喝不着，花马车我们也看不到吗？"

童老娘走到大家前面站着，扬了两手道："小伙子们，还围拢在这里做什么？这都是你们听黄天霸白玉堂的故事听出来的。什么英雄好汉了，什么打抱不平了，茶馆里把两碗浓茶喝成白开水了，你们也就没有了主意。其实人家有钱娶姨太太，人家有运气嫁大人老爷，一个愿打，一个愿挨，和你们什么相干？不是秀姐来了，真的把老五带去关几天，就算不怎样为难他，不要把我在家里急死？一说一了，就从此为止不要再谈这件事。明日起早，我和老五下乡去住几天，躲开这场是非。我们若是再回来了，请你们也千万不要再提。"

大家看到老人家沉了脸色说话，这也不好意思再说什么。继续地把一餐酒菜吃喝完毕之后，只得向着童老娘苦笑笑，说声"打搅"，大家像破篓子里泥鳅，一些响声没有，就陆续地溜走了。这其中只有王狗子是另外一种思想，他觉着秀姐会跟何德厚跑来做调人，这是很新奇的一件事，她不但不害臊，而且还有权说服那班歪戴着帽子的人，这里面一定有很大的缘故。心里一发生了这点疑问，就有点放搁不下。这且不管童老五母子所取的态度如何，自己径直地奔向丹凤街，却到何德厚家来。老远地看到那大门半掩着，显然没睡。走到门边，伸头向里看去，见里面屋子里灯火通明，有几个人说话声。心想何德厚也是刚离开童家，不见得就回来了。便是回来了，刚才那种大难关也闯过来了，现在见了面，也不见得他就会动起拳脚来。于是将门轻轻一推，喊了一声"何老板"。

何氏在里面答道："是哪一位？他半下午就出去了。"

王狗子走到院子里答道："我是王狗子呀。"

何氏说了一句"是你"，已迎到院子里来。拦住了他的去路，站在当面，低了声道："王大哥你来做什么？她正在……"

王狗子笑道："没关系，我们的事情完了。刚才我们在童老五家里吃晚饭，去了七八个便衣要抓我们，倒是何老板和你们大姑娘去了，和我们解的围。我特意来谢谢他们。"

何氏道："哦，秀姐已经赶到了，那也罢，这事已经完了，就大家一笑了事，你也不必谢他们了。"

王狗子道："大姑娘没回来吗？"何氏顿了一顿，没有答复他这一句话。王狗子一面说着，一面就向屋子里走去，竟不问何氏是否同意，就径直地向里面走去。这倒出乎意料，屋子中间搭上案板，点了几支蜡烛，四五个女工围了案板在做衣服。只看那两三件料子，都是水红或大红的，便可知道这是嫁妆衣。站着望了一望，回转头来向何氏道："姑妈，大喜呀。"

何氏看他露着两排黄板牙，要笑不笑的，两只肩膀微微地向上扛着，似乎带了几分讥诮的意味在内。何氏便道："王大哥，你也不是外人，我可以把心事告诉你，请你到里面屋子里来坐。"

王狗子跟着她进去时，见里面也亮了一支烛，便挨着床沿坐了。何氏斟了一杯茶过来，他接着，也还是热气腾腾的，因笑道："看这样子，姑妈要整晚地忙着。"

何氏低声道："大哥，你们不要把秀姐那一番苦心给埋没了才好。原来那个姓赵的让人家一挑唆，他是要和你们为难一下的。你们没有什么，牵连在内，也不过是在牢里关上两天。可是老五呢，他那脾气强，审问他的时候，他顶上问官两句，这事情就可轻可重。

总算秀姐见机，她亲对许先生说，只要许先生把这事麻糊过去，她立刻就出嫁。那许先生听了这话，也就还了一个价，说是赵次长明后天就要到上海去，至多可以迟走一两天。姑娘要是愿意的话，最好明天就完婚。完婚三天之内，赵次长就要带秀姐到上海去，而且说是要带她到杭州去玩一趟，说不定要一两个月才回来。我听到这话，就有些不放心。秀姐是一步也没有离开过我的人，陡然就到这远去，知道有没有岔子？我还不能一口答应。可是秀姐她怕你们吃亏，丝毫没有驳回，就定了明天出嫁。今天晚上也不回来了，预备理理发、洗个澡，明天换上衣服，就出门去了。"

王狗子低头想了一想，因道："怪不得她亲自到童家去了一趟，那意思就是要亲眼看到把我们放了。"

何氏道："这算你明白了。"

王狗子道："大姑娘这番侠义心肠，真是难得！不过她今天晚上住在哪里？为什么不回来呢？"

何氏笑道："她还能乱七八糟的地方都去住吗？无非是许太太陪伴了她。至于为什么不回来？我想这一层，倒也用不着我来说，总无非是想减少一点麻烦。"

王狗子喝着茶，默然想了一会儿，也不再说什么了，就拱拱手道："恭喜你了，明天就是外老太太，又跳进另一个世界了。"

何氏本坐在他对面，这就站起来，走近一步，抓住他的袖子低声道："王大哥，我们的丑处也不能瞒着你。养着一二十岁的大姑娘，送给人家做姨太太，有什么面子？这样一来，这丹凤街我也不好意思再住下去了，我也要离开的。我活着几十岁，守住这个姑娘，落了这么一个下场，还有什么意思？这件事也难怪亲戚朋友说闲话，其实这果然也是见不了人的事情。你叫我外老太太，你比打我两下还要重些。"

王狗子红着脸笑道："你老人家错了，我真不敢笑你，你老人家不愿人家道喜，我们不再道喜就是了。"

何氏道："那就很好。明天看到同行，请你代我说一声，说我不是那种寡廉鲜耻的人，我也就感激不尽了。"说着这话时，她两只眼角上含了两颗眼泪水，几乎要滴了出来。

王狗子反是向她安慰着道："那实在没有什么关系。这年月在外面混差事的人，哪个不讨两三房家眷。这不过是个先来后到，实在没有什么大小可说。你老人家是自己想左了。"正要跟着向下说什么，那外面的女工只是叫唤着何氏问长问短。王狗子便起身道："这样子，恐怕姑妈还要熬一个通宵，我也不再在这里打搅了。"说着走出屋子来，何氏倒有些依依不舍的样子，一直送到大门口。王狗子这就站住了脚，向身后看看，因道："姑妈，我也有一句话告诉你，就是童老五母子，他们不愿意在这里住着，明天一大早就要下乡去了。"

何氏道："那为什么？"

王狗子道："老五的说法，他说是这城里人心可怕。童老娘说呢，穷人也图个平安日子，要下乡去躲开这场是非。"

何氏听着，是默然地站着，手扶了门，很久说不出一个字来。王狗子对立了一会子，也不知道她是什么用意，找不出来一句话来安慰。后来还是何氏叹了一口气道："也好，我们再会吧。"说毕，她掩门进去了。

王狗子先觉得秀姐母女完全不对。自从和何氏这一席谈话，看了她可怜得有冤无处申的样子，又对她们同情起来。一路走着想了回家去，倒闹了半夜睡不着。做菜贩子的人，向来是起早的。趁着天上还有三五个星点就起来，他倒没有挑了担子去贩菜，立刻跑向童老五家来，远远望见后面窗户放出灯光来。穷人是熄灯睡觉的，这就知道他娘儿两个起来了。王狗子绕到他屋后，隔墙叫了一声老五，童老五在里面答道："狗子吗？不去贩菜，跑了这里来干什么？和我送行来了？"说着，开了堂屋后门，放了他进去。

狗子见桌上摆了饭菜碗，旁边凳子上放了一捆铺盖卷，又是一只竹箱子，两样上面横架了一根扁担。王狗子笑道："说一不二，你们倒是真要走。"童老五道："这是买瓜子豆子，随嘴说一句做不做没关系吗？难道你还不是为了送行来的？"王狗子笑嘻嘻地把昨晚上见了何氏的话述说一遍，童老五皱了眉，好像是很忍耐地把这段话听下去。王狗子不说了，他牵了王狗子两只手，向门外推了出去，口里道："多谢多谢，还要你来送上这么一段消息。你什么意思呢？让我还去向何德厚送一份喜礼？天还早，去做生意，不要吃了自己的饭，给别人操心了。"

王狗子碰了这样一个钉子，虽是心里不服，眼见他娘儿两个就要下乡了，也不好强辩什么。站在门外出了一会儿神，自是默然地走去。可是他心里横搁着一件什么事似的，再也无心去做生意。天大亮了，到茶馆子去泡上一碗茶，想了一两小时的心事，他最后想出了一个主意：学着那鼓儿词上的英雄，等着秀姐上马车的时候，硬跳了上前，一手把她夹了过来，然后使出飞檐走壁的本领，一跳就上了房顶，施展夜行功夫，就在房顶上，见一家跳一家，直跳出城外，见了童老五，把人交给他，若是有人追来，我就是这一镖打去。想到这里，身子随了一做姿态，腰歪了过去，右手一拍腰包，向外伸着，把镖放了出去。当的一声，面前一只茶碗中镖落地，打个粉碎。茶水流了满桌，把共桌子喝茶的人倒吓了一跳。大家同声惊呼起来，他才笑道："不相干，我追了一只苍蝇打，把茶泼了。"跑堂的过来，一阵忙乱，将桌子擦抹干净。所幸无非是附近菜市场上老主顾，打了碗也没有叫赔。王狗子搭讪着向四周望了道："天气快冷了，还有苍蝇。"掏出钱来会了茶账，又是无意思地走出来。

他不知不觉地走入了一条冷静的巷子，一面走着，一面想着，当然，现在要像古来侠客那样飞出一道白光，老远地就把奸人斩首，那已是不可能。若不能飞出白光，仅仅是可以飞檐走壁，那也做不了什么大事，人的能力还赶得上手枪步枪吗？我王狗子练不出口里吐白光的本领，也就休想和人家打什么抱不平。不过看看秀姐是怎么样出嫁的，倒也不妨去看看。心里转着这念头时，两只脚正也是向许樵隐家这条路上走去。只走向他的巷口，便见何氏手提了一只包袱，由对面走了来。这就迎着她笑道："姑妈，你起来得早哇！"

120

何氏猛然见了他，像是吃了一惊的样子，身子向后退了两步。王狗子笑道："我没有什么事，不过顺便走这里过。你老人家大概是一晚没有睡，把衣服做好，赶着就送了来。"何氏道："秀姐也不住在这里，我这包衣服不过是托许先生转交一下子罢了。"她口里说着话，脚步可不移动，那意思是要等着他走了，她才肯走。

王狗子想她也怪可怜的，又何必和她为难？于是向她点了个头道："姑妈，回头再见了，你忙着吧。"说毕拱了两拱手，径自走了开去。走出了巷子回头来看时，见何氏站在巷子中间，只管向这里张望，那意思是等着自己走了，她才肯到许家去。王狗子一想，她们真也防备我们这班人到了所以然。但是有了这情形，倒实在要看看他们是怎么回事。

拐过了这巷子，在冷街口上，有个卖烤红薯的摊子，那老板金老头倒是自己的前辈，他正站在太阳地里料理炉子内外的货物。王狗子慢慢走拢去，说声"金老伯忙呀"，于是谈起话来。年老的人总是喜欢说话的，由王狗子今天没有做生意谈到了何德厚所干的事，也就是混了一两小时。金老头摊上有瓦壶盛的热茶，请王狗子喝了一碗茶，又让了他两只烤红薯，肚子也就不饿。他守住了这炉子边就没有走开，他居然熬出了一点结果，这条街上竟开来了一辆汽车。这汽车虽没有什么特征，可是和那司机同座的，有一位穿了干净短衣服的女人。她梳着发髻，髻缝里插了一朵通草制的红喜花。王狗子心里想着，接秀姐的汽车来了，过一会子就可以看到了这出戏是怎么演，于是索性在这摊子边耐坐下去。坐了一会儿，又怕汽车会走了别条路，不住地到那巷子口去张望着。最后一回，竟是碰着那汽车迎面开来。当汽车开到面前的时候，那个戴花的女人却不见了。后面正厢里，见秀姐低头坐在里面。坐了汽车，自然就不是她原来的装束了。烫着头发，成了满头的螺旋堆，身上穿了一件粉红色的衣服。但只也看到这一点点，车子已过去了。虽然汽车是在冷街上走，可是它走起来还是比人快得多。王狗子拼命地在后跟，追到了大街上，汽车一掉头，钻入汽车群里，就不见了。

王狗子站在巷子口，呆望了一阵，然后抬起手来，在头上钻了个爆粟，骂道："笨蛋，现时你才明白，你能盯着汽车，找出她到哪里去吗?"说毕，无精打采地掉转身向回路上走。但只走了这条巷子，却看到原来押汽车来的女人坐了一辆人力车飞快地走来。狗子忽然脑筋一转，就随了这人力车子跑。这一回是绝不肯放松的，无论人力车子跑得如何快，总在后面盯着。车子在一家大旅馆门口停住，那女人跳下车就向里面走。王狗子怕是再失了这个机会，老远地看着了那女人的影子，就紧紧地跟随在后面。好在这旅馆，既是最大的一家，加之又兼营中西餐馆，进出的人却是相当地多，王狗子虽然是个无所谓的来宾，却也没有什么人来注意。一直上了三层楼，却见一群衣服阔绰的男女簇拥了秀姐，嘻嘻哈哈走来。她在衣彩闪耀的当中，顺了甬道走。她的脸上虽是胭脂抹得通红的，却也不见什么笑容，只是低了头。在她后面的两位女宾，微微靠近了她来推动着走。她的衣服好像有一千斤重，走着走着，衣纹都没有什么摆动。和她并排走着一位四十开外的汉子，长袍马褂，笑得嘴角合不拢来，向大家拱了手道："请到新房里坐，请到新房里坐。"他在前引路，将秀姐和一群客人引进了一间屋子里去。那房间虽不关上门，却是放下了门帘子的，将内外还隔得一点不露。但听到哈哈一片笑声，接着啪啪啪一阵掌声。王狗子站在楼梯呆看了许久，昂头长叹一声，便低头走下楼去。

第十三章

一 小贩之妻

是接近黄昏的时候，街上电线杆上已是亮着黄色的电灯泡。一条流水沟上，并排有大小七八棵杨柳树，风吹柳条摇动着绿浪，电灯泡常是在树枝空当里闪动出来。看着三四只乌鸦，工作了一日，也回巢休息了，站在最高一棵柳树的最高枝上，扑扑地扇着翅膀，呱呱地叫。树底下有个人捧了粗瓷饭碗将筷子在扒饭，这便抬了头道："还叫些什么？人差不点子坐了牢，今天……"老远有人叫道："杨大个子吃饭了，喝碗老酒去好不好？"

杨大个子回头看时，王狗子背了两手在短夹袄后身，昂头看了柳树外天空里的红云，跌撞着走了来。杨大个子笑道："说你是忠厚人，你又是调皮的人，你看到我在吃饭，你约我去喝酒。"

王狗子走近身来，向杨大个子碗里看看，见黄米饭大半碗，里面有几块青扁豆、两块油炸豆腐，笑道："你看，菜都是这样干巴巴的，吃到口里也未见得有味。我说请你去吃酒，不见得是空头人情吧？"

一言未了，却听到后面有妇人声音叫道："王狗子，你又来找老杨了。吃自己饭管人家闲事做什么？"

王狗子回头看时，杨大个子女人背靠了门框，怀里抱着碗筷，站在那矮屋子门口。她一张长方脸，配上两只大眼，平后脑勺，剪齐了一把头发，阔肩膀披上一件蓝布夹袄，胸前挺起两个大包袱似的乳峰，透着一份壮健的神气。王狗子向她笑道："大嫂是心直口快的人，怎么也说这样的话？我们和童老五都是割头换颈的朋友，他

123

要和人家谈三角恋爱，抢他的爱人到手，我们做朋友的怎能够坐视不救？"

杨大嫂伸着颈脖子把大阔嘴向他呸了一声笑道："你老实点吧。一个挑粪卖菜的人，说这些文明词，又是三角恋爱，又是爱人，又是坐视不救，也不怕脸上流绿水？"

王狗子笑道："你不也懂得这些话？不懂你就知道这是文明词了？喂！嫂子，家里有香烟没有？给我们一支抽抽。实不相瞒，说出来，你又要笑我流绿水。我跟着秀姐的汽车，一路到旅馆里去，偷着看了和姓赵的一路入了洞房。也不知道什么缘故，我心里过分地难受，也就只比死了娘老子差些。这几天，我闷死了，满街乱钻。今天闷不过，我想找老杨去喝两碗酒，解个闷，你怎样不赞成？"

杨大嫂放下了饭碗筷子，在屋子里拿出一支纸烟、三根红头火柴，一齐交给了王狗子，笑道："这是老杨饭后的一支救命烟，请了客吧。屋子里漆黑，请外面坐。"说着，从屋子里搬出一张矮凳子放在门外空地里。

王狗子坐在矮凳子上，将纸烟衔在嘴角里，然后把火柴在土墙的碎砖上擦着了，点了烟抽着。杨大个子走过来笑道："你来请我吃酒，倒先报销了我一支烟。想买一个咸鸭蛋吃饭也没有，我嘴里正淡出水来，上街去切上四两猪头肉，喝两杯倒也不坏。"他说话时，将碗筷递给了他女人。

杨大嫂道："听说有酒吃，碗都不肯送到屋里去了。难道你进去了，我会把你关在屋里？我要是那样厉害，杨大个子早就发了财了。"

杨大个子将头歪在肩膀上，向她笑道："有朋友请我吃酒，又不花你的钱！你不高兴我去？"

杨大嫂道："自己的钱是钱，朋友的钱更是钱，放了饭碗去占人家便宜，你这个心肠就最坏。"

王狗子笑道："我和老杨还分彼此吗？若是那样，这回童老五的事，我们也不瞎忙了。"

124

杨大嫂把碗筷送回去了，在门里扔出一个湿手巾把来，杨大个子接住了。她拿了个洗衣服用的草蒲团丢在门框下阶沿石上，自己便坐下去，两手抱了腿。杨大个子接着那湿手巾擦抹了嘴脸，笑道："你看，我们这洗脸手巾，上面一点油腥也没有。"说着，将手巾挂在门框钉子上。

　　杨大嫂道："不是我不要你去喝酒。你看你们在童老五家吃酒，几乎弄出祸事来。今天你们弟兄班子，火气正在头上，三朋四友会到一处，再把黄汤一灌，说不定又出什么乱子。童老五为人，我也觉得不错，穷虽穷，有什么事找他，他没有缩过手。我倒有头亲事放在心里，因为他痴心妄想在想秀姐，我没有和他提过。现在他没有了想头了，我可以和他提一提。"

　　杨大个子点点头道："我晓得你说是你姨表妹。她家里很好过，肯嫁童老五这样穷光蛋？"

　　杨大嫂道："就因为她家里很好过，就不在乎找有钱的了。我二姨妈守了二十多年的寡，脚下没有个儿子。住在乡下吃租谷，又过不惯乡下日子。住在城里，乡下搬租谷来吃，又不够用。若是城里招得一个出力的女婿，把她乡下出的东西挑来城里卖，那就是钱。她母女两个这样有了活钱，也可以在城里住。"

　　王狗子摇摇头道："这个媒人，你做不成功了。"

　　杨大嫂道："难道童老五还在想秀姐？"

　　王狗子道："童老五人虽穷，死也不肯输这口穷气。比他好一点子的人，他都不肯和他交朋友。他说，本来无心想沾人家的光，不要让人家疑心是有意去沾光。于今叫他去讨个有钱的老婆，靠老婆吃饭，那简直是挖苦他了，你想他会干这样的事吗？"

　　杨大嫂笑道："哟！凭你这样说，童老五倒是一块唐僧肉，人家非弄到嘴来吃不可。我那姨表妹不好看，也不疤不麻，她还怕找不到你们这样拿扁担磨肩膀的人吗？我去做这个媒，说不定还要挨上人家几句言语呢。"

　　杨大个子指了她的脸道："你看，你那嘴就像敲了破锣一样地响。王狗子一来，就只听着你说话。"

杨大嫂将手指了鼻子尖，腰杆子挺起了笑道："我嘴像破锣？老实说，连你老杨在内，都得听我的话。王狗子，你信不信？比如你们都是挑桶卖菜的，只有老杨他还撑得起这个破家，那就为了有我管住了他。你们无人管的，钱到手就花个精光了。"

杨大个子口里骂着，眼瞪了她，伸手扯了王狗子道："走！喝酒去。这是个疯子，越睬她，她还越来劲。"

王狗子起身和杨大个子走着，杨大嫂喊道："杨大个子，你说走就走，居然不怕我老姐姐发脾气。呔！听到没有？刚才老鸦在树上对你叫，你也应当小心一点。"

杨大个子道："管它呢。那棵树上，根本就有个老鸦窠，哪一天它们不叫上三五回？"他口里说着，人是尽管地向前走。踱过了水沟边一带空地，立刻转弯要进到一个巷子里去了。杨大嫂追出来几步，抬起一只手来，在半空里招着叫了过来。

杨大个子见她这样上劲地追了来，自然有点奇怪，便站住了脚等着，因问道："什么事，这样大惊小怪地追了来？"

杨大嫂笑道："你是听到有酒喝，什么都忘记了。就算酒账有人家会东，难道买包香烟的钱你也不用带着吗？"说话时，她跑了近来，右手上握着一把铜板和银角子，左手牵起杨大个子的衣襟，却将手心里这把钱都塞在他口袋里，然后叮嘱了他道："少喝两杯，早点回来。"杨大个子答应着，她才转身回去。

王狗子倒站定看着了很久，因笑道："怪不得人家说你们杨大嫂子打是痛骂是爱。尽管不许你出来吃酒，到了你真走了，她又和你送了钱来。"

杨大个子笑道："你倒莫笑她夸嘴，我要不是她管着，倒真不容易成上一个家。"

王狗子笑道："你两个人也算一个半斤，一个八两，性情斯文些的人，就对付不了我这位大嫂子。"

杨大个子点了头道："这倒让我想起秀姐来。相貌呢，不用说是十分去得。若不是相貌好，人家做次长的人，都会看中了她？做事呢，也是粗细一把抓。虽说有点小姑娘的脾气，那倒算不了什么。却不想钱这个东西，害尽了人！她和老五彼此心里有数，是好几年的事了。于今是一个月工夫，就跑到姓赵的人家去做姨太太。"

王狗子道："我看了这件事，非常之难过，今天做完了生意，我一头跑出来，就要去找童老五吃酒。直走到他家门口，我才想起了人家是恨透了这个城市，陪着他老娘下乡了。我找不到他，我就想起了你。总之，我要喝上一顿酒，才可以解除胸中这点子不痛快。"

杨大个子道："真的，老五走了，我也是一天就没有了精神。你若不来，我一个人也会钻到澡堂子里去洗澡。"

两个说着话，走出了巷口，到了丹凤街上。这是这条街上夜市最热闹的一段，三五家店敞着门，已是灯火通明，穿短衣服的人正也开始着在这里活跃。几座浮摊，卖炒花生的、卖酱牛肉的、卖水果的，拥在路灯光下。这巷街成了丁字形，正对着是爿小茶馆子，白天生意清淡。到了晚上，那板壁竹顶棚之间，两根黑粗线悬了的电灯泡，不怎么调和的形状之下，放着了光明。靠里两三张桌子，搭起一座小台，有个黄瘦的人，秃着头，穿了灰布夹袍，手拿扇子，在那上面讲《七侠五义》。台子下面各茶座，挤满了人，除了人头上冒着烧的卷烟气，对演讲者没一点反应。这边一家大茶馆，正卖晚堂，拦门的锅灶上，油锅烧得油气腾腾的，正煎炸着点心。那里面哄哄然。人的谈话声，灯光下晃着一群人影子，正与那油锅烧红了的情调相同。紧隔壁是一家老酒店，也是王狗子的目的地。小小的铺面，两行陈列了六张桌子，在墙的一角弯了一曲木柜台，柜台上摆着二三十把小酒壶。柜台外撑起一个小小铁纱架格，里面放着茶黄色的卤猪头肉、卤蛋，还有油炸的酥色。只这两样固定的广告，便把不少的老主顾吸引了进去。

这些座位上多半是有人占坐了。只有最里面的一张桌子，一面靠墙，三方空着，桌上摆了几个蓝花瓷碟子，里面放着盐水煮花生、油炸麻花、咸蛋之类。王狗子早是馋涎欲滴，抢着向前，右手移开

127

凳子坐下去。左手抬起来，高过额顶，伸了四个指道："拿四两白干来。"

杨大个子在对面坐下，笑道："我们今天都有心事，不必太喝多了，就是这四两。"说时，伙计将酒壶杯筷拿了来。

王狗子道："卖猪头肉的老张，我还欠他两角钱没有给呢。要他给我切盘猪头肉来，回头一总结账。"

那伙计向王狗子上下打量了一番，笑道："王老板多日不见，在哪里跑外码头挣钱回来了。"

王狗子将斟着酒的杯子，先端起来喝了一口，点着头道："跑外码头？将来也许有那么一天吧。这个死人城里让人住不下去，受得了这股子穷，也受不了这股子气。"杨大个子伸着脚，在桌子下面，轻轻地踢了他一下，又向他看了一眼。王狗子抓了两粒煮花生剥着，就没有向下说了。

伙计端了一碟子猪头肉放在桌上，笑道："王老板不说，这事我也摸得很清，不就是为老五这件事情吗？"他说着，在墙缝里取出半支烟卷，又在那里摸出两根火柴，在木壁上擦着，点了烟卷放在嘴角里斜抽着。他两手叉了腰，望着王、杨两人，倒是很有一股子神气。

杨大个子笑道："看你这样子还有话说，你和老五有交情吗？"

伙计道："老五我们不过是点头之交，倒是同何德厚很熟，他比你几位来得多，来一趟，醉一趟。这一阵子，晚上他不来了，中午的时候这里不上座，他倒是摸着这里来喝几杯。"说着，他回头看了看，低声道，"那赵次长有个听差，在这里和他谈过两回盘子。你猜怎么样？那个听差是我本家，我不问他，他倒只管向我问长道短。现在何德厚发了财了，永远不会到我们这小酒店来吃酒了。不过……"

只说得这里，老远的座上有人叫道："伙计，再打一壶来。"那伙计转身应酬买卖去了。杨大个子问王狗子道："这家伙很有几分喜欢说话，你知道他姓什么吗？"

王狗子道："听到有人叫他李牛儿，大概是个小名，我们怎好喊人家小名呢？"

杨大个子笑道："我倒不管他大名小名，我听了他说姓赵的听差是他本家。据你这样说，我们可以知道这人姓李了。有个机会要找找秀姐的路子，这也是一条线索。"

王狗子摇了两摇头道："我们还去找她的线索呢？真也见得我们没骨头。假如有这么一天，我有权审问她，我要掏出她的心……"王狗子说到这里，觉得自己声音重一点，回头一看，各座位相接，便吐长了舌头，笑了一笑，把话忍回去了。

杨大个子拿着酒壶，杯子里斟着酒，笑道："今天要我看着你喝，不然的话，你会喝出毛病的。"

王狗子笑道："今天我们是解闷，闷酒容易醉人，倒是自己管着自己一点的好。"

两个人说笑着，喝酒便有了限制。倒是桌上摆的两碟煮花生米，先吃了个干净，桌子角上剥了两堆花生壳。唯其如此，倒是所切的那碟猪头肉还不曾吃多少。王狗子扶起筷子，随便夹了两片肉在嘴里咀嚼着，恰好是卤猪耳朵，倒越咀嚼越有滋味，端起杯子来，把一点酒底也喝了，喝得杯子叽叽有声。杨大个子笑道："下酒的菜还有，我们每人喝二两酒，倒是不怎么够过瘾的。"

王狗子笑道："我们再来四两。"

杨大个子向他脸上望望，笑道："二两也差不多吧？"

只这句话，就听到身后有人接嘴道："我就知道你们扶着酒壶，只有人倒下去，没有壶倒下去。"

杨大个子回头看时，是他老婆来了，脸色倒有些红红的。杨大个子道："咦！你怎么追着来了？你不是……"

杨大嫂笑道："我不拦着你喝酒。我刚才塞一把钱到你衣袋里，把开箱子的钥匙也塞在你袋里了。"

杨大个子在衣袋里摸索了一阵，掏出钥匙来交给她，因问道："有什么要紧的事，追着来要钥匙开箱子？"

杨大嫂看了一看四座上的人，然后弯下腰来，在杨大个子肩膀上，低声道："隔壁吴大嫂子发动了，恐怕今晚上要生出来。我要去帮忙，你早点回去，看着大毛二毛睡觉吧。"说着，扭身就要走，杨大个子伸手一把将她抓住，因道："就是要你去帮忙，也用不着你开箱子。"她道："你的酒也没有喝醉吧？我也得拿我的家伙去呀。"摆脱了杨大个子的手就走了。

　　王狗子笑道："大嫂子到隔壁帮忙去了，也许熬过通宵，我不劝你多喝，你要回去看家了。"

　　正说着，李牛儿在人丛中溜了过来，手里提了小酒壶和杨大个子斟上一杯。杨大个子笑道："卖酒人不斟酒，你倒是肯破这个例。"

　　李牛儿笑道："我有点事求求杨老板。"

　　杨大个子道："你知道我姓杨？"

　　李牛儿道："我在这里，也做了半年多买卖了，来来往往几个主顾，我都认得，姓名不十分闹得清楚。刚才这位杨大嫂是不是？"

　　杨大个子端起酒杯来喝了，又笑着叹了一口气道："女男人！唉！就是我那一口子。"

　　李牛儿道："这就是了，她是杨大嫂，你还不是杨老板？"

　　杨大个子道："你有什么事赐教？"

　　李牛儿把头偏到肩膀上，皱了眉道："我女人也快临盆了，就是请不起好接生婆。她是初生子，太不相干的，又不敢请。听到人说，这位杨大嫂子会收生，还是热心快肠，不要钱。杨老板和我说一说，行不行？"

　　杨大个子笑道："这个事，那我一说，她就来？有你这热心快肠一句话，比送她一千块钱，她也高兴些。她这个女男人，什么都不怕，就怕戴高帽子。你想，我还能出点力气，哪就靠她挣钱？以先她是和人帮帮忙，后来许多人找她，弄得真成了一个接生婆。去年卫生局下了命令，当产婆非受训不可。我劝她可以休手了。无奈左邻右舍一说，杨大嫂子不接生了，大家少个救星。这句话把她送上了西天，背了几十块钱的债，她去受训了三个月。到于今索性是领了凭照的收生婆了。"

李牛儿笑道："几十块钱算什么？一个月半个月的就可以弄回来。"

杨大个子道："弄回来？像今天晚上这回事，我家里起码要贴两块钱本。"

王狗子笑道："真的，我听说大嫂子和一个叫花婆收一回生，除了白忙一天之外，还倒贴了那女人三块钱。"

杨大个子摇摇头道："唉！你不要提起这回事。那几日正赶上家里没钱，她会偷着把一床被拿去当了。天下有这样的傻货！"

王狗子笑道："我们弟兄，都是这样的脾气，这就叫一床被盖不了两样的人。"

杨大个子笑道："呔！你这叫什么话？"

王狗子被他喊破，才觉得自己的话有语病，身子向后一仰笑道："啊哟，我不是那意思。我要是有心占你的便宜，我是你儿子。"杨大个子和李牛儿都笑了。

这一打岔，李牛儿没有再提收生的事，自走了。一会子工夫，他在街上馄饨挑子上叫了两碗面，送到桌上来，笑道："不成意思，请二位消个夜。"杨大个子道："这可不敢当！"李牛儿笑道："这酒账我也告诉柜上，代会了。"

王狗子站起来，抓住他的手道："这就不好意思。原来是我约了杨大哥来吃两杯，怎好让你会东？"

李牛儿弯弯腰儿，笑道："我不过想借了这个机会，多交朋友，你二位若是不赏脸，就是不愿和我交朋友了。"

王狗子握了他的手，回转脸来，向杨大个子望了道："你看怎么样？"

杨大个子道："这真是想不到的事，跑到这里来，要李大哥会东。"

李牛儿笑道："在这条丹凤街上的人，少不得昼夜见面，今天我会了东，明天你再会我的东，那不是一样吗？不要客气，请把面吃了，冷了，面就成泥团了。"说了这话，他自走开去，并没有什么话交代。

王狗子把面吃了，又和杨大个子喝着后来的一壶酒，因道："这李大哥是口糊手吃的人，当然是境况很困难，大嫂子好事做多了，哪在乎再做一回？你回去对大嫂子说一声儿，就和这李大哥收一回生吧。"杨大个子喝着酒点点头。到了这壶酒喝完以后，是人家会东，二人也不便再要喝。站起身来，向老远张罗着买卖的李牛儿拱了两拱手。他迎过来笑道："二位回去了，再来一壶吧？"

杨大个子拱拱手道："多谢多谢。你那托的事，让我回去对她说着试试看。说句文明词儿，那总不成问题吧？"李牛儿听了，觉得半斤白干没有白花，随了后面，直送到店门口，还点点头。于是王狗子这群人里面，又多了一个角色了。

第十四章

重 相 见

这晚上,杨大个子带了三分酒意,撞撞跌跌走回家去。杨大嫂子在邻居家里收生,正不曾理会得,门依然反锁着。便站在屋檐下大叫道:"喂!怎么把门反锁了?依着我的性子,我一脚把这大门给它踢倒了。"他口里说着,当真伸出脚来将门咚咚踢了两下。

隔壁刘家外婆抢了出来,叫道:"呔!杨大个子你又喝醉了?大毛二毛睡在我这里,钥匙也在我这里,你拿去开了门,悄悄地睡觉,不要发酒疯。"

杨大个子走过去在门外接了钥匙,便回家来开门。这晚没有月亮,暗中摸索了锁眼,将钥匙向里面乱搅。锁簧开得吱嘎作响,只是通不开。自己发了急,两手用力将门一推,身子更向前一栽,那门轰咚一声响着,人和门板同时倒向屋里来。这一跌脑子发晕,半晌爬不起来。屋子里没有点灯,便闭着眼养一养神。这一养神之后,人益发昏沉了过去,就不知道醒了。等到自己觉悟过来时,屁股上已让人踢了两脚。睁眼看时,见桌上点着煤油灯,自己女人将手指着道:"你看,你还像个人吗?生儿养女几十岁的人,直挺挺地醉死在地上。"

杨大个子觉得脊梁上冰凉,两只手臂膀还凉得有些发痠。坐在门板上,揉着眼睛,笑道:"你以为我喝醉了,就睡在地上吗?我恨极了你了,孩子放在人家家里,大门又是反锁了。为了和人家去收生,自己家里人全不要了。"

杨大嫂道:"你不要瞎扯臊了。我不要家里人,你就该直挺挺躺在地上吗？这门坏了，今天晚上敞着门睡觉，连被窝儿都要给人卷了去。你得好好地给我看门。"说着，掉转身去，自走到里面屋子里去。

杨大个子缓缓地站了起来，低头看看身上的衣裤，黑泥沾染了大半边。不觉摇了两摇头，自言自语地道："我也只喝了四五两酒，怎么就这样糊涂？那个李牛儿把不要本钱的酒请客，也不知道打了多少酒我喝，总有半把斤吧？要不然，我不会醉。"

杨大嫂低了声音在里面屋子喝道："你看，你不打自招。我不管，要是不看门，你进了房，我将马桶刷子打你。"

杨大个子呆站在外面屋子里。见两扇门平倒在地上，木转纽都跌断了，已是无法安上。走出门来，向天上张望了一下，见东边天脚，在没有月亮的情形下，却是一抹清光，头顶上三四粒星点，都有酒杯口那般大，远远地听到两三声鸡叫，糊里糊涂地竟是在这地面上度过一个长夜了。口里也正渴得很，便在缸灶里塞上两把火，烧了大半锅水，洗着脸，喝了两碗开水，已经看得见门外的柳树枝在半空里十分清楚，天色是大致明亮，在屋檐下清理着菜夹筐子，将扁担挑在肩上，然后回转头来向屋子里叫道："我可上市去了，大门交给你，丢了东西，再不能怪我，我和你守了一夜的大门了。"他说着，挑了担子自去。

这天贩得几样新鲜菜，生意还算不坏，一点钟左右箩担空了。正要回家，顶头遇到洪麻皮，肩膀上抗了一捆铺盖卷，手里提了一只小网篮，便咦了一声，拦着他道："哪里去？"

洪麻皮叹了一口气道："还不是为了自己弟兄的事。我东家说，早一阵子，你们都在他茶馆子里开会，我丢下了生意，和你们一处混着。误了他的生意事小，得罪了那些帽子歪戴的人事大，叽里咕噜，很是说了我两顿。我想，他开的是茶馆，哪里会怕人在他茶馆子里议事讲盘子？茶馆一天三堂卖茶，哪一堂又少得了人家议事讲盘子？他担心的是我这个跑堂的跟了你们一处，连累了他老板。外面混事的朋友，大家知趣些，不要去让人家为难。我今天一早，就向老板辞了生意。因为新来的伙计，早上忙不开。有道是山不转路转，我还和老板卖了一个早堂。现在早堂完了，我扛了被窝儿下乡去。"

杨大个子皱了眉道："这是哪里说起？真没想到会连累了你。你这样说走就走，身上未必有什么钱吧？"

洪麻皮道："有十来块钱账在外面，一时收不起来。好在借债的人都是要好朋友，迟早也少不了我这笔账，不收起来也没关系。现在身上还有三五块钱，盘缠足够了。"

杨大个子道："那怎么行？你整年不回家，回家倒是空着两手，也怪难为情的。和我一路走，大家朋友凑两个钱让你走。"

洪麻皮道："那不必。我也正是怕朋友下市了，会在茶馆里遇到我，现在又走回茶馆里去，老板倒还疑心我是一个丢不开的回头货。"

杨大个子道："也不一定就到你那茶馆里去呀。我还没有吃饭，我们到街头上小饭铺子里去坐一会儿，也许可以在那里遇到两个朋友。"

洪麻皮道："下乡也就只有两个叔叔婶娘，我的境遇他们也知道，不带什么去，也没有关系。"

杨大个子道："人人是脸，树树是皮，弄到赤手空拳回家，什么意思？我们是好朋友，就不能看着你丢这个面子。何况你这回的事，分明为了朋友呢！"说着这话，就把他肩上的铺盖卷儿扯下来，塞在夹篮里。把提篮也接过来，放在另一头。他挑着担子在前面去，因道："你今天回家不早，明年这时候回家也不迟，随时可以回家的人，你忙着些什么？"

洪麻皮虽是不愿意，觉得也不必故意去执拗，跟着杨大个子走了一程，因笑道："你放着家里现成的饭不吃，要花钱到小饭店里去吃。"

杨大个子笑道："昨晚上喝醉了，闹了一晚上的笑话。我家那口子在半夜里就指着我脸上骂，我吓得只好躲开她。现在我不忙回去，等她来找我才回去，可以省了许多麻烦。"

洪麻皮笑道："啊哟！你们那位杨大嫂子！"

杨大个子回转头来向他笑道："大街上，你不要叫。你不要看她那股子男人脾气，其实她对我在外面交朋友，无论费多大力、花多少钱，她向来不过问，或者还要帮帮忙。"

说着，已到了小饭店门口。杨大个子把夹篮放在屋檐下，走进店里去，看到柜台上铁纱罩子里，一并摆放了四只菜盘子，里面都满满地堆了荤素菜肴。其中一盘子是红烧鲫鱼，一盘子是豆腐干丁子炒肉。那油炸着焦黄的鱼上面，分布了一些青的蒜叶、红的辣椒丝，便可以想到其味不坏。那豆腐干丁子，也是配着这两项红绿的，于是走进去坐在桌子边，两手互相搓了一下，笑道："麻皮，我们弄四两酒喝喝好吗？"

洪麻皮坐在旁边，笑道："我已经吃过了饭，可以陪你坐坐。不过吃酒这一层，我倒是劝你不必，除非是你今天下午不打算回家。"

杨大个子将手搔搔头发，笑道："其实我就喝二两酒，只要不醉，她也不干涉我。你不喝我也就不喝了。我得在这里等着人来，和你想点法子。"

说着话，饭店里伙计和他送着菜饭来，笑道："杨老板向来少在我们这饭摊子上吃饭，倒是童老五常上我们这里来。"

杨大个子道："他那个老娘常常三灾两病的，他回去赶不上饭，就不再累他老娘重做，就在外面吃了回去。我呢，两餐赶不上，我就要我女人补做两餐。三餐赶不上，就要我女人补做三餐。虽然在外面少花钱，究竟是要比在家里另花一笔钱，所以，我少上这里来。"

伙计给他送了两盘冷菜，盛了大堆碗饭放到桌上，因笑问道："今天怎么又光顾到我们这里来了呢？"

杨大个子道："你们这里是三关口，下市的人少不得都要打从你这门口经过，我要知会两个人说句话，所以就顺便在你这里吃饭。难为你和我留一点神，你看到我同伙的人，把他叫了进来。"

那伙计对于在这附近菜市上卖菜的小贩子，倒也十认六七，杨大个子这样说了，他果然不住地向门外张望着，不到五分钟，他高声叫道："何老板，请进来，有人在这里等着你呢。"

随了这话，是何德厚来了。他今天不是往常那种情形了，首先是没有打赤脚，穿了黑线袜子和礼服呢鞋子。其次是他身上已经换了一件线呢布夹袍子。头发也不是蓬栗蓬一样的了，修理得短短的，露着一颗圆和尚头。为了脸上已经把毫毛和胡卷子修理得干净，嘴唇上那两撇小八字须，也就格外顺溜清楚。不过这两只手，突然换了改穿长衣，好像是有些不得劲，却是手指头相挽放在背后。他在路上经过，听到这小饭铺子里有人叫唤，未曾加以考虑，就走了进来。猛可地看到杨大个子和洪麻皮在这里，正是两位冤家。待要扭转身子走去，那是不同调的样子放在面子上，格外与人难堪，便忍下了胸头那腔怒火，抱着拳头向杨大个子拱了两拱手，笑道："原来是杨老板在这里叫我。好极好极，我来会东。"

杨大个子看到了他，就透着眼角里要向外冒火。不过他是笑笑嘻嘻地走进来为礼的，倒不好意思给他一个冷脸子，便站起来向他勾了一勾头笑道："何老板现在发了财了，还认得我们？"

何德厚走近前来，笑道："那什么话呢？多年多月的老朋友，会生疏了？啊！这位是洪伙计。你背着脸，我还没有看出来是谁呢。"他说着话坐在桌子下方，掉转身来，望了洪麻皮只管笑。

洪麻皮道："何老板为什么望了我们笑嘻嘻的，觉得我们这倒霉蛋的样子，很是可笑吧？"

何德厚笑道："老弟台，你何必挖苦我？虽说我现在弄了两个活钱用，我还不是我何德厚？我刚才笑是因为我想起来了，在你那柜上还差着几碗茶钱。我终日胡忙一阵，把这事总是忘了，今天遇到你我才想起来。这钱请你带去，过了身我又忘记了。"说着，就伸手到袋里去掏钱。

洪麻皮笑道："这不干我的事了。你不看到那夹篮里放了我的铺盖卷？我已经歇了生意。何老板现在是有办法的人了，提拔提拔我们穷光蛋好吗？"

何德厚道："我倒问你一句正经话。你在三义轩茶铺子里，人眼很熟，老板为什么歇了你的生意？"

杨大个子怕洪麻皮随口说出原因来，便接嘴道："端人家的饭碗，哪有什么标准呢？人家什么时候不愿意，什么时候就给你歇工。"说着，也笑嘻嘻地道，"何老板现在有了阔人的路子了，给他找个吃饭的地方吧？"

何德厚在身上取出一盒纸烟与火柴来，敬洪麻皮一根，自吸一根。他喷了一口烟，大二两个指头夹了烟卷，伸到桌子沿边，将中指头弹着烟灰，做出一番颇有所谓的沉吟样子，向洪麻皮问道："你这话是真，还是随意说着玩的？"

杨大个子将筷子拨了碗里的饭粒，把碗口朝了他，因道："这个玩意儿，今天他就要闹点饥荒，怎么会是闹着玩呢？"

何德厚道："那么，请洪伙计不要见外，认我老何还是个朋友，我今天准去想法子。什么事情，我现在不敢说定，反正比在茶馆子里跑堂好些，明天在哪里等我的回信？"

洪麻皮和他开开玩笑，不想他倒真个帮起忙来。凭着他为人，朋友里面哪个也不正眼看上他一下，岂能真要他找饭碗。可是话又是自己说出来的，倒不好全盘推翻，对了他只是微微地笑着。何德厚手摸了新修理的八字须，正色道："我今天滴酒未尝，绝不是说笑话。"

杨大个子道："那更好了。何老板若是肯劳步的话，明天给我一个回信。"

何德厚伸起手来搔着头皮苦笑了一笑，因道："据说呢，我们好朋友，过去有点小疙瘩，一说一了，过去也就过去了。不过你们年纪轻的人，火气总是旺的，我不敢说你们能把过去的事丢得干干净净。我们随便约个茶馆子里会面，好不好？"杨大个子听他那话倒很有几分诚意，便笑道："何老板是福至心灵，于今发了财，也肯和穷朋友帮忙了。若是你肯喝我们一碗茶的话，我们在四海轩见面吧。"

他伸手搔了几搔头发，微笑道："啊！那里熟人多得很吧？"洪麻皮笑道："熟人多得很要什么紧？大家见见面。"何德厚脸上现了踌躇的样子，人已站了起来，他笑道："这没有什么难办，我明天到菜市上来找你们。反正在菜市上总可以会到这些朋友的。"说着，在身上掏出一张五元钞票，交给小饭馆子里伙计，笑道，"算我会东了。"杨大个子待要起身来拦阻时，伙计已是把钱接过去了。

洪麻皮笑道："我不知道何老板会抢了来会东。我若早知如此，我也夹在里面吃两碗好白米饭。"何德厚笑道："这点东，我还担得起，你再用就是。"说了，又向伙计道，"钱存在柜上，下午我再来结账。"于是又向洪杨两人拱了两拱手，笑道，"我还有点事，失陪失陪。"说完，他仰起下巴颈子走了出去。

洪麻皮笑道："你看这酒鬼这一股子风头，那还了得？"杨大个子笑道："你不要看他那番做作，对我们说的话并不会假，他定会和你找一个饭碗的。"

洪麻皮道："你何以见得？"

杨大个子笑道："那有什么不明白？他为了运动别人在童老五家里捉我们，知道是和我们种下了血海冤仇。现在秀姐嫁出去了，他做了次长的亲戚，又发了大财，并不怕我们坏他的事，和我们就冲突不起来。有了钱的人胆子就要小得多，和我们既不发生冲突，乐得做个好人，拉拢拉拢我们。"

洪麻皮还没有答得这句话，王狗子已站在店铺门口，因大声喝道："老杨，你怎么这样浑蛋？"

杨大个子瞪了眼道："我误了你什么事吗？你怎么张口就骂人？"

王狗子道："骂你浑蛋，还是讲点老朋友的面子。何德厚是什么东西，你们托他找事？"

洪麻皮笑道："啊哟！看这老狗子不出，还有两个钱身份。你站在门口也听清楚了，我们并没求他，是他自己愿意和我找事。我说是说了，请他帮忙那完全是和他开玩笑的。说厉害一点，可以说是挖苦他。可是他并不难为情，当了真事干。你在街上看了好半天了吗？"

王狗子道："可不是吗？我看到那老贼摇而摆之地由这里出去，我若在他当面，我一定在他面前打他两个耳巴子。"

杨大个子笑道："你说我们不该让他陪坐，我还告诉你一件新鲜事，他掏出五块钱来，抢着会了我的饭账。钞票存在柜上，让我们足吃，回头他再来结账。"

王狗子走进来将手轻轻拍了桌面道："唉！你们真是不争气。你说你说，你们吃了多少钱？我这里会。"说着，在身上掏出钱来放在桌上。

杨大个子红了脸道："我并不是没有钱吃饭。你看，他客客气气地走了进来，抱着拳头，不住地拱手。有道是伸手不打笑脸人，他老远地一路作揖走了进来，你还能好意思把他怎么样吗？他坐在桌子外面，手伸得长，立刻就付了这里一张钞票，我不叨扰他的就是了，我也不能硬在伙计手上，把五块钱抢了转来。"

王狗子道："哼！不肯叨扰他？也是我来了，你才这样说罢了。我若是不来，你还不是叨扰了他的吗？也许觉得他放下的钱不少，要多扰他几文哩。"

杨大个子听了这话，不觉把脸逼红了，圆睁了两眼，向王狗子望着。洪麻皮摇摇两手，向两个人笑道："王狗子是好意，杨大个子也没有要交何德厚这么个朋友。我们这一伙人是好朋友，到底还是好朋友。这话一说一了，不要提了。"

杨大个子笑道："狗子，你要交好朋友的机会来了。老洪现在受了我们在三义和开会的累，他老板怕会出什么事，把他事情辞掉了。他现在要下乡，没有进门笑的钱，希望朋友帮个忙，大家凑两文，你……"

王狗子把放在桌子上的钱，向洪麻皮面前推了过去，这里面有铜板，有银角子，有角票，大概两块多钱。洪麻皮笑道："今天你做生意的钱，大概都让我拿了吧？"

王狗子将手拍了腰包道："够我今天喝茶吃饭的了。我一个寡

140

人，挣一天钱用一天，用光了有什么关系？"

洪麻皮道："明天的本钱呢？"

王狗子将手摸了两面脸腮，笑道："十几岁做小孩子的时候就贩菜卖，凭了这点面子，赊一天的账，大概总办得到。你这铺盖卷放在大个子夹篮里，今天打算到哪里去过夜？"

洪麻皮笑道："现在还没有打算。好在总也不会用挂钩把我挂起来。"

王狗子道："到我那里去吧。何德厚这酒鬼若找到我那里去，我把扁担打断他的腿。"

正说到这里，两个制服整齐的警士皮鞋走得地面的路作响，走进了这小饭铺子，老远地叫了一声老板。王狗子吓得脸上红里转青，呆呆地站着，只是睁了眼看人。他一步一步向后退着，退到桌子角落里去，将背紧紧靠了墙。那两个警士各夹了一个横纸簿子，向伙计道："我们是复查户口的。"

王狗子转过了心窝里这口气，笑道："他们不管我们的事，我们还谈我们的天。你们还吃饭不吃，不吃就走吧。"说着，他先出了这小饭馆子的门。随后杨大个子走了出来了，瞪眼向他望了半天，叹口气笑道："你就是这点志气。"王狗子并不理会他的话，他自扬扬不睬的，两手操在腰带里，昂着头走向马路那一边去。杨大个子挑着夹篮跟着他走了一截路，便大声叫道："狗子，你说了话不算话吗？你约了老洪到你那里去的，你……"王狗子回转身跑过来，迎着他道："你叫些什么？"说话走近了，又伸着头过来，低声道，"我看那两个警察，也不知道是哪一路货。说不定又是何德厚串通了的。我们远远地躲开他为是。"杨大个子摇摇头，洪麻皮也哈哈笑了。

不过王狗子说的话，也许有些说得对，只见何德厚在街那头跨着大步走了来。那少穿长衣的人，显着全不怎么合调，两腿踢了衣摆前后晃荡着，反是扛了两只肩膀，老远地就看到了他。他也看到了这里来的人，笑嘻嘻地只管哈着腰，分明是对了这里来的。杨、洪两人站着，王狗子也只好退后一步，站在两人身后。何德厚笑道："很好很好，洪伙计还在这里。你的运气好，所托的事我一说就成，我带你去见见那主人家好不好？"于是三人在街角边站着，把话谈下去。洪麻皮回头看看王狗子笑了一笑。杨大个子道："你何必这样忙？"何德厚道："我们那亲戚扛枪杆的，凡事都讲个痛快。"他这么一交代，三人倒是一怔，他哪里又有一个扛枪杆的亲戚呢？

第十五章

不愿做奴才的人

俗言道：穷人乍富，如同受罪。怎么有了钱，倒如同受罪呢？盖因平时所见所闻，什么都想要，什么都要不到。现在有了钱，什么都要得到了，可是他也只有两耳两眼一张嘴，他并不见得可以比别人多享受一点。样样可求得，摆着满眼能拿的东西，却不知道拿哪一项是好，闹得神魂颠倒，就等于受罪了。何德厚便是这么一个人，身上揣了几十块钱，整日在街上跑，有时经过估衣店，想进去买一件衣服穿，又怕猛可地穿得漂亮起来，会引起人家笑话。有时经过皮鞋店，也想买双皮鞋穿。可是衣服也不过比往日整齐一点子，单单地穿一双皮鞋，也不相称。有时经过酒馆，颇也想进去醉饱一顿，可是平常没有进去过这像样的酒馆，一人进去大吃大喝，岂不让人家疑心有疯病？若是邀请两个人进去，平白地请人吃馆子也和疯了差不多。倒是经过戏园子门口，买了一张票进去看戏，但包厢花楼头二等正厅，向来没有踏进去过，不知坐在那里，是要守些什么规矩？还是买了一张三等票，跑到三层楼上去站着看。可是这地方，穷人很多的，身上揣着几十元钞票，有被剪绺孬手偷去的可能。站着看了半出戏，身上倒出了两身汗，又只好溜出来。出得戏馆子来，见那卤肉店柜台上，大盘小盘的，盛着酱肉熏鸡之类，这也是往常看到口里要滴出口水来的。现在买点这东西吃倒不愁没钱，只是拿回去吃，已过了吃饭时间，拿了在路上走着吃，这又是一种新发明，对这卤肉店站着踌躇了一番，也只有走开。还是买了一包五香瓜子，揣在袖笼子里慢慢地走着吃。这是他一种有失常态的情形，还有一种，便是他有了个做次长的亲戚，觉得自己这身份立刻要抬高许多。可是这件是不能登报宣布的，也不能在身上贴起一张字条，说是有了阔亲戚。无已，只是在谈话的时间，多多绕上两个弯子，谈到这事上去。譬如提到某种东西，便说我们亲戚赵次长家里还有更好的。提到什么人，便说我们的亲戚赵次长认识他。这样一来，就无事不可以扯上赵次长，也就无事不可以拿赵次长来抬高身价。他和杨大个子说话，谈起他有个扛枪杆的亲戚，那也正是做好了这个哑谜，等人家来发问。

洪麻皮先笑道："你们令亲，不是做次长的吗？怎么说是扛枪杆的？难道把他卫兵扛着的枪都计算在内？"

何德厚道："我们穷人出身，亲戚朋友无非都是穷人。但是人家有钱的人，那就亲戚朋友也无一不是有钱的人。我说的这扛枪杆的亲戚，是赵次长的表亲。是他的亲戚，自然也就是我的亲戚。"

洪麻皮笑道："何老板，承你的好意，这事倒是应该谢谢你。不过你也应当想想，我到这种阔人家去能做什么事？"

何德厚倒没有留意到他话里另有什么用意，嘻嘻地笑道："伺候人的，无非还是伺候人。你在茶馆子里提茶送烟，到人家公馆里去，当然还是提茶送烟。我是介绍你去当一名听差。"洪麻皮把脸涨成了个红麻皮，很久没有说出话来。何德厚望了他道："这没有什么难做的事，为难什么？"

洪麻皮突然倒笑起来了，因道："据你这话，就有些不妥当。赵次长和你是新亲戚，我们和你是老朋友。你让老朋友到你亲戚家去当听差，我麻皮不打紧，在茶馆里跑堂是伺候人，到令亲公馆里去当听差，也无非是伺候人。不过你现在是阔人了，总要顾些身份。若是让我去令亲家里当听差，也差不多和你自己去当了听差一样，那岂不大大地扫了你的面子吗？"

何德厚听他的嗓音特别提高，显系他这言语不怀着善意，也跟着把脸皮涨红了，只手摸了老鼠胡子微笑。王狗子听了洪麻皮这番挖苦话，觉得句句都很带劲，昂着头微笑着。杨大个子便向何德厚点个头道："我想，麻皮还是让他下乡去，不必去找什么事做了。你和麻皮都不错，你以为伺候人的还是去伺候人，有什么来不得？麻皮想呢，跑堂虽是伺候人，那是生意买卖，泡一碗茶的人都是主顾，不分什么富贵贫贱，那和别人家公馆里去分个奴才主子，就相差天隔地远。"

何德厚虽是瞪了两只酒意未醒的眼睛，可是杨大个子说得入情入理，却也没有什么话好驳他，便强笑道："这倒是我老糊涂了，也没有仔细想想就和麻皮找事情。都是多年熟人，请原谅我这一次糊涂。"

王狗子虽是站得稍远一点，听了何德厚服软的话，胆子也就随着壮了起来，因低了声音道："原谅这次糊涂？活了这大年纪，你哪一次也没有清醒过！"

他那声音虽是越说越低小，何德厚老早就看到他那脸上带了一番不屑于见面的神情，这时他一张嘴就注意他了。十个字听出了三五个字，也知道他是什么用意，便淡笑了一笑道："狗子，我姓何的还有什么对不起你的事情吗？上次你淋了我一身大粪，我没有对你老弟台哼过一个不字。你那意思，还想泼我一罐子？"

王狗子道："哟！那我们怎敢啦？你的亲戚有文的，也有武的。"他偏了肩膀，本昂着头说话，一面说一面扬了开去。他话说完，人已是走出去好几丈远。

洪麻皮见何德厚脸也涨得通红，这事不能再弄僵下去，便抱了拳头向何德厚拱了两拱手道："何老板，对不起，对不起，这都是我的累赘。改日再来道谢。"那杨大个子挑了担空菜夹篮，径直地在前面走。洪麻皮说了一声："这家伙把我的铺盖卷挑到哪里去？"立刻就随着在后面追。

在何德厚站定了脚，稍稍注意的两分钟内，他们已走过半截街了。他将两只粗糙的巴掌互相拍了几下，便向地面吐了两口痰沫，撅了那老鼠胡子，骂道："混账王八蛋！"他把这混账两字加重，蛋字拖长，他觉得学他亲戚赵次长的口气，倒是有几分相像。说着，又横了眼珠看看街上走路的人，心里忖着：我不是像这些挑粪卖菜的人信口胡说，我是学了做官的人骂人的。然而这些走路的人，却并没有哪个对这事略略加以注意。

至于洪麻皮更是跑得远了。他料着杨大个子是成心闪开这老家伙，随他挑了铺盖卷，转过一个巷子，就慢慢地在后跟去，不想两三个弯一转，倒真是不见了。想了一想，他大概是回家了，便向他家里走去。老远看到杨大嫂子在门前空地上洗衣服，两只袖子直卷到胁窝里，人蹲在地上，两手在盆里搓洗得水浪哗啦哗啦作响。洪麻皮以为杨大个子总到家了，便缓缓地走了过来。直到她身边，才叫了一声"嫂嫂"。无如杨大嫂洗衣服正在出力，却不曾听到。他倒站着呆了一呆，什么事得罪了她？叫着也不答应。杨大嫂猛然抬起头来见洪麻皮站着，斜伸了一只脚出来，两手反背在身后，对了盆里望。杨大嫂立刻把袖子扯了下来，盖住她那两只肥藕，瞪了眼向麻皮道："青天白日，你站着看你老娘做什么？你仔细大耳巴子量你。"说时两只手甩了水点。

洪麻皮啊哟了一声，不由倒退两步，因赔笑道："大嫂子，你不认识我吗？我是三义和跑堂的洪伙计。我刚才叫了你两声，你没有听见。"

杨大嫂子向他脸上看看，见他脸上有十几个白麻子，这时都涨红了，便点点头道："哦？是你，我倒失认了。对不起，我脾气不大好。说明白了，什么事我也不会介意的。有什么事见教？"

洪麻皮见她掀起一片衣襟，揩抹了手上的水渍，衣襟越掀越上来，简直露出了里面白肚皮了，只好装了咳嗽偏过头去。杨大嫂道："你是来找杨大个子的吗？这东西像掉了魂一样，天不亮就挑了夹篮出去，到现在还没有回来。"

洪麻皮到了这时，才知道杨大个子依然在逃，哦了一声道："他没有回来。"说完了扭身就走。

杨大嫂抢上前一步，抓了他的衣后襟，把他拖回来，因道："洪伙计，我看你这话里头有毛病。你在哪里看见了他？其实他也没有闯多大的祸事。就是昨晚上喝醉了回来，把门打坏了，就在地上睡了一夜。醒过来之后，大概是他自己不好意思，不等我醒过来就跑走了。"

洪麻皮抱了一抱拳头，笑道："你老嫂子的脾气，我知道，我决不敢说假话。"因把过去两个钟点的事和她说了。

杨大嫂伸手掌一拍大腿，向麻皮伸出了大拇指道："好的，人穷要穷得硬。我们就是打算当奴才，低下身份，哪里找不到一个奴才去当，也不至于去做何德厚亲戚家里的奴才。你下乡要几个钱用，何必找我那无用的人，你来找我杨大嫂子，这个时候，你早也就出城了。"

洪麻皮笑道："我和嫂子又不大认识，刚才还几乎闹出错事来。"

杨大嫂子笑道："对不起，对不起。我这个脾气，以后是也要改改，总是不问青红皂白三言两语就把人得罪了。"

洪麻皮笑道："这倒没什么关系。我和杨大哥是至好朋友，就是你老嫂子指教我两下，我也当领受。"

杨大嫂在衣服袋里掏摸了一阵，摸出一盒纸烟来。那纸盒壳子都折叠得成了龟板纹了，因笑道："这是我们那无用人留下来的纸烟，我收起来了没有给他。坐一会儿，先吸支烟，我去把他找了回来。"说着把烟盒子交给了洪麻皮，又伸手到怀里摸索了一阵，掏出两根火柴给他，因笑道，"你就在门槛上坐一下，我也忘记了和你端把椅子来。"她说着，人就向外走。

洪麻皮是个客，自不能反过来不要人家主人翁走，只好依了她的话，就在门槛上坐着等。倒是她真能手到擒来，约有二十分钟的工夫，只见杨大嫂子在后面弹压着，杨大个子挑了两只夹篮，带了笑容走回来。杨大嫂子老远地就笑道："他就是个孙猴子，也逃不了我观音娘娘的手掌心，他藏在哪里我就知道。"

杨大个子把夹篮放在屋子门口，点了两点头，低声笑道："你有本事，找到我们大老板这里来了。她经济的活动力，比我强得多。"

洪麻皮笑道："你还能抖两句文。"

杨大个子笑道："平常我们也找份报看看，什么天下事都晓得。"

杨大嫂子把颈脖子伸长了，直望到他脸上来，因道："我的钱放在哪里？"

杨大个子笑道："你的钱放在什么地方，我哪里会晓得？"

杨大嫂笑道："你不说是什么天下事你都晓得吗？我屋子里的事，你都不晓得。这话可又说回来了，我收的东西哪里会让你晓得？你晓得了我藏着有钱，醉都醉死过去好几回了。你在外面陪着洪伙计坐一会子，不许进来。"说着，她走进屋子去了。不到五分钟时间，她手掌心里托了白晃晃的六块银币，她颠动着叮当作响。走到洪麻皮面前，托着给他看了看，不住颠着，笑道："洪伙计，你看，这点小意思够是不够？"

洪麻皮站起来道："啊！这不敢当。"

杨大嫂道："洪伙计，我告诉你，我这人愿意帮人家的忙，不用得人家来求我。我不愿意帮哪个人的忙，你来求我也是枉然。我先听到你说的那番话，你的确是个好汉。对这种人不帮忙，对什么样人帮忙？"说着，她左手拖起了洪麻皮的右手，把六块银币塞到他手心里，笑道，"在城里混一场，空了两只手回去，漫说是男子汉大丈夫，就是我们女人也不好意思。你不要客气，你只管带着，将来你还我就是了。"

洪麻皮接着那钱，倒向杨大个子看了一眼。杨大个子笑道："麻皮，老老实实你就收下了吧。冬季我们要添棉衣服，到了那个时候，你在乡下卖了谷子，把钱还给我们就是了。"

洪麻皮道："既是蒙你夫妇这样好意，我就收下。"说着，抬起头来，看看天上的太阳影子，因道，"天色还早，我马上就出城，随便走个十里八里，明天大半下午可以到家，也免得在城里多住一晚，又要花费一两元。"说着，把夹篮里铺盖卷提了起来，扛在肩上。

杨大个子拍了两拍他的肩膀，笑道："看到童老五，和我们带个信，说我们都还好。还有一层，假如他有那娶亲意思的话，现在还有个机会，他大嫂子愿意和他做个媒。"

洪麻皮道："我到他那村庄上，不过七八里路，我一定去探望他。不过我也劝你们在城里的兄弟也要小心一点，不必再和何德厚那老酒鬼一般见识。我不放心的还是王狗子，他又怕事，又惹事，总有一天，会吃大亏。"他一面说着，一面提起夹篮里一只小篮子。

杨大个子笑道："这个东西没出息，倒是不必介意他。他欠了一屁股带两胯的债，我这里不也是欠有好几块钱吗？混不过来的时候，说不定他也要下乡去的。"一面说着，一面送了洪麻皮走。杨大嫂却站在门外空地里望着。洪麻皮老远地回转头来叫道："蒙你借的钱，冬天一定奉还。"杨大嫂自也大声回答了："不必放在心上。"却不想他们这几句言语，倒惹下了一番祸事。

杨大个子转身回来的时候，却见那柳树荫下闪出一个腋下夹着黑皮包、身穿杭线春薄棉袍的人。他那马脸上，斜戴了一顶盆式毡帽，透着是个不好惹的人。杨大嫂更认得他正是房东家里收房租的陶先生。他将毡帽向后移了一移，微笑着向人露出了长牙，这倒叫杨大嫂心里一动，心想着，这家伙今天来了，不会怀好意，便笑道："陶先生请坐。"说着抢着由屋里搬出一只方凳子来，放在空地里。杨大个子料着是个麻烦事情到了，老早是把身子向后一缩，越退越远，也就到柳树荫下站着。这位陶先生倒不在椅子上坐下，把一只右脚架在方凳子上，将皮包放在大腿上摊开来，一面向杨大嫂道："今天你是再不应推诿了。上个月和这个月的房租，一齐交出来。"

杨大嫂笑道："陶先生一来，就带些生气的样子做什么？大毛呢，去买包香烟来。买好的，买爱国牌。"

杨大个子答应道："我去我去。"说毕，他真走了。

陶先生在皮包里翻出账簿来，掀了两页，向杨大嫂道："你是三号起租，今天二十五号，就是这个月，你也住了二十多天。从上半年起，房东就改了章程了，先付后住。你现在不付本月份，再过一个礼拜，又是一个月房租，那你更要付不出来。其实，我也知道你们这种房客，都刁顽不过，并非付不出来，只是装了这穷样子。譬如刚才那个人就借你的钱走，他要冬季还你，你还不在乎。又是什

149

么王狗子，也欠了你们的债，这果然是没有钱吗？"

杨大嫂子笑道："陶先生，你明白人，有道是人情大似债，头顶锅儿卖。刚才这人，是我们老板把兄弟，让东家歇了生意下乡去，没有了盘缠，这有什么法子呢？只好把买米的钱都省着借给他了。"

陶先生把账簿收到皮包里去，将皮包关好放在方凳上，然后两手环抱在胸前，斜站着向她望了道："这样子，今天你又不打算给钱。"

杨大嫂赔笑道："住人家房子，我们怎敢说不给钱的话呢？"

这时，杨大个子匆匆地买了一盒纸烟回来，弯腰向陶先生敬上一支。再掏出火柴来，擦了火和他点烟。那陶先生倒也不十分拒绝，站着领受了。杨大个子赔笑道："真是对不起，一趟一趟地要陶先生跑路。无论如何在这个月里，我们一定凑一月房租，送到公馆里去。"

陶先生两手指夹了纸烟，指着他道："喂！你这不是还债，你这是存心拖债呀。我说了，现在是先付后住。你们又总是这样，上个月钱，拖到这个月底给，总是拖上两个月。若说到你们真没有钱还不起债，那也罢了。今天是我亲眼得见、亲耳所闻的事，你们还有钱借人。现在不到五分钟的工夫，你们就变着没有钱了。况且为数也并不多，两个月共总才十二块钱。吓！杨大个子，你心里要明白些，这样的房子一个月租你三块钱一间，天公地道，便宜得不能再便宜了。把你轰走了，你再想租这样的房子，可是没有。"

杨大嫂道："陶先生，你也是本乡本土的人，山不转路转，何必像那外来的房东，动不动就说个轰字？也不是你的房子，你落得做个好人，对我们松一把。"

陶先生瞪了眼道："呀！你骂起我来了。是你丈夫也说过了的，惹得我一趟一趟地跑。我拿了东家的钱，我就要和东家做事，就要替东家说话。你们老欠房钱不给，当然就要轰你们。你有钱放债，欠两三个月不给房钱，只管让我跑路，跑破了鞋子，你和我买吗？"

他说着话的时候，杨大个子已是站在他面前不住地赔小心，抱

150

着两个拳头，只管奉揖，笑道："陶先生，她妇道人家懂得什么？今天真是对不起，为了借钱给我把弟做盘缠，再筹不出钱来了。"

陶先生见杨大嫂子两手叉了腰，仰了脸还在生气，便向杨大个子道："你说吧，我比方说了一个轰字，有什么了不得。"

杨大个子笑道："没关系，没关系。"

杨大嫂子接嘴道："怎么没关系呀？动不动让人家要轰了走，面子上也不好看。"

陶先生冷笑道："你们也晓得要面子？也配要面子？"

杨大嫂近前一步，板了脸向他道："陶先生，你莫看我们人穷，我们志气是有的。欠两个月房钱，大小不过是借了一笔债，还清就是了，这并不丢什么身份。一不当人家奴才，二不当人家走狗，不当娼，不做贼，为什么不配要面子？"

陶先生将脚一顿，大喝一声道："你骂哪个是走狗奴才？"

杨大嫂两手叉了腰道："我又不敢说你陶先生。哪个是奴才，哪个就多心。"

陶先生道："好，好！看是你厉害。"说着，提起皮包就一阵风似的跑走了。

第十六章

鱼鹰的威风

你看见过在河里捕鱼的鱼鹰没有？它平常受着主人的训练，栖息在渔船舷上，颈脖子上可紧紧地套着一个篾圈圈，什么东西也不让它吞吃了下去，甚至一只小米虾子也是吞不下去的。可是它主人在船艄上一声吆喝，在两边畏缩着的它们，就扑通通一齐由船舷的木杆上跳下水去。或衔着两三寸长的小鱼上船来；或衔着六七寸长的中等鱼上来；或者一只鱼鹰所衔不动的，却由两三只鱼鹰共同衔着，抬到船边上，由它的主人捞了上去。因为它们颈脖子上有那么一个圈圈，习惯成自然，它们是只替主人翁捕鱼，而不曾想到把这捕到的鱼自由享受。必待捕得大鱼，让主人看着高兴了，才把它颈脖子上的篾圈圈取消，给它一条寸来长的小鱼解解馋。自然，这小鱼也是它们在河里捕来之物，并不曾破费了主人什么。然而这在鱼鹰已是高兴得不得了。昂着头，伸长了脖子，很得意的样子，把那小鱼吞下去。而吞下去之后，其间不会相去一分钟，主人又把篾圈圈在它颈脖子上套下了。那位收房租的陶先生，他的环境与生活，便和这鱼鹰相去不远。杨大个子夫妻便是那长不满二三寸的小鱼，这小鱼与鱼鹰无仇，鱼鹰捕了去，也讨不着主人翁的欢喜，那又何苦做这忍心害理残杀行为呢？杨大嫂积愤之下，反唇说了一声奴才，天理良心，那也是极低限度的一种反抗了。

陶先生一气走了之后，杨大个子便瞪了眼向她道："你那嘴可称得起是一位英雄好汉。"

杨大嫂子伸了个大拇指，向他淡笑道："嘴是好汉，我为人难道不算好汉？你以为恭维那姓陶的一阵，房东就可以不收房租吗？兵来将挡，怕他什么？他天大的本领，也不过要我们搬家。这不会像你们和童老五办的事一样，还要预备吃官司。"

杨大个子道："搬家这件事我们就受不了。现在房租一天贵似一天，搬到别处去住，绝不会比这里再便宜些。搬一趟家丢了许多零零碎碎不算，挑来挑去，我也要耽误了两天生意。"

杨大嫂道："就明知道搬家要吃亏，我也不肯在奴才面前低下这份头去。"

杨大个子道："你信不信？不是明日上午，便是明日下午，那姓陶的一定要带了警察来。"

杨大嫂道："你放心，明日你还是去做你的生意，有天大的事，我在家里扛着。"

杨大个子笑道："你不说这话，倒还罢了，你说了这话，我更不放心。他们一来了，你就要和他们顶撞，好来是一场祸事，不好来更是一场祸事。"

杨大嫂子道："依着你要怎样才可以安心无事呢？"

杨大个子道："我们穷人总是穷人，凭自一身衣服，走在街上，也得向人家低头。于今实实在在欠着人家钱了，那还有什么话说？只有再向人家低头就是。"

杨大嫂笑道："你不用发急，明天你出去了，我也出去，躲他个将军不见面。"

杨大个子摇摇头道："若是房租躲得了，做房客的人都躲躲了事，还有什么为难的？"

杨大嫂皱起两眉，大声喝道："哪里像你这样无用的人说话？这也不好，那也不好，我们那只有做阔人的奴才了。我告诉你，这件事你交给我办就是了。"杨大个子见她板了个脸子，这话也不好跟着向下说。

到了次日，杨大个子也就把这事忘了，照着往日行为，不等天亮就去贩菜。果然，这天也就平安无事。一直过了几天，他夫妻把这事都忘了。杨大嫂子自也不放在心上。有一天，大半早晨的时候，那个姓陶的突然带两名警察来了。他先不忙着走进屋来，沿着墙在屋外面巡察了一周。杨大嫂子在屋里听到外面的皮鞋声，心里有事，也就早迎了出来。看到姓陶的后面跟随了两名警察，心里便十分明白。她且不作声，斜靠了房门框，向外面淡笑了一笑，心想，我看你怎么样？

那姓陶的那双眼睛，黑眼珠微向外露，正表示着他为人厉害。刚踏到门前就看到那扇门板斜了向里。仔细一看，下面脱了榫，门斗子也裂着缝，寸来宽。便冷笑一声道："好哇！房东还没有向房客讨房钱，房客已经在拆房了。我若是再迟两天来，老实不客气，这房子恐怕会没有了踪影。"

杨大嫂子这才迎上前两步微笑道："陶先生，你不要把这样的大帽子压我们。这扇门是前两天我们老板碰坏的。也是这两天我们穷忙得很，没有腾出两只手来修理。其实……"

姓陶的喝住道："你把房子拆了，你还说嘴。其实怎么样？其实是房门把人碰伤了，你还打算和我们要医药费呢。杨大个子哪里去了？"

杨大嫂淡笑道："陶先生，你厉害些什么？我们没有犯枪毙的罪吧？你以为带了警察来了，我们就不敢说话！"

姓陶的且不理她，回转头来向站在身后的两名警察道："你看看她的口齿多厉害！"

一个警察走向前一步，对杨大嫂周身上下看了一看，因问道："你丈夫到哪里去了？"

杨大嫂道："我绝不推诿，他是个贩菜上街卖的人，一大早不等天亮，就上菜市去了。总要等着一两点钟才能回来，生意好的话，少不得在茶馆里泡碗茶坐坐，那回来就更晚。做小生意的人，多半这样，这绝不是我的假话。"

警察道："假话不假话，我倒不管。现在有两件事，你答应一声。你丈夫不在家，你总也可以做主。第一是这房钱你欠下来两月了，什么时候给？第二是你把人家墙墙壁壁弄成这一份样子，你打算怎样赔人家？"

杨大嫂道："房钱呢，那天我老板就对这位陶先生说了，就在这几天之内，送上一个月。他不晓得我们穷人的难处，今日又来催，我们有什么法子？要说这房子让我们弄坏了，我倒不敢赖。不过这土墙薄板壁的房子，前前后后我们住了三年，哪里能保险没有一点损坏？先生，你的眼睛是雪亮的，这地方有什么好房子？房东哪里又肯将好房子租把给我挑桶卖菜的人住？实在原来也就不怎样高明。这个时候要我们替房东整房子，就是整旧如新，整出一幢新房子来，我们那住在高大洋楼上的房东也未必看得上眼。我自己也知道，是那天没有招待得陶先生好，言语得罪了他，所以今天要来找我们错处。那有什么话说，我们还扛得房东过去吗？不过我们要拼了坐牢，那就不肯拿出房租来了。而且我们这样手糊口吃的人，你把我关到牢里去，家里不积蓄个一百八十，更没有钱出房租了。"

她这一大串话，弄得两个巡警无话可说。不过他们来了，杨大嫂一点不示弱，那纵然理由充足，也是其情可恼。这姓陶的便冷笑一声道："凭你这样说，我们来收房租，倒满盘不是。我告诉你，我就知道你的头难剃，特意请了两位警察来帮忙。我想你丈夫是个男人，他倒也说不出话来，住了人家房子不给钱。那些赖债的诡计，都是你弄的，我就找你算账。"他说着，把一只脚架在屋中间凳子上，左手将帽子向后一推，罩着后脑，露出了前额，右手伸了个食指，向杨大嫂乱点。

杨大嫂反了那个手背，将腰叉着，也正了脸色道："姓陶的你不要倚势压人，我欠你什么钱你说我赖债？"

姓陶的道："欠房钱不算债吗？怪不得你不愿意给。"他说时，那个手指还是向杨大嫂乱点着。

杨大嫂瞪了眼喝道："你少动手动脚，我是个妇道，你这样不顾体面。我是个穷人，还有什么拼你不过的？你那件线春绸夹袍子，就比我身上大布夹袄值钱。"

155

姓陶的向警察道:"你二位听听,这样子她竟是要和我打架。请你二位带她到局子里去说话。"

杨大嫂哈哈一笑道:"我老远看到陶先生带了两名警察来,就不肯空手回去,于今看起来,我倒一猜就中。这最好不过,穷人坐牢,是挣钱的事,家里省了伙食。不用带,我会跟了你们去的。家里有点事,让我安排安排。"

姓陶的只说了一句话要她走,不想她竟是挺身而出。这倒不能在大风头上收帆,正了脸色道:"要走就走,不要啰里啰唆。"

杨大嫂走到大门口,向隔壁叫了一声刘家婆。那老婆子就应声出来了。杨大嫂伸手到衣襟底下,在裤带子上扯出一把钥匙来,笑道:"为了房租交不出来,说话又得罪了人,现在要去吃官司了。我锁了门,大毛二毛散学回来,锅里有冷饭,请你老人家在缸灶里塞把火,替他们炒一炒,钥匙就交你老人家。"说着,隔了几尺路就把钥匙抛过去。

刘家婆接了钥匙,缓缓走过来,向来的三位来宾笑嘻嘻地点了个头,因道:"陶先生,你宽恕她一次吧。妇人家不会说话,你何必向心里去?他们家欠的房租当然要给,虽是迟两天日子,她丈夫回来了,一定有句确实的话。你把她拿去关起来,钱又不在她身上,还是没有用的。"

一个警察道:"我们是和人家调解事情的,越没有事就越好。无奈我们一进门,这位大嫂就像放了爆竹一样,说得我们插不下嘴去。"

杨大嫂道:"巡警先生,你说我话多吗?根本你就不该来。警察是国家的警察,不是我们房东的警察。房东收不到房钱,他和我们房客自有一场民事官司,他收到房钱收不到房钱,你替他发什么愁?这满城的房东收房租,都要警察先生来帮忙,那你们连吃饭睡觉的工夫都没有呢。你们是自己要找麻烦,那还有什么话说?"

两个警察被她说得满面通红,瞪了眼向她望着。姓陶的越是恼羞成怒,将脚在地面上顿着,拍了大腿道:"这实在没有话说,我们只有打官司解决。老人家你不用拦阻，你看她这张利口，我们在私下怎么对付得过她？"说着，还抱了拳头，向刘家婆连拱了两拱手。

杨大嫂子更是不带一点顾忌，将大门向外带着，把那脱了门框斗的地方，还用块砖头撑上，然后反扣了门搭纽，将锁套上去，在门外台阶上站着，牵了两牵衣襟，向姓陶的很从容地道："我们就走吧。"那刘家婆站在旁边，倒有些为她发愁，只管搓了两手。杨大嫂子向她微笑着，摇了两摇头道："没关系，反正这也没有枪毙的罪。"说着，她先在前面走了。姓陶的紧跟在她后头，两名警察也就在后面，不发一言地跟着。

刚刚走过门口这个院子，踏进巷子口，只见一个人脸红红的，满额头滴着汗珠子，迎到杨大嫂子面前来，抱了拳头笑道："嫂子哪里去？我正有事要求求你呢。"

杨大嫂子对他脸上望着，话没有答出来。他道："你不认得我吗？我和杨大哥早提过了，我是三义轩跑堂的李牛儿。"

杨大嫂道："啊！是的，他和我说过的。你家嫂子发动了？我现在正答应着人家打官司，要到警察局去。"

李牛儿不觉伸起手来，搔着头发道："那怎么办呢？我事先又没有请第二个人。"

刘家婆这就走过来，迎着姓陶的笑道："还是我来讲个情吧。我们这位杨大嫂，她会收生。这李大哥也是个手艺人，家境不大好，请不起产婆。事先早已约好了这位嫂子去收生的，所以并没有去约别人。这个时候，人家正在临盆的时候，临时哪里找得着人？杨大嫂子要是不去，那不让这位李大哥为难吗？"杨大嫂见李牛儿扛了两只肩膀，歪了颈脖子站在一边，透着是十分为难的样子，自己觉得和姓陶的僵下去，倒是害了这个李牛儿，站在旁边就没有作声。

姓陶的向大家脸上看看微笑道："这事倒巧了。正当要带人到局子里的时候，你的女人就要生孩子。大概这一所大城里头，住着上一百万的人口，都靠了这姓杨的女人一个人接生？"

李牛儿掀起一片夹袄衣襟，擦了头上的汗，笑道："我少不得要

157

多两句嘴，这位杨大嫂和你先生有点交涉，是不是差几个月房租？"姓陶的点了两点头。李牛儿将手在衣襟上搓着，便笑道："那么我有点不识高低，请求你先生一下。我是做手艺混饭吃的人，当然做不了这样的重保。不过烦劳你先生到小店里去一下，可以请我们老板作个保。所欠的房钱多少，请你限个日子，由我老板担保归还。"

姓陶的道："哪个去找这些麻烦？而且我找打官司也不光为的是要房租。"

杨大嫂不能再忍了，不觉红了脸，翻了眼皮道："不为了欠房租，你就能叫警察到我家里来找事情吗？"

姓陶的道："我倒要问你，你凭什么可以骂我奴才？"

刘家婆不觉把身子向前一挤，横站在他当面，因哎呀了一声道："好鸡不和狗斗，好男不和女斗，就凭她一句不相干的话，你值得生这大气？是块金子不会说成黄铜，是块黄铜也不会说成金子。你先生是金子呢是黄铜呢？怕她说什么。我看这位李大哥，实在也是急，你看他这头上的汗。"说着，这位老婆婆倒是真的伸手在李牛儿额角上摸了一把。将手放下来，伸着给两位警察一看，却是湿淋淋的，因道："人生在世，哪里不能积一点德？现在那李家嫂子，是等着在家里临盆，万一耽误了，大小是两条性命，你二位不过替人了事的，不必说了，就是这位先生为了出口气，惹出这个岔事，那又何必？"姓陶的和警察听了这话，都挫下去一口气。

杨大嫂道："你三位不必为难。只要你说明白了，是在哪里打官司，我一定把孩子接下了，自己投案。若隔三天不到案，我可以具个结，加倍受罚。"

警察道："你准能来？"

杨大嫂道："跑得了和尚跑不了庙。到了日子不投案，你们可以到我家里来找我。"

姓陶的那小子还在犹豫，杨大嫂扯着李牛儿道："走！你府上在哪里？我们这就去。刀搁在我颈脖子上，我也要把这件事办了。"说着，一阵风似的她就走开了。

两个警察不曾去追，姓陶的也不便单独地赶了去。他只好向刘家叮嘱两句道："你在这里，大小是个见证，她接了生回来，是要去投案的。哦！是的，我还没有说是在哪里打官司，她就跑了。你转告诉她，她到本区去投案就是。到了区里，自然有人引她去打官司。"

刘家婆笑道："好的，我可以说到。不过你先生真的和她一般见识吗？还不是说了就了。"

陶先生道："说了就了？哼！"他最后交代完了这句话，才把身转去。刘家婆站在门外院子里，倒是待了很久。最后她拿巴掌，对天望着，连念了两三声阿弥陀佛。

到了下午两点多钟，杨大个子挑了空夹篮回来了，见大门锁着，便到刘家婆家里来讨钥匙。听到她把过去的话说了，便皱了眉道："我这个女人真不肯替我省事。给不了房钱，给人家几句好话，也没有关系。她不要以为这是一件风流官司，你是女人，就没有什么了不得，照样他关你周年半载。"

刘家婆道："既是那样说，你就想法子把欠的房租给了吧。"

杨大个子开着房门，坐在门口一条矮凳子上，两手按了膝盖，只管昂了头向天空上望着。远远地听到孩子们叫着爸爸，正是大毛二毛下学回来了，手里提了书包上下晃荡着。到了门口，大毛第一句问着："妈妈回来了没有？警察不捉她去打官司吧？"她是个九岁的小女孩子，穿了件半新旧的草绿色童子军服，漆黑的童发像顶乌缎帽子罩在头上。杨大个子就常常笑说着："破窑里出好碗，没想到我们挑菜的人家，生下这么伶俐小姑娘。"那二毛是个七岁小男孩，光了大圆脑袋，穿着蓝布短夹袄裤，短裤子外光了两条黑大腿，打了赤脚，穿着一双破布鞋。脸上鼻子边下，两块龌龊，像个小花脸。这样越发现着大毛团团的粉脸子，透着两个漆黑的眼珠。

杨大个子左手接了她的书包，右手握了她的小手笑道："你怎么知道警察要拘她去打官司？"

大毛道："这巷子里高年级的同学对我说的。中午我回来吃饭，

159

还是刘家外婆炒给我吃的呢。她说不是到李家去接生，那早就跟着去了。爸爸，你不要让妈妈去打官司吧！去了，他们会把妈妈关起来的。我们没有了妈妈怎么办呢?"

杨大个子道："不打官司怎么办呢? 欠了人家的房钱呀。"

大毛听了这话，跑到屋子里去了，不多一会儿，两手捧着一个泥扑满出来，交给杨大个子道："爸爸，这里面的钱，妈妈原说拿来和我做一件新衣服穿的。现在我不穿衣服了，你拿去给房钱。"那二毛在短袄子口袋里，掏出两个小铜板来将手托着，因道："我也出两个铜板，我不要妈妈去打官司。"

杨大个子接着那个泥扑满在手上，笑又不是，说又不是，只管发怔。等着二毛把两个铜板拿出来以后，只觉有一股子酸楚滋味由心里直透顶门心，两行眼泪由脸腮上直挂下来。突然站起来，举着拳头道："我满街告帮，也要把房租弄出来，不能让她去打官司。"

说到这里，正好刘家婆独在门口，因向里面望着，点了两点头道："你这话是对的，我们欠了人家房租，怎么样也亏在我们这边。你弄几个钱还了这笔账也好。若是你没有路子移挪款项，我倒有条路子指示给你。"杨大个子听了这话，自是十分欢喜，或者这也就是说天无绝人之路了。

160

第十七章

好汉做事好汉当

有刘家婆指示了杨大个子一条路，可以借钱。借钱虽不是个为人谋生存之道，然而穷到无路可通的人，听说有钱可借，那就是枯草沾了甘霖，这非有那穷的经验者是理解不出来的。他坐着直跳了起来道："哪里有钱借？只要不是打印子钱，每月出三分利我都愿意借，强似当当。"

刘家婆道："我说的这个人一定肯借你钱用，而且也不会要你的利钱。"

杨大个子抬起手来，按着头发，便道："照说，现在不会有那种好人，你说是谁吧？"

刘家婆走进屋子来，在挨门的小椅子上坐了，因道："那还有什么人呢？就是秀姐的娘。"

杨大个子听了这话，脸色一变，一摆头道："哦！就是她？哼！这不是笑话？"

刘家婆一笑道："小伙子，怎么样？这是笑话吗？其实这位老人家是个顶忠厚的人。昨天我在街上遇到了她，她把我拉到路边上说了好久的话。她说，为了秀姐出嫁，得罪了街坊朋友了。大家虽然也都是好意埋怨我，可是他们哪里知道我娘儿两个一肚子苦水呢。现在弄得无脸见人，何德厚又整日不在家，可怜只有自己影子做伴，本待来看看自己的熟人，又怕人家不睬她。我倒让她把心说软了，就陪了她一路回家，在她家里很坐了一会子。她不说百十块钱的小事，手上倒也方便，假使有什么人邀会，她愿意认一个。你若愿意借她二三十块钱了掉这件官司，我愿意和你跑一趟。你平心想想，过去这多年认识，她是坏人吗？"

　　杨大个子听到刘家婆说到秀姐娘的话，早是板了脸子，偏了头不耐烦听着，及至刘家婆慢慢地说下去，慢慢地也就脸色和平起来。刘家婆对他周身上下打量一下，因问道："你不要看那个收房租陶先生是把话吓你的。假如你把他送上老虎背，他走不下去了，他为什么不和你拼一拼？"

　　杨大个子在衣袋里摸索了一阵，摸出一个纸烟盒子来，两个指头伸到里面去抠出一支弯了腰的纸烟衔到嘴角里。同时在纸烟盒子里，又抠出两根火柴来，在墙壁上划着起了火点上了烟。其余一根火柴，夹在小拇指缝里不曾用的，这时依然把来放在纸烟盒子里。刘家婆牵牵衣襟，微笑了向他望着。杨大个子把纸烟盒子向袋里揣了，后又掏了出来笑道："你看我忘了敬你老人家一支烟。"

　　刘家婆笑着摇摇手道："我倒不要吸烟。我笑你算盘打得很精，多一根洋火，还收了起来。可是我看你日子过得又很苦，香烟揣在身上，都成了纸团了。"

　　杨大个子笑道："平常不大吸烟，有了心事的时候，那就吸得厉害，一天也可以吸两三盒。"

　　刘家婆笑道："现在你手里拿出纸烟来吸，又是有了心事了。"

　　杨大个子道："我怎么不会有心事呢？连这两个孩子也怕他娘吃官司。"

　　刘家婆道："那么还是依了我的活，让我到秀姐娘那里去和你移动几十块钱吧？"

　　杨大个子坐在矮凳子上，两手环抱在胸前，背靠了墙。口角上衔的纸烟，一缕缕地缓缓出着青烟。显然烟在嘴唇里，他未曾吸上一下。对于刘家婆的话，他也未曾答复。刘家婆道："就是这样说吧。"

　　杨大个子道："不用，二三十块钱的事，我总还可以想一点法子，真是想不到法子了回头再说。我们和秀姐娘没有什么过不去的，

162

就是何德厚这个人，大家都不愿和他来往。千不该，万不该，他不该运动人来捉我们。这个时候我去问他去想法子，一来失了朋友的义气，二来何德厚又要去说得嘴响，他说我们这班穷鬼没有了法子，还是要找他。"

刘家婆对他脸上望望，淡笑一声道："你嘴算是硬的。不过你老早要能争这口气，少喝两回酒，少打两回牌，也就多少攒下两个钱，不至于给不出房租钱了。你家杨大嫂子真要去吃官司，那还不为了你不成器的缘故。"她嘴里这样叽咕了一阵，站起身也就走开了。

杨大个子静静地想了一阵，觉得刘家婆的话也是事实，只好是自己烧火做饭管带着两个孩子。缓缓挨着到了半下午，他感觉得心里有一种说不出来的悲苦滋味。而这两个孩子又不断地问着，妈妈怎不回来。杨大个子突然站了起来道："不要急，我和你两个人找了妈妈回来就是。"说着把孩子牵出门来，将门倒锁了，便引了孩子到刘家婆家里，说是要去找杨大嫂子回来。

刘家婆道："她那个热心肠的人，既和人家接生，不把孩子收拾好了，她是不会回来的，你白白地去打搅她干什么？"

杨大个子也没有怎样子答复，径直地就向前走。到了大街上，便直向本区的区署里去投案。那门口守卫的警察，见他满面通红，呼吸吁吁地走了来，便拦着他道："这是公安局，你这样匆匆忙忙地跑了来，要在这里捡米票子吗？"

杨大个子站着定了一定神，因道："是的，我是来投案的。"因把事情经过略微说了一说。

卫警对他周身上下看了一遍，因微笑道："你们家里一人犯事，预备多少人吃官司？"杨大个子望了他，说不出所以然来。卫警道："这件事，方才有个女人来投案了，怎么又会有个事主？"

杨大个子道："大概那是我女人，我是家主，欠下人家房租，当然与她无干。请你让我去见区长。"

卫警将他引见了传达，由传达将他向里带。杨大个子到这区里来投案的时候，本来心里坦然，及至听说有个女人先来投案，倒不觉心里深深受到感动，觉得杨大嫂这份好汉做事好汉当的气魄，比自己还来得痛快。便也挺起了腰杆子，随着带案的警士向讯问室里走了去。向门里看来第一个印象，便觉和他自己的揣度是吻合了，区长坐在公事案里，正在讯问案情。旁边横坐着一个书记在记录。两个警士挂了手枪站立着，正是相当地具着威严。自己女人向上站定，正在叙述她的话。警士让杨大个子站在门外，先进去回明了，然后引他进去。杨大嫂回头看到了他，先咦上一声。杨大个子鞠躬站定了。上面坐的区长，问过了他的姓名职业，手摸了嘴唇上的短须，微笑道："你是好汉，你女人犯了事，你抢着来投案？"

杨大个子道："区长，哪个不怕吃官司？无奈我良心上一想，该下房租，是我自己无用，没有赚下钱来，自己的事，这与我女人无干。第二是我家里两个孩子，哭着要他们的娘，我来换她回去。"

杨大嫂子扫了丈夫一眼，向公案迎近半步道："区长，你不能信他的话，这件案子，欠房租是小题目，得罪了那收账的陶先生是大题目。得罪陶先生是我的事，我怎好让他来替我吃官司呢？"

杨大个子望了她哭丧了脸道："两个孩子在家里哭得厉害，你难道不管？"

杨大嫂子一掉头道："你关在这里，我们一家大小几口，天天的进项到哪里去找？"

区长微笑道："你两个人不许争吵，这不是家里，可以让你胡闹。听你们这说话口气，认定官司是输了，人一定也是要受处分，所以料定了一投案就回去不了。"

杨大个子道："欠下人家的房租，我们是知道的。要完结了官司，先就要拿出钱来，可是我这急忙之间就拿不出钱来。一个穷人和有钱有势的人打官司，那还有打赢的希望吗？"

区长听了这话，不由得把脸色沉下来，因道："你这话是说官家卫护有钱的人吗？照你这样说，最好是人家盖好了房子，你们搬进去白住。你是卖菜的，你的菜肯白送给人吃吗？好了，你是好汉，欠下房租，拼了吃官司，也不肯给钱。我凭公处断，也不难为你，你暂在这里住下几天。放你女人回去，她什么时候还清了房租，我什么时候放你回去。至于你女人开口骂人，当然是一种公然侮辱，原告不追究，我也不问。这样，你不能说是我偏袒有钱人吧？"说着，将手挥了警士道："把杨大个子带下去。"

杨大嫂向区长问道："老爷，这就是你说的公平处断吗？"

区长拍了桌子道："你分明是一个刁妇，我不念你家里有两个小孩，我也把你关了起来。"说着，他将桌子连拍了几下，转身就走了。

杨大嫂怔怔地站了，只管望了区长的后影。杨大个子已被带出了门，回转头来道："呔！你回去吧。难道你还能比得赢区长？"护堂警察也轻轻推了她道："你回去吧。回去早点想主意把房租缴清了，那比在这里发呆强得多。"

杨大嫂随着出来，倒挥了几点泪。远远望到杨大个子被两个巡警押进另一院子里去了。在他进那院子门的时候，回头对杨大嫂看了一看。杨大嫂待要抬起手来向他招上两招时，他已转进那院门以内，不见踪影了。杨大嫂觉得在这里发脾气的话，除了自己要格外吃亏，丈夫也格外要跟下去受累，这是太吃亏的事，有些犯不上，只好低下头，慢慢走将回去。到了家里，大毛二毛两个孩子，自是加倍地欢喜，一拥向前将她抱着，有的抱了大腿，有的牵了衣襟。大毛道："你这久不回来，爸爸都去接你去了。"杨大嫂听了这话，心里突然酸痛一阵，两行眼泪在脸腮上直流下来。

刘家婆听到小孩子叫唤，提着钥匙过来。一面代她开门，一面向她问道："你回来了就好，我们慢慢应当有个商量。大个子把钥匙塞在大毛衣袋里，也没交代什么话，他就这样走了。我又不知道你什么时候回来，带了这两个孩子一步也不敢走开。"

杨大嫂垂泪道："他预备去坐拘留，他还有什么言语可交代的呢？"

刘家婆道："那是什么话？"

杨大嫂因把在区里被审的经过略说了一说。在屋角里拖着一只矮凳子坐了，掀起一片衣襟擦着眼泪。刘家婆坐在她家门槛上，倒是向她呆看了一会儿。杨大嫂道："我从来不晓得什么三把鼻涕、两把眼泪地哭些什么。这回看到大个子这点情义，倒是打动了我的心。我后悔不该嘴快舌快，和他惹出了麻烦。"

刘家婆道："你若是听我的话，这事也没有什么了不得，包管大个子明后天就可以出来。"

杨大嫂道："只要能把他放出来，我还有什么不愿意的吗？"

刘家婆脸上的皱纹，随了她的笑意，在全面部都有些闪动，头也微微地摇摆着。她道："你夫妻两人的脾气，我是知道一点的，就是输理不输气，输气不输嘴。依着我的意思，就可以到秀姐娘那里去移动二三十块钱。我不是和你说了，遇着她，她对老朋友老邻居都很好吗？但是你们要争那个面子，不在何德厚面前输气，这让我也没有什么话可说了。"

杨大嫂道："我根本和秀姐娘没有什么仇恨，也不要在她面前争什么面子。无奈……"

刘家婆摇着手道："还没有说完，你这无奈的话又出来了。"

杨大嫂道："你老人家既然知道我的脾气，我也就用不着瞒你，有道是人争一口气，佛受一炉香。你看大个子那一班把兄弟，都把何德厚那醉鬼恨得咬牙切齿，我是和她去借钱，那成了什么人呢？为了自己，那不把所有的朋友都得罪了吗？"

刘家婆道："你要这样子说，我也没有办法，不过……"

正说到这句，听到外面有人叫了一声"杨大哥"。杨大嫂道："哪一位？他不在家呢。"

随了这话，正是李牛儿喘着气走了进来。他看到杨大嫂，他先咦了一声，接着笑道："大嫂子回来了。我听到说，你区里投案去了，我跑来和杨大哥报个信。"他一面说着，一面打量她的态度，见她眼圈儿红红的，满脸都是忧愁的样子，便道，"大嫂子，这件事你不用为难。我们这卖力量吃饭的人，在家孝父母，出外交朋友，大家要鱼帮水，水帮鱼，这二三十块钱，哪里就真会难倒人？"

刘家婆道："你还说不难倒人，杨大哥都在区里押起来了。该下房钱，反正也不是造反的大罪。可是杨大嫂子娘儿三个每天的开销，到哪里去找？有个地方可以去借钱，她夫妻两个为了你们的什么义气，又不肯干。"

李牛儿道："大概是梁胖子的印子钱吧？不过这个人的钱，不借倒也罢了。"

刘家婆道："你以为梁胖子是这座城里的财神爷，除了这个姓梁的，就找不到第二个有钱的人？"

李牛儿道："不是那话。你看我们穿在身上、吃在肚里，有什么人肯借钱给我们？只有梁胖子这种人，看得我们透，抓得我们住，他可以放心借钱给我们。"

他们两人在这里说话，杨大嫂都是低头在一边坐着，并没有答言。刘家婆向李牛儿招了两招手道："你到我这里来谈谈。"李牛儿虽不知道她是什么用意，但是看她那情形，当然是为了杨大个子，便跟着她去了。

约莫有半小时的工夫，李牛儿复走到杨大嫂子这边来，他先搬条凳子拦门坐了，然后向她从容地道："我不是和你说了吗，我们这班人，无非是鱼帮水，水帮鱼，既是杨大哥已在区里押住了，官司算输了，我们就由输的这一招上去着手，好在输到底也不过是拿出二三十块钱出来的事。杨大哥那班朋友，我都认得的，我去找找他们，一个人凑个三五块钱，这事也就过去了。"

杨大嫂子摇摇头道："这个年月，好心不得好报。上次就为了大个子他们和童老五帮忙凑钱，几乎弄出了大乱子。牛儿哥，你这好意，我们是心领了，不过我劝你倒是不管的好。"

李牛儿笑道："这和童老五那回事情形不同。你不要着急，我明天一早来回你的信。"说着，他也不再征求杨大嫂是否同意，径自去找他的目的去了。

天色还不十分晚，太阳偏在街西屋脊上，一个小小的院落架着横七竖八的竹竿子，胡乱晾着衣服。院子上面，一排有五间西式平

167

房。有两家人家的门口，居然还放了几盆花草。论起何德厚有钱，这点款式算不得什么。不过他周身上下，没有一根雅骨，倒也不相信他会住这比较像样的房子。有了这个观念，他站在院子外面，踌躇了不肯前进。这就看到秀姐娘穿了一身崭新的衣服，走向竹竿边来，便故意咳嗽一声先来惊动她。秀姐娘回转头来望了他，他赔了笑道："何姑妈，认得我吗？我叫李牛儿，在三义轩酒馆里跑堂。"

何氏点点头笑道："无非是家门口这些人，说起来我总会认得的。请进来坐。"

李牛儿走近一步，低声问道："何老板在家吗？"

何氏道："他哪里会在家？这不又是晚酒的时候吗？"

李牛儿笑道："你老人家大概还认得我。"

何氏笑道："不认得也没有什么要紧。我这么大年纪，还怕什么人会骗了我。"

李牛儿道："不是那话，我有点事情和你老人家商量商量。你若是不认得我，那就太冒昧了。"

何氏对他周身上下看了一遍，点点头道："我怎么不认得你？你家大嫂子很大的肚子，在水塘边洗衣服，还问过我安胎的方子呢。"

李牛儿笑道："这就对极了。不瞒你老人家说，她今天上午生了，是一个很结实的男孩子。"

何氏笑道："恭喜，恭喜！这个时候，你怎么还有工夫到我这里来呢？哦！我明白了，我明白了。"说着，向李牛儿招了两招手，自己便在前面引路。

李牛儿随着她进了尾子，见这里也经何德厚八不像地布置了一番。上首四方桌子靠了壁，墙上用大红纸写了何氏历代祖先之神位。左边一张小方桌，上面放了碗碟瓶罐，壁上也挂了一张纸烟公司的广告美女画。右边两把木椅，夹住了一张茶几。而且靠门还设了一把藤睡椅，大概是预备何老板喝醉了回来享受的。

何氏让李牛儿在椅子上坐下，纸烟茶壶陆续地拿了来。只看她手这样便当，透着是个有钱的样子了。何氏拿一盒火柴送到茶几上，

168

趁着走靠近的机会，低声向他问道："你是不是为了大嫂过月子，手边缺少几个零用钱？"

李牛儿红了脸笑道："你老人家倒猜得正着。不过我和你老人家很少来往，我自己要钱用的话，倒不会向你老人家开口。说起来，这个人你老人家很熟，一定可以帮助帮助他的。"于是把杨大个子惹出了麻烦的事说了一遍。

何氏道："那我们是很熟的人，二三十块钱的事，我也拿得出来，你就带去吧。"说着，她转身进屋子去，便取出了一卷钞票，走近李牛儿身边，悄悄向他手上递着。

李牛儿站起来，向后退了两步，两手同摇着，笑道："话我是说了，钱我就不愿经手。这款子或者由刘家婆来拿，或者你老人家送了去。"

何氏道："你何必这样多心？我并没有打一点折扣就把款子拿出来了。"

李牛儿笑道："穷人也不能不自谨慎一点。你老人家阿弥陀佛的人，还有什么话说？不过对于何老板这种人，就不能不放在心头上。"

何氏见他只管退后，不肯伸手来接钱，便道："那也好，杨大个子夫妻遭了这回事，我也要去看看他。不过怕他们明明白白地不肯借我的钱，我还是交到刘家婆手上吧。"

李牛儿笑着拱拱手道："那就由你老人家的便，我把话传达到了，那就完了。"说着，又把何氏敬的那支未曾吸的纸烟，依然放在纸盒子里去，点个头，又拱了两拱手，方走出门去。

不想他那里出大门，恰好是何德厚进大门，两个人顶头遇着，毫无退闪的余地，只得站住了两脚，向他点着头道："何老板好久不见，现在发了财，成了忙人了。"

何德厚早有八九分醉意，迈着螃蟹步伐向屋子里走了来，斜了眼睛，向他周身望着，沉吟了道："你是……"

李牛儿道："我是三义轩跑堂的。"

何德厚将手一摸唇上胡子道："怪道好面熟，你怎么会找到了我这里？找我这里来，必有所为吧？"

李牛儿要说有所为，这次来的意思，就前功尽弃；要说无所为，那又完全不像，因笑道："虽然是何老板发了财，我们也不敢打搅你。我们看看何姑妈。"

何德厚喷出一口酒气，张嘴露出七零八落的牙齿，笑道："本来大家就叫她姑妈，于今做了次长的丈母娘，大家更要叫她姑妈了。你倒格外客气些，把她娘家的姓一路提出来，这大概还是看看我何老板三分面子吧？"说着，打了一个哈哈。

李牛儿一面向外走着，一面笑道："何老板现在发了财，倒不大照顾我们了，今天晚上，到我们小店里去喝两盅吧。"他说这话之后，脚步是格外加快，最后一句话已是在很远的地方说着。

何德厚站在门口呆望了很久，然后自言自语地说了一句道："这小子是来干什么的？我倒要调查调查。"在他这种打算之下，正好找到他最近不高兴的一个人，杨大个子头上去，这刘家婆急公好义之举，少不得又是一番风波了。

第十八章

鱼帮水　水帮鱼

有了钱不见得就是人生一件乐事。所以无钱，也不见得就是人生一件苦事。这虽不见得是人人皆知的一个原理，但翻过筋斗的人就不会否认这个说法。秀姐娘在这个时候，便是这样一个人。她觉得以前虽有时穷得整天没饭吃，可是母女两个人在一处，有商有量。只要弄点东西，把肚子里饥火压了下去，就毫无痛苦。于今虽是不愁吃不愁穿，孤孤单单，除了睡觉着了，时时刻刻都在眼睛里藏着一把眼泪。唯其如此，她十分地恨何德厚，倒觉他不回来，一个人闷坐在家里，还要比看见他好些。这时候何德厚带了六七分酒意走进来，而且口里还啾啾咕咕说个不了，她便起身道："舅舅回来了，我给你做饭去。"

何德厚连摇了两下手道："不用不用，我早在外面吃饱了回来了。我急于要问你一句话，刚才那个李牛儿来做什么的？"

何氏道："我说，舅老太爷，你现在凭着外甥女一步登天，你是贵人了。贵人有贵人的身份，你应该……"

何德厚横了眼道："你不要挖苦我，我也没有沾着你们娘儿两个好大便宜，算算饭账，也许是个两扯直。有道是夜夜防贼，岁岁防饥，你只管和丹凤街那些人来往，仔细你手边那几个钱，要让他们骗个精光。刚才李牛儿那小子准是来向你借钱，看到了我，慌慌张张就走了。你说，已经借了多少钱给他？"

何氏道："哟！人家穷人来不得，来了就是借钱？往日我们穷的时候，也出去走走人家，不见得到人家家里去就是借钱。"

何德厚道："我在外面混到五十来岁，连这一点情形都看不出来，我这两只眼睛长得还有什么用？"说着，将右手两个指头指着自己的左右二眼，同时，还瞪了眼向何氏望着。

何氏见他带了酒意的眼睛涨得通红的，另一只手捏了拳头垂下来，这就不敢和他多说，只好悄悄地走了开去。何德厚燃了一支纸烟，靠了茶几坐着吸，偏了头，眼望了天井外的天空出神，忽然将手一拍桌子道："这件事，一定有点尴尬，我非追问不可！"说着，站起身来，抬腿就向外走。

秀姐娘跌撞着跑出来，扯住他的衣襟叫道："你这是怎么了？酒喝得这样老大不认识老二，你又打算到哪里去闯祸？"

何德厚扭转身来，横了眼望着她道："难道这又干你什么事？"

何氏道："怎么不干我什么事呢？我们好歹是手足，你惹出了祸事，难道翻着白眼望了你吗？"

何德厚冷笑一声道："哼！说得好听！你倒很惦记我的事？老实说，你恨得我咬牙切齿，我立刻死了，你才会甘心，你还怕我惹下什么祸事吗？"

何氏听了这话，不牵住他了，两手向怀里一抱，坐在旁边椅子上望了他发呆。何德厚也不走了，回转身来，在门下站着，也望了何氏，看她要说些什么。何氏见他情形如此，便道："你等了我说话吗？我就告诉你吧，我是对得起你的，我为你和你救穷，把我的亲骨肉都卖了。"

何德厚喝道："你这叫人话吗？你这是不识好歹，狗咬吕洞宾。你的女儿一步登天，嫁了个做次长的人，这一辈子吃喝穿戴，什么都有了，你倒说是为救我的穷卖了女儿。"

何氏道："你是把这件事做过了身，钱上了腰包，什么都不管了。你知道秀姐现在的情形怎么样？前两天随着姓赵的回来，事情才是明白了，他在城南做贼一样地租了一所房子，把她安顿下了。说是用了几个人伺候她，实在是监禁她的，一步也不许出来。你又和人家定了约在先，不是人家来打招呼，我不许上门。自己的一块

172

肉，不能这样随便地丢了她，我只好在暗中打听了，昨天遇到她的邻居太太，不知道她怎样会认识了我。她说姓赵的原配女人已经知道了这件事，成天在家里和姓赵的闹，不许姓赵的出门，姓赵的有好几天没有和秀姐见面了。你说嫁了个做次长的一步登天，这是不是算嫁了，那还只有天晓得吧？"

何德厚淡笑一声道："不算嫁那就更好。你把她再接回来，算白得了一笔财喜。"

何氏听了这话，脸气得红里变白、白里变青，翻了眼望着他，很久很久，没有作声。何德厚益发在身上掏出纸烟火柴来，站在那里点火吸烟。何氏鼻子里呼吸短促，不由得抖颤了身体道："这……这就是你……你做长辈的人说的话吗？嫁女是骗财，随便骗了人家一笔钱……我……我说不上了。"

何德厚喷了一口烟，淡笑道："就晓得李牛儿这东西，无事不登三宝殿，一定捣什么鬼来了，原来是和你送消息的。不错，事情是真的，赵次长在这两天闹着家务。嫁出门的女，泼出门的水，你还去管那些做什么？有三妻四妾的人，大小争风，那还不是家常便饭吗？"

何氏道："我说老哥哥，你还没有到七老八十岁，怎么说话就这样颠三倒四？你以前不是保证秀姐嫁过去，绝不会受气的吗？"

何德厚淡淡地一笑道："做媒的人说话，句句都可以兑现，这世界不要牙齿可以吃饭了。"说着，把两手一举，伸了个懒腰，接上打个呵欠，懒洋洋地走回自己屋子睡觉去了。何氏见他不去找李牛儿去了，心里也就安帖下去。

这何德厚新近有个毛病，每晚落枕，便鼾声如雷地响起，足足要睡十小时，不是往日那样，愁着明日两顿饭，天不亮就起来。何氏候看着他睡过两小时，听到那鼾声像雨后青蛙叫一般，一阵紧似一阵，便在箱子里取了些钱在身上，向同屋的邻居告诉了一声，要到城南去一趟。出得门来，却雇了一辆车子，坐向杨大个子家里来。这个地方，是街巷的路电灯所来不及照到的区域，因之她也就在巷口上下了车，黑魆魆地对了那丛敞地外的柳树影子走去。刘家婆的家，门是紧闭着，门缝里和小窗户格子里，却透出来一道灯光。何氏对这老朋友的住所，自估得出它的方向，便慢慢地移着步子向那门边走去。老远听到唏唆唏唆地响，这声音是听惯了而在经验上判断得出来，那是拉着打鞋底的麻索声。刘家婆定是未曾睡。于是悄悄地走到门下，轻轻地拍了几下。麻索声拉得由远而近，听到刘家婆在里面啰唆着出来道："老八，你就不会早回来一次吗？我等得……"

何氏向门缝里贴了嘴，答道："刘家婆，是我呢！"

刘家婆很诧异地道："什么，是秀姐娘的声音，这时候有工夫到我这里来？"说着，开了门放她进去。

他们这里自无所谓房子前后进，大门里便是小堂屋，一边放桌椅板凳，一边放缸灶柴水。桌上点了一盏煤油灯，照见堂屋中地上放着一支麻夹，竹夹缝里还夹着一支生麻。刘家婆的老花眼镜抬起来架在额角上。手上拿了一只布鞋底，上面环绕着细麻索。何氏笑道："你老人家这样大年纪，还是这样勤快。自己打鞋底，还是自己绩麻，自己搓麻绳。"

刘家婆放下鞋底，搬了个木凳子过来，请她坐下。自己坐在缸灶口前那块石头上，先叹了口气道："哪个愿意这样苦扒苦挣。无奈从娘肚子里起，就带下来一条劳碌的命，不这样哪里行？我那外孙子老八，一个月要穿一双鞋，拿钱去买，哪里有许多？"说着，又站起身来，将桌上那把补了一行铜钉子的旧茶壶掀开盖来张了一下。

何氏摇着手道："你不用费事，我来和你说几句话，立刻就要回去的。"

刘家婆依然坐在石头上，笑道："我也不和你客气。我们这冰凉的粗茶，你也喝不上口。"

何氏道："一般老邻居都是这样看待我，以为我现在发了财，了不得了。你看我可是那样狗头上顶不了四两渣的人？"

刘家婆道："是！我就对人说，你还是像从前那样自己过苦日

174

子，对别人还是热心热肠的。"说到这里，把颈脖子一伸，低了声音问道，"李牛儿到你那里去了一趟，遇着了何老板？"

何氏道："听他的话干什么？"说着，伸手在衣袋里摸索了一阵，摸出个蓝布卷来。将蓝布卷打开，里面是一卷报纸，将报纸卷打开，又是一卷白纸。再把白纸卷打开，里面才是一沓钞票。然后她拿起来，一张一张地数着，数了六张五元的钞票，放到桌上，依然把纸卷儿布卷儿包起，揣到衣袋里去。她笑着颤巍巍地站起来，把那三十元钞票递到刘家婆手上，因低声道："我也不好意思去见杨大嫂的面，就请你今晚上把钱交给她，也好让她明天一大早就把杨大哥救了出来。"

刘家婆道："这钱有的多呢。"

何氏道："权操在人家手里的时候，好歹听人家的，二十块钱的事，你就预备二十块钱去办那怎么办得通？多就多带两个吧。"

刘家婆点了头道："阿弥陀佛，你好心自有好报。"

何氏拿出这三十元钞票来，嘴里虽不曾说些什么，可是脸上很有得色，嘴角上不免常常带了笑容。不想听到刘家婆说到你好心自有好报这句话，似乎得着一个极大的感触，立刻脸色一变，两行眼泪直流下来。她将身子一扭，背了灯光坐着，掀起一片衣襟擦着眼泪。刘家婆真没想到这样一句话会得罪了人家，自己要用什么话来更正，一时实说不上，便也只好呆了两眼向她望着。何氏这才想起，未免要引起刘家婆的误会，因将眼泪擦干，向她强笑着道："你不要多心，我并不是因为你说什么话，心里难过。我想到我一定前一辈子少做好人，这一辈子来受罪。"

刘家婆道："好了，现在苦日子已经过去了，你该享福了。"

何氏道："刘家婆，你是有口德的老人家，有话我也不妨和你实说。秀姐名是嫁个有钱的人，实在还不是卖了她了吗？我就是有两个钱在手上，一年老一年的，举目无亲，这个罪还不知要受到哪一天呢。说到秀姐自己，那更是可怜了。"说着，又拿了袖头子抹了眼泪，把得来秀姐困住在城南的情形报告了一遍。

刘家婆见何氏两番流泪，已经是泪水在眼睛眶子里转着。这时，听着她把消息报告完毕，那简直是像自己有了伤心的事一样，坐在石头上扬着脸，立刻两行眼泪像抛沙般流下来。倒是何氏自己先擦干了眼泪，因向刘家婆道："这些话，请你老人家不要和杨大嫂子说。我知道她是个直心快肠的人，听了这些话，这些钱她也用得不舒服。我家那酒鬼说不定睡足了一觉，会醒过来的，我还是就回去为妙。"说着，起身向外走。

刘家婆道："这真是对不住，连茶也没有让你喝上一口。这话又说回来了，我就是留你喝茶，也……"她脸上带了泪痕，却又笑起来，因道，"我简直是老了，说话颠三倒四。慢慢儿地走着，让我拿灯来引你。"

何氏道："哪里就生成那样娇的命，有了两个穷钱，连路都不看见走了？"说着，她已走出了门了。

刘家婆手上捏了三十元钞票，她胆子立刻小起来。仿佛这门外边就站有歹人，假如不小心的话，钱就会让人家夺了去。因之她站在门里边望着，并没有远送。等着何氏去远了，她就高声叫着杨大嫂子。杨大嫂开着门，黑暗里闪出一道灯光，刘家婆这就走到她屋子里去，先反手将门掩上，然后和她一路走到里面屋子里去，低声道："秀姐娘到底是难得的，刚才亲自送了三十块钱来了。明天一早，你把这钱送给姓陶的去吧。把杨大个子放出来了，大家安心。"说着，把钞票塞到她手心里。

杨大嫂且不忙收钱，把钞票放在桌上，望了刘家婆皱着眉道："怎么还是走的这条路？"

刘家婆道："她自己送来的，好心好意的，难道还不受人家的吗？那比刷人家两个耳光还要厉害。你是直性子的人，想这话对不对？何德厚不是个东西，秀姐娘究竟不算是坏人。"

杨大嫂道："这话当然是不错。不过人家有了钱了，那就是一种有钱人的滋味。"

刘家婆拖着椅子，靠近杨大嫂坐着，杨大嫂也就坐下。刘家婆两手按了她的膝盖，带着几分郑重的样子，向她低声道："人家有一肚子的委屈，叫我不要告诉你，免得你用了她的钱替她难受。"

杨大嫂吃了一惊道："这是什么话？"刘家婆就把秀姐近来的情形对杨大嫂备细说了。杨大嫂道："这姓赵的岂有此理。既不能担一点担子，就不该把秀姐娶了去。他这样的做法，花了许多冤枉钱那还是小，耽误了秀姐的青春是大。秀姐娘实在是个滥好人，没有法子对付他，如若这事出在我身上，我一定拼了这条命，也要把这事弄穿来。怕什么？我们是个穷百姓，姓赵的是个次长。难道拼他不过？"

刘家婆点点头道："小声一点，小声一点，你这话有理。我刚才倒和她陪了不少的眼泪。等你先把杨大个子的事了了，哪天我们去看看秀姐娘，和她出个主意。有道是大路不平旁人铲。"

杨大嫂两手一拍道："唉！你既是有这个意思，刚才她在这里，你怎么不引她到我这里来谈谈？我觉得秀姐是个有骨气的孩子，她舅舅把她卖了出去，她已经是十分委屈了，若是再像你这样所说的，受这一番侮辱，恐怕她没有性命了。不知在城南什么地方，我要设法见她一面。"

刘家婆道："大概秀姐娘自己也不大清楚。若是清楚的话，她女儿正在难中，她有个不去看看虚实的吗？"杨大嫂子看了桌上放的一小叠钞票，倒很是发了一阵呆，两手抱在怀里，定着眼睛，好久没有作声。

刘家婆道："你想着什么？"问了好几遍，杨大嫂才听到，因道："我想秀姐娘在难中，她还巴巴地送了钱来帮我的忙，难道我就不能和她出一点力量？"

刘家婆道："你真是个性急的人，一听到说就要去。别人的事要紧，你自己丈夫的事也要紧。你还是明天先去办你自己的事。钱，你好好地收着。一会子老八回来，不看到我，又该叫爷叫娘了。"说着，她开门自出去了。

杨大嫂子有了这件事在心上，倒是比杨大个子被拘起来一事还要着急。因为杨大个子不过得罪了房东一条走狗，那事究竟有限。这秀姐被幽禁在城南，迟早有性命之一忧，这事就和杨大个子暂时关闭在公安局里大有分别。她这样想着，睡在枕上的时候，自不免前前后后仔细推想了一番。直到天亮，才有了她自己认为的好主意，于是安然地睡着了。早晨起来之后，给了两角钱给小孩子上学，又和刘家婆交代了一遍，这才到离丹凤街不远一条升官巷里走去。

这巷子里的房屋都相当地整齐，杨大嫂认定有绿色百叶窗的土库墙门里走去，那正是那陶先生之家。还未曾到门口，一只长毛哈巴狗汪汪地就抢了出来，向腿子上便咬。杨大嫂吓得向后缩退了两步，乱喝一阵。惊动得主人翁陶先生走了出来，右手端了一玻璃杯牛乳，左手拿了大半块面包，一路吃喝着，看到杨大嫂子，便将半块面包指了她道："原来是你。这可是奴才住的地方，你贵人不踏贱地，到这里来做什么？"

杨大嫂还不曾开口，就让他劈头骂上这样一遍，气得头发梢上都要冒出火来。不过自己仔细熟想了两晚上，是自己不能忍耐一时，惹得丈夫吃官司。还是等着自己有了机会，再和他算账。有道是君子报仇，十年未晚。唯其她有了这样一个转念，所以虽是走来就碰了一个老大的钉子，倒也不怎样地介意，微笑着道："陶先生，你君子不记小人之过，还说那些气话干什么？我们今天前来，就是情亏礼补，和你赔不是来了。"

陶先生将手上半块面包丢给小哈巴狗吃了，将脚拨了它笑道："滚进去吧，没有你的什么事。"狗衔着面包走了。陶先生招着手，让杨大嫂走了进去。莫看陶先生是个收账的跑腿，这里也有个类似客厅的堂屋。他放下玻璃杯子在茶几上，人向沙发椅子上一倒，因道："你说情亏礼补。情亏是不必提了，我看你是怎样礼补？"

杨大嫂虽然站在面前，他却并没有叫她坐。杨大嫂将那带来的二十元钞票放在玻璃杯子边上，笑道："两个月房钱，给你送来了。至于那屋要修补的地方，我们也不敢说不修补，而且修补了还不是我自己住吗？不过我们做小生意的人，给了房钱又修补房子，实在没有这个力量。好在我们大房东，终年都有泥木匠盖房子，只要陶先生随便调度一下，就可派两个工人去修一下子。房子究竟是房东的房子，自己先修补了，也不吃亏。"

陶先生微笑着点点头道："你早有了这一番话，可不就省得这场是非。两个月房钱？"他说着，把钞票拿起来看看，因道："你不是说付两个月的吗？这里付三个月还有多。"

杨大嫂道："是付两个月。让陶先生跑了许多回路，鞋子跑破了那是不用说。我若是买一双鞋子来送陶先生，又不晓得大小，还是请陶先生自己去买吧。"

姓陶的笑道："哟！你还和我来这一手。你要晓得我陶先生是看见过钱的。"

杨大嫂笑道："那我怎样不晓得呢？有道是瓜子不饱实人心。若论多少，你陶先生不会和我们这种人争，这只是赏我们一个全脸。"

姓陶的道："管他呢，你这几句话，说得还好听。好啰！你请坐等一会儿，我和你去拿账簿来当面记上。"

杨大嫂道："那用不着，房东也好，陶先生也好，还会错了我们穷人的账吗？只要我穷人少拖欠几天，也就很不错了。"

陶先生笑道："你看，你这话越来越受听了。你还是等一会儿，我另外还有一件事要答复你。"说着他上楼去了。杨大嫂想着，这家伙比什么都鬼，且不作声，看他还有什么答复我。

约莫十来分钟，姓陶的果然夹本账簿子走来了。他掀开账簿子，将新写的两行账指给杨大嫂看。又将夹在簿页缝子里的两张收条交给她，笑道："这笔房租的账算是解决了。自然，你丈夫为了这事在公安局里等下落的话，那也就算了结。我已和区里通过电话，也许你没有到家，他已经先到家了。"

杨大嫂站起来道："那就很感谢陶先生。但是我也要到区署里去报告一声吧？"

姓陶的笑道："那用不着。你自己去报告，还能比这里去的电话还有力量吗？"

179

杨大嫂听了这话，只好又道了两句谢，方才走去。走到巷子口上，回头看看，那姓陶的并不曾出来。这就呸呸两声，向地面吐了两次口水。

第十九章

情囚之探视

这个杨大嫂总算是忍辱负重，把这场是非给结束了。可是她受着的这口冤气，她不会忘了，那两口吐沫，正是表示了她恨入肺腑。她受了人家的冤气，不会忘记；同时，她受了人家的恩惠，也不会忘记的。杨大嫂回到家里时，果然合了姓陶的那话，杨大个子已是站在门外空地上，向这里张望。看到杨大嫂子，他迎上来笑道："我早回来了，累着你跑一趟。"杨大嫂道："我不跑，他们怎么会放你回来？其实，光是我跑也是无用，还是得了秀姐娘给的那卷钞票。"说着，两人一同走回家去。

刘家婆并不慢于他们，跟着脚步走了进来，因道："大嫂子，怎么样？你还是信着我的话不错吧？我们的命不好，有什么法子和人家比。有道是长子走到矮檐下，不低头来也要低头。你们得了秀姐娘帮这一个大忙，总要记着才好。"

杨大个子向她一抱拳道："不但是秀姐娘我们应当报答她，就是你老人家和李牛儿这样和我们费心，我们也忘不了。稍微迟一两天，等着何德厚不在家的时候，我要去面谢秀姐娘一次。"

刘家婆点点头道："那倒是正理。不过他兄妹两人三天两天吵嘴抬杠，你不要和她再加上一层麻烦才好。"

杨大个子道："这个我晓得。不过现在那醉鬼势子也很孤，他未必敢把我们这些旧朋友都得罪干净。听说秀姐现在像坐牢一样，闷在小公馆里不能出来。本主儿都这样不走红，他这么一个沾边不沾沿的亲戚，还有什么兴头？"

刘家婆道："虽然那么说着，你还是避开他一点的好。好歹我们用不着和那醉鬼较量什么高低。"

杨大个子笑道："这个你倒可以放心，我总愿意省点事。"杨大嫂对杨大个子瞪了一眼，仿佛嫌着这话里有刺。杨大个子立刻将头偏过去，笑道："一天一夜，没有吸纸烟，瘾得要死，我去买盒纸烟来吸吸。"说毕，扬长地走了。他夫妻俩因此有了个约束，不敢明目张胆去谢秀姐娘。唯其是不便去道谢，心里都搁着一份过不去。

在这场公案过去了几个月，有一个晚上，杨大个子喝了茶回来，一走进大门，就深深地叹了口气。杨大嫂子道："又是狗拖野鸡的事，看不上眼了，回来只管叹气。"

杨大个子道："还管闲事吗？管闲事管得人都不能脱壳。正是为了我们自己的事，不免叹气。你看何德厚这家伙，为了钱他把手足之情都送干净了。我得了一点消息，他简直和秀姐娘说，秀姐既是嫁出去了，成仙成佛，变牛变马，那全靠她的命，不要去管她。那赵次长带了信来，暂时让她委屈一下子，那是不得已。只是娘家人不去勾引她，每月还可以贴一百块钱的养老费。坐在家里，每月白得一百块钱，为什么不干呢？他又说，这小公馆在什么地方，他也不晓得，秀姐娘要闹也是瞎闹。那秀姐娘和他闹着，他益发下了狠心，要把秀姐娘送到乡下去。免得秀姐娘在城里住，会访出秀姐的下落来。这老贼不知道是一颗什么黑炭心！我和几个人商量，要把他捆起来，丢到江里去喂王八。"

杨大嫂笑骂道："你少嚼蛆，事情没有做到，让人家听了去，把你当凶犯。不过姓赵的都说了这话，秀姐一定日子不好过。好在城南也不是东洋大海，她既是住在那个角落里，我慢慢地总可以找出她来。"

杨大个子道："我也是这样想，我们可以到城南去探出她的消息，硬把她设法救了出来。"

杨大嫂子笑道："你又是一套《七侠五义》？你有那个能耐，不会挑担子卖菜，也不会为了收房租的一句话，就关到公安局里去。

这件事你少管，让我先来说明，这次绝不让弄出什么乱子，再连累你吃亏。"杨大个子想说什么，又不敢说什么，只是对她笑了一笑。杨大嫂道："你笑什么？你难道谅着我做不出什么好事来吗？你给我三天的限期，你让我办着你看看。"

杨大个子笑道："你没有给我三天限期，你就算对得起我。我凭什么敢给你三天限期？"

杨大嫂子点点头笑道："虽然你不敢和我硬，你心里未必肯服，我只有做出来你看了再说。"当时她这样说了，杨大个子也没在意。

到了次日，杨大嫂一大早起来，料理清了家事。杨大个子是卖菜未回，她就把两个孩子托付了刘家婆，扮了个江北缝穷大嫂走出门去。头上盖了块花蓝布，手臂上挽个竹篮子，里面放着针线布片，篮子柄上勾住一条六七寸长方的小板凳，直奔城南来。她心里估计了一阵子，赵次长把这小公馆安得秘密，热闹地方不会来。怎么样也是次长常来地方，破烂不像样的房子不会住下。还有一层，也不是矮小房屋，秀姐随便可以出来的。要不，怎么会把里外消息隔断呢？她越想越对，在城南几条街巷里，穿来穿去，只是打量情形。走到有点和理想中相符合的房子前面，就把小凳子取了出来，放在地上坐着，做一个候生意做的样子。有人真要交点针线给她做时，她把价格说得大大的，却也没有人过问了。这样在街巷里转了一天，看看太阳落山，并没有得着什么痕迹，只得回家。到了次日，杨大嫂又是这样做法，并不感到疲倦。看看又到了下午三点钟，第二日还是找不着痕迹。便提了那针线篮子，向回家路上走。谁知就在这个时候，倒得着一点路线。有一辆人力车，飞快地拉到面前，看那车子油漆光亮，白铜包镶了车杠把，分明是自备的包车。车子上坐着颇为肥胖的人，嘴唇上养一撮小胡子，与杨大个子所形容的赵次长颇有几分相像。灵机一动，想着莫非就是他。

正是这个时候，那车子停着，他下了车了。他脸上带了三分笑容，向车夫道："你就拉到沂园澡堂门口等着我好了，大概我有两个钟点，可以到那里。"车夫答应了一声是，将车子兜转着拉开了。杨大嫂一想，自己的包车，为什么不拉到要到的地方，却在半路里停下来？好在自己是走着路的，就跟定了那人向前走去。由大巷子转进了一条小巷子，在一座八字门楼下，他摇摇摆摆地进去了。看那房子，虽是老式的，但那墙壁粉刷洁白，梁柱整齐，却是建盖不久。而且门里面天井宽大，略略栽有花木，倒不是中人以下的家庭。便放下了篮子，就在这门对面一堵粉壁墙前坐下了。

坐不到一会儿，门里出来一个江北老妈子，匆匆忙忙地走去。她虽看了杨大嫂一眼，并不曾说得什么。一会儿，她手上提了些纸包回来，像是瓜子糖果之类。杨大嫂看她时，她倒笑了。杨大嫂道："这位大嫂，你笑我做什么？"她笑道："你不是缝穷的吗？"杨大嫂点点头。她笑道："缝烂补破，你要找那男人打光棍的地方去动手。我们这里女将多似男人，而且人家打公馆的所在，也没有什么人穿烂的破的。你在这里坐三天三夜，也没有人照顾你。"

杨大嫂听说，便提起篮子来，做个要走的样子，一面答道："我本来也看着这里，不像有针线做的所在。不过有两个小孩子老远地叫着我，说是这巷子里有针线做。我走进巷子来，也不知道是哪家有针线，糊里糊涂地就在这里坐下。你们这大门里房子有好几进，就是住一户人家吗？"

那老妈子道："本来是住一户人家。因为上个月，有我们老爷的朋友搬了一份家眷来，在后进腾出几间房子给他们住，算是两户人家了。"杨大嫂道："听你这位嫂子说话，好像是我们同乡呢。贵姓是？"她道："我姓钱，主人家倒叫我王妈。"杨大嫂笑道："那你必定是钱家村的人，我们那里有个亲戚叫钱老二。"王妈笑道："不叫钱家村，你错了，叫钱家圩。你是钱二癫痫的亲家母吧？你莫非姓刘？"杨大嫂笑道："对了，我姓刘。钱大嫂子，你把东西送了进去，我在这儿等你一会儿，我还有事托你呢。家门口的人，不沾亲就带故，我们是很愿来往的。"

那王妈忽然认得了一个乡亲，心里十分高兴，果然拿着东西进去，匆匆地又出来了。她笑问道："刘大嫂子什么事托我？"

杨大嫂道："听说钱二癞痢也到这城里来了。他少不得会来看你们自己家里人吧？"

王妈道："我没听说他来呀。他来了一定会到我这里来的。"

杨大嫂道："那好极了，明天我再来探听你的消息。这里两户人家姓什么？你在哪家做活？我也好来找你。"

王妈道："一家姓钱，一家姓赵。你来找钱家的王妈，那就不错。"

杨大嫂听到说有一家姓赵，心中大喜，觉得皇天不负苦心人，居然把这事找得有点相像了，因笑道："百家姓上头一姓的人，也住在这里；百家姓上第二姓的人，也住在这里。"

王妈笑道："那怎样攀得上人家？人家是做次长的。"

杨大嫂几乎扑哧一声，要由嗓子眼里笑了出来，因道："好了，明天见吧，我不要在这里耽误你的工夫。"说着自去了。

到了次日中午，杨大嫂就毫不犹豫地走到这里来，径直地就敲大门，里面有人出来开门相问，她便说是找钱家的王妈，当然毫无问题地就放了她进去。那王妈出来看到她，便引了她到后进厨房里去谈话。自然，杨大嫂因话搭话和她鬼混了一阵，却不住向外面去找一个探望秀姐的机会。这房子有点南房北做，天井都很宽大，像北方的院子。厨房在后进房屋的外面，另有一个天井进出，那也正像北方的跨院。杨大嫂在这厨房里和那王妈说话，隔了窗户，伸头向外张望，却可遥遥望见那后进院子。终于是她把机会等着了，但见秀姐穿了一件花绸长衣，略略地烫了发梢，一簇头发虽然是比家里的时候摩登得多了，可是比起那市面上真讲究摩登的妇女却又相差得远。第一个印象，就觉得她还不是自己预料的那种风流姨太太。可想赵次长宠她，还比不上普通那种宠法。再看她反背了两手在身后，对天井里摆的几盆花看着，只管绕了转圈子，花也不会那样好看，让她如此注意。便不顾那王妈了，自己提了篮子，就向天井里走来。可是秀姐还是那般转了圈子走，并不因为有了脚步声，抬起头来看一下。杨大嫂站在屋檐下，向她出了一会儿神，便低声道：

185

"太太，有什么粗针活，让我做一做吗？"

秀姐抬头看着，不觉吓得身子一抖颤，退后了两步。这杨大嫂虽不是近邻，在丹凤街的人谁不知道她？过去虽不天天见面，可是三四天总有一次见着。这样的熟人，这样的见面，便有点玄虚。那杨大嫂似乎明白她的意思，连向她丢两个眼色，又将嘴向厨房里一努。秀姐定了一定神点点头道："你怎么走到这后进屋里来做生意？"

杨大嫂笑道："我们是规矩人，不要紧的。昨日和这里王妈，新认了亲戚，才得进来的。"

秀姐道："原来如此。那倒很好，我有两三只衣箱套子，正要人做，你会做吗？"

杨大嫂道："这有什么不会？只要你把样子拿给我看，我就会做。"

王妈听到她说话，由厨房里赶了出来，向秀姐笑道："赵太太，你有针活，只管交给她做吧。她是我们熟人，我们老早就认得，针线做得很好。"

秀姐微笑道："既是有你和她作保，我就请她和我做点事。"说着，向杨大嫂抬了两抬手道，"你可以跟我来看看，我的箱子在这后面屋子里。"说着，她立刻在前面走。

杨大嫂为此事而来，当然明白她的用意，立刻跟着她后面走了去。到了她的卧室里，她还未曾停止，继续地向屋子后面走。走到了后面匣子里，秀姐才停住脚，望了杨大嫂，怔怔地呆立了四五分钟。最后，她轻轻叫了一声杨大嫂，眼圈儿红着，立刻流下泪来。杨大嫂低声道："你的事，我已知道了许多，访了两天，才访到这个地方。我就是为你的事来的，有话你只管和我说。我先告诉你一句话，让你安心，你娘很好。"

秀姐道："谢谢你，我也知道你是为我来的。但是我现在有什么法子呢？只有死了才能了事。可是我要死了，我那六亲无靠的娘，更不得了。你是最仗义的人，我是知道的。你现在可有什么法子救我一把吗？"说到这个吗字，她哽咽住了，向杨大嫂鞠了一个躬。

杨大嫂早是放下了篮子，两手搀住她道："你有什么苦处？你只管说。"

秀姐道："自从那个姓赵的把我娶了来，新鲜过几天，他就慢慢地淡下来了。既说我知识太浅，又说我不懂交际，还说我不会化妆，多了！反正有许多条件，不配做他的姨太太。不过他也有一点相信我的地方，他说，想不到我那样穷人家出来的女孩子，嫁给他的时候，倒是真正的黄花闺女，在旧道德上，我这人还可取。我这个黄花闺女，既是在他手里葬送了，他也就不忍中途把我抛弃。所以把我放在这城南角落里，不许我出去。那倒不专是怕把我跑了。他那原配的女人厉害得很，已经找到了我一张相片。她若是在路上遇到了我，恐怕就要让我下不来。姓赵的本人也落得做贼的一样，三四天工夫，才溜着来看我一趟。这没有关系，他不来看我，我一个人过得心里舒服些。无如这里的房东是他的死党，连前进院子，都不许我出去。他又不是硬禁止我走，只要向前面去一趟，他们就把许多话来吓我，说是这城南一带，姓赵的原配都埋伏下了人。又是打手，又是什么队，又是警察，说得活灵活现，我原不信，可又不敢不信。只好坐牢似的，终日闷坐在这屋子里。照目前而论，有吃有喝，也有钱花，我倒也无所谓，只是想到了将来怎么样，那就太可怕了。我还是初嫁他，在新婚的日子，他就这样把我关在牢里，这向后过去，日子不更是一天比一天黑暗吗？"

杨大嫂道："你的意思愿意怎么样？只管说，我既然来看你来了，自然尽力而为。"秀姐看到身后有张方凳子，退后两步，在方凳子上坐了。两手操着，放在怀里，看了杨大嫂。杨大嫂道："有话只管说，用不着什么顾忌。"

秀姐道："我倒不是什么顾虑。我根本没有想到有人来救我。我也从来没有这个打算。这时候你要问我有什么主意，我一时怎样说得出来？"

杨大嫂道："好在这不是忙在一时的事。有那个王妈和我认亲戚，我随时可来。只要你故意找些针活来我做就是了。"

秀姐道："你是真和她有亲吗？"

杨大嫂笑道："我若真和她有亲，何至于今日才晓得你住在这里？那就早来看你了。"

秀姐道："既是这样，那倒要你真和我做点针活。你家里的事，放得下来吗？"

杨大嫂道："我既然要和你办事情，家里的事就无所谓。两个孩子托了隔壁刘家婆照管，杨大个子他自己会料理自己，这都用不着烦心。"

秀姐听说，果然找出一匹布来，交与杨大嫂裁剪，就在这后面屋子里开始做箱套子。那赵次长要困住秀姐，也是用的坚壁清野之法，连伙食都附搭在朋友房东钱家。更也不曾用人伺候她，便请钱家的男女用人顺带照顾着。这样，他觉得秀姐一言一动都瞒不了他朋友钱家。而且那些男女用人，个个都给有赏钱，也不能不受赏图报。赵次长旦是不能常来看护这位新夫人，就也断定了不会有什么变化。杨大嫂来做衣箱套子，是王妈引来的，那是绝没有什么疑心的。杨大嫂在这后面屋子和秀姐谈了许久，却也没有谈出什么头绪。也是秀姐心虚，总怕会露出什么马脚，谈一会子，自己也就离了开去。有时那王妈也到屋子里来看看，让两人不得不疏远一点子。到了四点钟以后，又怕姓赵的会来，杨大嫂只好避开，约了次日再来。

第二日去的时候，杨大嫂也另换了一种手法，带了几尺布去，送给那王妈，笑道："这是我在外面和人家做针活得来的。常来打搅你，我心里很是不过意，这个送给你做件小褂子穿吧。"

王妈笑得合不拢嘴来，因道："你也辛辛苦苦得来的一点东西，我怎好用你的？不过不用你的，你也未必肯依，只好谢谢你了。"

杨大嫂只要她收下了，就等于签订了一张友好协定，心里十分痛快，走到秀姐屋子里去，高声道："太太，我今天一定要把你那个箱套做起来。要不，你还有许多针活，以后不要我做了。"

秀姐也高声笑道："你这人很老实，东西我也不等着要，你慢慢地做就是了。"

她们这样一说一答，都对面望着使了一个眼色。然后秀姐带了她到后面屋子来，第一下就塞了一卷钞票到她手上。杨大嫂道："你这做什么？我不是为钱来的。"

　　秀姐道："我也晓得你不是为了钱来的，但我要你和我做事，没有钱怎么行得通？"

　　杨大嫂道："你先说，要我和你办什么事？"

　　秀姐道："我昨晚上足足想了一夜，这姓赵的对我不仁，我也就对他不义。我就是当他的玩物，我也要有个三分自由。把我塞在这文明监牢里，好像我还是有点巴结不上，说我知识太浅。"

　　杨大嫂抢着道："笑话！不是为了知识太浅，就这样便便宜宜地嫁给他做姨太太吗？"

　　秀姐道："这话都不去说了。他既看不起我，就算我忍耐着，我也不会有个出头的日子。三十六着，走为上着。"

　　杨大嫂坐在椅子上，不觉两手同时拍着腿，站了起来道："对了。"

　　秀姐摇摇手道："低声，低声。"

　　杨大嫂对外面望望低声道："我一见你就有这个意思，只是不便说。"

　　秀姐淡笑道："你以为这是闹着玩的事呢，可以随便说。那姓赵的说他是官僚，他又是个流氓。要是跑得不好，还落在他手掌心里，那就是自己作死。有道是跑得了和尚跑不了庙。我若糊里糊涂走了，那不是先和我娘找麻烦吗？当真的，他把我放在这地方，就会把我关住了吗？我就是怕我走开了，连累着我的老娘。现在我要请你替我办的一件事，就是想法子把我娘送到一个没有人知道的地方去住着，然后我这条身子无挂无碍就可以远走高飞了。"杨大嫂手上，捏着她给的那一卷钞票，望了她倒没有话说。秀姐道："你那是什么意思，以为这件事不好办？"

　　杨大嫂道："不是那意思，你看我们也是离不开城市的人，把你老娘送到哪里去安顿？"

秀姐指着她手上那一卷钞票道:"这就是我为什么交这一笔钱给你的缘故了。你们离不开这座枉死城,难道也没有个亲戚朋友在别的地方?"

杨大嫂昂着头想了一些时,因点点头道:"有是有两个人,可以找他一下。不过……"说着摇了两摇头道,"就怕你不肯找。"

秀姐道:"有人救我老娘出去,那就是救苦救难观世音了,我有个不愿的吗?"但杨大嫂把这个人的名字送到口里,依然忍了下去,只是摇摇头带了微笑。这事透着很尴尬,倒让秀姐莫名其妙呢。

第二十章

乡茶馆里的说客

原来这下层阶级社会，他们也有他们的新闻。这新闻不是印刷在纸上，是由口头传递。秀姐和童老五的交谊本来也只做到心心相印。而这口头的新闻，却是渲染得十分新奇。自秀姐出嫁了，童老五下乡了，这新闻演成了个悲剧，更是有声有色。这时的杨大嫂，却想插进这戏里来，也做一个角色，所以她乘机要提到童老五了。因沉吟了一会儿，笑道："第一个人，提起来也许你还不大熟识，就是丹凤街三义和跑堂的洪麻皮，他现在下乡了。"

秀姐道："我知道这个人，不过不十分熟识。你再说这第二个人是谁？"

杨大嫂道："这第二个人，若是你愿叫他帮忙的话，我想让他牺牲性命也肯干，就是怕你不愿找他，这个人姓童。"秀姐听了这话，果然怔了一怔。杨大嫂道："他下乡去了，你是知道的了。可是他对你并没有什么怨言。假使你愿意的话，把你娘先送到他家里去，让他找个地方安顿，我想他没有什么话说。"

秀姐红着脸摇摇头道："一个人总也有两块脸。事到于今，又让我去求他，人家纵然原谅我，我自己难道不惭愧吗？"说着，嗓子一哽，流下泪来。她立刻觉得这是不许可露出痕迹的所在，在腋下纽襻上扯出手绢，揉擦着眼睛，因道："倒是洪伙计还可以托托他。"

杨大嫂道："这样好了。你既是愿意找找老朋友，我就和你做主，在老朋友这条路上设法。若是童老五知道了这消息，自己来帮忙的话，倒也不必埋没了他那番好意，只要不算是你去找他，也就可以了。"

秀姐两手操在怀里，低了头沉思很久，最后她点点头道："那也只好那样办吧。"

杨大嫂道："那么这笔钱我就拿去了。这是是非之地，我也不必常来，等我办得有点头绪，我再来向你回信。"

秀姐道："好！诸事拜托。假如钱不够的话，你再来和我要。这种不义之财，你倒不必和我爱惜。"

杨大嫂有了她这话，益发可以放手去做。当天拿了钱回来，就和杨大个子商量这件事。杨大个子道："这事托老五最好，他在乡下，大小有个家。可是秀姐娘也未必肯到他那里去，还是让我先下乡一趟，探好路线吧。"

商量好了，杨大个子歇了生意没有做，背个小包袱，撑把雨伞就下乡去。童老五所住的乡下，离大城三十里路。除了有小河可通，而且还是车马大道，直通他村庄附近。所以童老五虽然住在乡下，却也不十分闭塞，所有城里丹凤街的消息，他都晓得一二。只是自己把心一横，任你城里发生了什么故事，都不去过问。这日杨大个子赶了小船下乡，船不顺风，三十里路，足走了六七个钟点。靠船登岸的时候，太阳已将落山，站在河堤上四周一望，见村庄园圃，一片绿地上，又是一堆浓绿、一堆淡黄，分散在圩田里面。这倒叫他站着发怔。原来就知道童老五下乡，住在三洞桥七棵柳树庄屋里。船夫在三洞桥靠的岸，那是不会错的。这无数的零星庄屋，知道哪处是七棵柳树？照眼前看去，几乎每个庄屋面前，都有两三棵或七八棵柳树，这知道哪是童老五的家呢？呆了一会儿，顺着脚边的一条小路走下堤去。

路上遇到两三次乡下人，打听童老五家在哪里，都说不知道。信脚走去，遇到一道小河沟，两岸拥起二三十棵大柳树。这正是古历三月天，树枝上拖着黄金点翠的小叶子，树荫笼罩了整条河，绿荫荫的。柳花像雪片一般，在树荫里飞出去。水面上浮荡着无数的白斑，有几只鹅鸭在水面上游来游去。杨大个子虽不懂得赏玩风景，在这种新鲜的色调里看去，也觉得十分有趣。在那柳树最前两棵下面，有一所茅屋，一半在水里，一半在岸上。水里的那屋子，却是木柱支架着，上面铺了木板。那屋子敞着三方朝水，围了短木栏，远远看到陈设了许多桌椅，原来是一所乡茶馆子。杨大个子一想，这大地方，哪里去找童老五？不如到这茶铺子歇息一会儿，和跑堂的谈谈天，说不定会问出来。于是走到水阁子里去，卸下了包袱雨伞。

这里也有四五个乡下人在吃茶，有两个人在下象棋，看到杨大个子走进来，都抬头看他一下。他临近水面一副座头坐了，过去一个长黑胡子跑堂和他泡茶。杨大个子喝着茶，见里面横着一列柜台，上面也放了几个大琉璃器瓶子，盛着麻花、卤蛋、豆腐干之类。另有个瓦酒坛子摆着，分明是带卖酒。柜台里顺放了一张竹睡椅，有人躺在上面，露了两只脚在外，想必是这里老板，透着相当的自在。杨大个子等那跑堂的过来，笑问道："这里有个七棵柳树吗？"

跑堂的道："有是有这个地方，现在房子没有了，树也没有了。"

杨大个子道："那为什么？"

他道："两年前，就一把火烧光了。"

杨大个子道："这就奇了。我一个朋友在几个月前搬下乡来，就说住在那里，怎么会是两年前就没有了这个所在呢？"

那柜台子里面躺着的一个人直跳起来，叫道："杨大哥怎么下乡来了？"杨大个子看时却是洪麻皮，穿了件蓝布短夹袄，胸面前三个荷包，都是饱鼓鼓的。上面那个小口袋，还坠出一截铜表穗子来。杨大个子笑道："这真是大水冲了龙王庙，一家人不认得一家人。没有想到问一下午的路，问到自己家里来了。你混得很好，开上茶馆子当老板了。

洪麻皮笑道："我猜你绝不会是来找我，你是来找童老五的吧？"说着，抬腿跨过凳子，二人隔了桌子角坐了。

杨大个子道："我来找老五，也来找你。老五混得怎么样了？"

洪麻皮道："一个人只要肯卖力气，城里乡下一样可以混口饭吃。你没有要紧的事，大概也不肯特意跑下乡来一趟。什么事呢？先说给我听？"

杨大个子向茶馆子周围看了一看，因道："也没有什么了不得的事，回头我再说吧。"

洪麻皮也就明白了他的意思，因道："太阳一落山，老五也就到我这里来了。就在我这里吃晚饭吧，免得到了他家，老娘又要瞎忙一阵。碰碰你的运气，我带你去打两网鱼试试。"说着，取下里边墙上搭的一副小撒网，搭在肩上，引了杨大个子向外走着。

杨大个子存放了包袱雨伞，随了他来，笑道："你几时学会了打网？"

洪麻皮笑道："那有什么难的？还不是到一乡打一帮。要不，我们也就不敢由城里奔到乡下来。"

两人一面走着，在小河沟沿上一面谈话。杨大个子把秀姐的情形说了一遍。洪麻皮道："我没有什么，大家都是老邻居，只要是我可尽力的，我无不尽力而为。不过老五年纪轻两岁，火气很大的，他未必还肯管这一类的事了。我们在乡下，他提都不愿提一声。"

杨大个子道："我们是个老把兄弟，当然知道他的脾气，也无非让他顶撞我两句就是，慢慢地和他一说，他也没有什么想不开的。"

说着话，两个人走过了堤，两人到了河道外一个水塘圈子里，周围长了芦苇，夹了两棵老柳树。洪麻皮在芦苇丛里，朝着水绕了半个圈子，然后站在树荫下，向水里撒上一网。杨大个子背手站在一边看着，见他缓缓将网绳拉着，还不曾完全起水时，果然就有两只银梭似的活鱼在网里跳着。网拉到岸上来，里面正有两条半斤重上下的条子鱼。杨大个子道："喂！运气不坏，够这一餐饭的菜了。"

洪麻皮道："我们还撒两网，也许再来两条鱼。"说着，绕了水塘，撒上三网，又打起两条鱼。他折了一根柳枝，将四条鱼鳃穿了，在水里洗干净了网脚，提了网和鱼向家里走。

杨大个子道："这不能说完全是运气，这是你有点本领，凭你这点本领，你也可以混饭吃了。"

洪麻皮道："什么稀奇？这地方家家有网，处处有鱼。"

杨大个子道："我是说你打得了鱼，送到城里去卖，那不是一种不要本钱的买卖吗？"

洪麻皮道："你忘记了这里到城里还有三十里的路吧？"

杨大个子道："第一天打得了鱼，第二天起早送到城里去卖，三十里路也难不倒人吧？"

洪麻皮道："人生在世，有饭吃，有衣穿，就算了。城里可以住，乡下也可以住，人要是在乡下住惯了，就不愿进城。少挣两个钱，少受两回气，也就可以扯直。"

杨大个子道："你以为在城里住就要受气吗？"

洪麻皮道："住在城里虽不见得人人受气，但至少像我们这种人是受气无疑。"

杨大个子还没有答言，路边瓜棚子里有人从中插话道："这话十分对。"杨大个子回头看时，正是童老五，抢上前挽了他的手道："你早看见我了？我特意下乡来找你的，洪伙计说你自己会上他茶馆里来的，我正等着你呢。"

童老五一手挽了个篮子，里面盛着瓜豆，一只手挽了杨大个子的手，因笑道："我也正念着你。来得好，在乡下玩几天再进城去吧。"

杨大个子道："哪里有工夫玩？"

童老五道："没有工夫玩，你怎么又下乡来了？"

杨大个子微笑道："抽空来的，有点小事和你商量。"

童老五道："特来和我商量事情的？什么事？我倒愿意听听。"

洪麻皮道："无非是生意经。回头我们吃晚饭的时候，打四两酒慢慢地谈着。"

杨大个子见洪麻皮立刻把话扯开，也就料到童老五现在是一个什么脾气。一路回到茶馆子里，太阳下了山，茶客都散了。那个跑堂的正在水边上洗剥一只宰了的鸡。麻皮也自己动手，在水边石块上洗割这四条鱼，一面和童杨两人闲谈。鸡鱼洗刷干净了，就交给那跑堂的去烧煮。门口有个小孩儿经过，童老五让他跑一趟路，又在家里取了一块糟肉来。这是月初头，早有半钩银梳似的月亮挂在柳梢头上。洪麻皮也不曾点灯，将煮的菜大盘子搬上靠外的一副座位，三人分三方坐了，大壶盛了酒放在桌子角上，洪麻皮便拱了手道："半年来没有的事了，我们痛痛快快地喝上一顿。"

童老五先走过去了，提起桌角上的大壶，就向三只大茶杯子里筛着。杨大个子笑道："怎么着？这茶杯子的斟着喝吗？"

洪麻皮笑道："乡下人睡得早，喝醉了你躺下去就是了。"

杨大个子道："我倒望你二位不要喝醉，我还有许多话要和你两个商量呢。"

说着话，三个人带了笑，喝过两遍后，杨大个子先谈些生意买卖，后来说到朋友们的景况。童老五倒也感到兴趣，逐一地问着。后来他端起酒杯来喝了一口，叹着气道："其实不必多问，也可以猜想得出来。我们这一类的人，除了在床底下掘到了金窖，无缘无故，也不会发财的。"

杨大个子道："也有例外发财的，除非是何德厚这种昧了良心的人。"

童老五听到了这个名字，却向地面吐了一下口沫，因道："你提起这种人做什么？"

杨大个子道："这话不是那样说。譬如说部鼓儿词，里面有忠臣，就也有奸臣；有恶霸，也就有侠客。没有坏的，就显不出这好的来。谈谈何德厚这个不是东西的人，也可以显出我们这班挑桶卖菜的人里面，也有不少的君子。"

童老五笑道："你说的君子，难道还会是你我不成？"

杨大个子道："那有什么不会呢？假使你童老五练就一身本事，口里能吐出一道白光出来。那照样的你也会做一个专打抱不平的侠客。"童老五端起酒来喝着，鼻子里哼了一声。

洪麻皮笑道："听鼓儿词听得发了迷的时候，我们不就自负是一个侠客吗？"

杨大个子道："不是那样说。论到讲义气，我们帮人家的忙，是尽力而为。说到钱财上去，那绝不含糊，就以我们三个人而论，当了衣服帮人的时候，那也常有。真遇到那样急事，非我们性命相拼不可，我们也不怕死。说来说去，这都和剑客、侠客差不多。"

童老五哈哈大笑道："所差的就是口里吐不出那一道白光。"说着端起杯子来大喝了一口。

杨大个子道："这不玩笑，譬如我姓杨的有了急事，你能够见事不救吗？"

童老五道："我真想不到你会在公安局被拘留。若是知道这消息，我一定进城去看你一趟。"

杨大个子道："却又来，怎说我们就不愿提个好人坏人呢？若是有机会的话，何德厚是不要猜想，他还要做些恶事的。这种人不一定只害他家里。他若是能抓钱，能利用到朋友邻居头上来的时候，他对着朋友邻居也不会客气。"

童老五道："你这话虽是有理。但是眼不见为净，既看不到，也就不去管这趟闲事了。"

杨大个子笑道："若是像你这样说法，我刚才说我们能做侠客的那一番话就算白说了，世界上的侠客，只有去找事做的，哪里有眼不见为净的呢？

洪麻皮笑道："你这样一说，倒好像我们就是三位侠客了。"杨大个子倒没有将话接了向下说，只是端了酒杯子，慢慢地喝着。童老五放下酒杯，手上拿了个鸡腿子骨头，举起来啃着。洪麻皮道："杨大哥喜欢吃米粉肉。明天我到镇上去买两斤肉回来，中午蒸米粉肉你吃。"

杨大个子道："家里我也久丢不开，我打算明天一大早就回去。"

童老五道："你难道来去五六十里路，就为了谈一阵子侠客吗？总也有什么事要和我商量。"

杨大个子道："你已经说了，眼不见为净，我还和你商量些什么?"

童老五道:"虽然我说眼不见为净,但我也不拦着你说话。"

杨大个子端了酒杯,缓缓地呷了一口,因道:"你若愿意我说呢,我也有个条件,就是你一定要把话听下去。"

童老五笑道:"这当然!容易办!反正你也不能当了我的面,指明着我来骂。"

杨大个子笑着,点了两点头道:"好!我慢慢地把这事和你来谈了。假如你听不入耳的话,你也得听下去,不能拦着我。还是你那话,反正我也不能当了面骂你。"

童老五笑道:"你远路迢迢地跑了来,就是你指明了骂我,我也忍受了。"

杨大个子将酒杯子里酒慢慢地喝着,一直将酒喝干。于是将酒杯子放在桌上,按了一按,表示他意思沉着的样子。顿了一顿,然后笑道:"我还是要由何德厚这酒鬼身上说起。"

童老五笑道:"不管你由哪个人身上说起,我总听下去就是了。"

洪麻皮听说,在桌子脚底下踢了两踢杨大个子的腿。杨大个子看他时,他笑道:"我无所谓,你只管说,你说什么人的故事,我也爱听。我保证老五不能拦住你不说。"

杨大个子懂了他的意思,于是把秀姐现在困难的情形详详细细地说着。童老五果然不拦住他,只是低了头喝酒吃菜,并不说话。杨大个子连叙述故事和自己的来意,约说了一个钟头。最后,他道:"我并非多事,我受了人家一点好处,我不能不谢谢人家。我想,虽然各人的交情各有不同。但是我们为人,只当记人家的好处,不当记人家的坏处。"

童老五道:"大个子你虽是比我年纪大两岁,你栽的跟头也不会比我多。于今做人,谈什么仁义道德?只讲自己怎样能占便宜,怎样就好。就是不占便宜,也犯不上无缘无故和人家去扛石磨。你想那姓赵的能在城里逞威风,有什么不能在乡下逞威风?我算换了个人跑到乡下来,就是要躲开是非,若把这事由城里又闹到乡下来,我可没有法子带了我的老娘向别处逃难。"

杨大个子道："我们把秀姐娘弄到乡下，也不鸣锣惊众，人家怎么会知道？再说把她接到乡下来，自然也要弄一个妥当些的地方，绝不让人知道。那姓赵的没有耳报神，他怎么会知道秀姐娘在乡下哪里？"

童老五冷笑一声道："他又怎么会不知道在乡下呢？你不记得在我家里吃顿晚饭，都让他们那些狗腿子嗅到了，追到我家来。你想我们这老老实实的做小生意人，逼得过那些妖魔鬼怪吗？"

杨大个子偏过头去，向了洪麻皮望着，因问道："洪伙计，你说这乡下空阔地方，随便住一个人，是不是大海藏针一样？"

童老五端起酒杯来喝了一口，重重地将杯子放了下来，哼了一声道："就是到这里来万无一失，我也不愿她到这里来。有道是人人有脸，树树有皮，我们在姓何的面前丢过这样一个大脸，知者说是我们为了义气，不知者说是我们为了吃醋。她陈秀姐是个天仙，我们癞蛤蟆吃不了这天鹅肉，根本不用转她什么念头。若说是打抱不平，不是我说句过分的话，秀姐有今日，也是她自作自受。要说她是为了老娘牺牲，那算了大大一个孝女，孝顺就孝顺到底吧。反正关在屋子里做姨太太，总比坐牢强些；就算坐牢，她原来也心甘情愿。"

杨大个子道："老五，年轻轻的，说这样狠心的话。"

童老五道："为了你老哥老远地跑了来，我只说到这个样子为止，依了我的性格……"他将这句话不说完，端起酒杯来喝了一口。

杨大个子在月光下看了童老五一眼，笑道："你不用起急，说不说在我，听不听在你，办与不办，更在你。就算我这是一番废话，我们的交情还在，难道还疑心我做老大哥的有什么歹意不成？"

童老五默然，没有作声。洪麻皮道："老五就是这小孩子脾气，杨大哥有什么不知道的？论到秀姐母女……"

杨大个子摇了手道："不要提不要提，我们弟兄难得见上一面，老谈些不痛快的事做什么？这鱼汤很好，酒不喝了，和我来一大碗饭，我也好讨鱼汤喝。"洪麻皮果然盛了一大碗饭，两手送到他面前，他端起饭碗将汤倒在饭里，然后扶起筷子稀里呼噜扒着饭吃个不歇，吃完了那碗饭，用手一抹嘴巴，站起来笑道："酒醉饭饱，痛快之至。"说着，倒了一碗茶，走到月地里去漱口。他顺了茶棚子面前那条人行小路，越走越远。

童老五在茶棚子里，向外张望着，在月亮地里，已是看不到杨大个子的影子。洪麻皮低声道："老五，你的话不该那样说。杨大个子来者不差，你纵然不高兴他那番说法，从从容容地把话对他说，也没有关系。人家这样远来找你，你给人家一个下不来。"

童老五听了这话，也就低头不语。饭后，大家坐着喝茶，杨大个子只说了些不相干的话，先谈了一阵老戏《狸猫换太子》，后来又谈一阵电影《火烧红莲寺》。那新月渐渐落到对面堤上柳树梢上了，童老五便伸了个懒腰，站起来道："我要回去了，明日到我家去吃早饭。"

杨大个子道："空了两手，我不好意思见老娘。"

童老五道："自己弟兄，说这些做什么？明日见吧。"童老五也觉有点对杨大个子不住，说了这话自走回去。可是他回到家里自想了一晚，不免另有了一肚子话，次日起个早，便到洪麻皮茶棚子里来，在半路上却遇着了他。他道："杨大个子天一亮就起来了。茶也不喝，提了包袱就走，无论如何留他不住。你自己去追他一程吧。他顺着大路走的。"

童老五二话不问，拔步就向前追着，一追追了两三里路，看见杨大个子的影子便招手叫着，奔到他面前，问道："怎么样？你倒真生了我的气？"杨大个子答复一句话，就叫童老五急得几乎哭起来。

第二十一章

杨大嫂的惊人导演

识字不多的人，他有他的信仰点。这信仰点，第一是鬼神迷信，第二是小信小义。如妨碍着这信仰点，人是很可能出一身血汗的。这时童老五追着杨大个子问话，他就是这样答复着。他道："我们交朋友，不交那没有血性的人。"

童老五站着呆了一呆问道："你是说我是个没有血性的人吗？我们交了这么些年的朋友，无论出钱出力，我童老五可比你退后过一步？怎么会是没有血气的人？"

杨大个子道："就凭眼前这件事，我把你看穿了。凭我老杨的面子，特意跑到乡下来请你帮忙。不问是帮谁的忙，你都不能回绝个干净吧？你就因为秀姐对你不好，所以你就不肯和她的母亲帮忙。这里面显见得你存有私心。其实仗义的人，是见人有危难，就要前去帮忙，私人的恩仇倒应当放在一边。看你这个人，就做不到这种程度。本来我也可以不必和你说这些，你是不会明白的！不过你既追着来了，我要不把话对你说破，你倒不知道我究竟为什么走的。好了，再见了。"说着，把右手抬着一扬，转身就走开了。

童老五呆了一呆，然后抢着追了几步，扯住杨大个子的衣襟道："你若是这样说我，我有点不服。"

杨大个子道："我也不要你服。反正你可以知道我是一种什么人，我也知道你是一种什么人就是了。我约好了五天之内，回人家的信。东方不亮西方亮，我得赶快到别的地方去想办法。"

童老五道："你再住一天，我们谈谈。"

杨大个子还没有答复，看到洪麻皮在大路上老远地跑了来，也是抬着手一路喊着。等着他到了面前，杨大个子笑道："你也打算来挽留着我？这会子好像我又吃香起来了。既是吃香，我就得拿拿乔。你们答应我的话，我就再住一天。你们不答应我的话，我也当赶快去另想别法。"

　　洪麻皮道："不就是在乡下找间房子安顿秀姐娘吗？这有什么了不得？老五办不到的话，你交给我办就是了。"说着，将右手拍了一下胸口。看老五时，老五默然地站着，却没有作声。

　　杨大个子笑道："你二人在当面，答应了我照办，我才停止脚步的。要不然，我就走得很远去了。你要是反悔……"

　　洪麻皮伸手过去，将他肩上背的小包裹拿过来，笑道："不要搭架子了。昨晚上我就托人定下了两三斤肉。你若是走了，这些肉难道让我们自己来过一个年不成？"说着，他倒是背了包袱就向前走。

　　杨大个子跟着两人后面走，口里自言自语地道："我这能图着什么？费钱费气力，朋友面前还要落个不顺眼。"童老五在他前面走，始终是不作声。

　　到了洪麻皮茶棚子里，恰好童老娘也赶了来，手里挽了一只篾篮子，里面装着新鲜菜蔬，倒有一只钳了毛的鸡头垂在篮子外面。看到杨大个子就哟了一声道："杨大哥发了财吗？怎么不认我这个伯母了？我们还是实心实意，以为必是和从前一样亲热，老早就起来了，宰了这只鸡，想着你一大早就要……"

　　杨大个子两手一抱拳头，连作了几个揖，因笑道："老娘，你不能怪我。我这老远地跑了下乡来，不是到你老人家家里来，是到哪里来呢？不想昨晚上和老五一谈，碰了我一鼻子的灰。一来我是受人之托来的。这里既想不到办法，我赶紧回城另打主意。二来我也不好意思在这里，所以老早地就走了。"

　　老娘道："倒不是老五碰你一鼻子灰，他上月连赌几场，把钱输光了。你要钱用，找你童老娘想主意才对。我喂了一只百多斤重的猪，拿去卖了就是了。你大远地跑了来，真会让你吃了闷棍回去吗?"

杨大个子笑道:"这也可以见我姓杨的,实在不成器,找人无非是借钱。但是这回下乡,我并不为了钱来,而且还带了一点钱来,要老五代办一点事。无如就是老五不念交情。"

童老五道:"喂!大个子,大路头上老叫些什么呢?详情到我家里去谈就是了。"

童老娘对两人打量了一番,因道:"咦!这是什么事?先说给我听!"

杨大个子道:"我在这里喝口茶。"

童老娘虽在手臂上挽住了一只篮子,她还是两手互相卷了袖口,沉着脸向杨大个子道:"你们这些东西,一辈子不长进。不是我见了面就要说你,你有了要紧的事早就该对我说。现在我来问你,你还拖泥带水做这些神气。"说着,将一手拉了杨大个子,笑喝着道,"随我来吧。"

杨大个子这已觉得面子十足,再要执拗,便透着不近人情。于是随了童老娘就跟着到她家里去。他们在村庄里,分得了人家三间屋子住,两间住房连着一间厨房。童老娘烧了一壶茶,炒了一碟南瓜子,将杨大个子安顿在外面屋子里坐。她却在厨房里煮饭炖鸡,隔了屋子和他谈话。等着童老五和洪麻皮来了,杨大个子已经把秀姐所托的事完全报告过了。童老娘坐在灶门口烧火,两只巴掌一拍道:"人家肯求我,是人家看得起我,那还有什么话说?老五不去接她,我去接她。我们这里有两间房,分一间给秀姐娘住也毫不妨事。"

童老五带了一盒纸烟回来,抽出一支烟卷,送到灶门口,笑道:"请你老人家抽一支香烟,抽着烟你老人家慢慢想着说吧。人家现在是全身带钱走路的人了,若把秀姐娘放在我们家里住了,我们这样穷,不怕人家疑心我们不怀好意吗?"

童老娘把纸烟衔在口角里,在灶口里抽出一根燃着的柴棍子,将烟点着了,又把柴棍子递给老五,笑道:"孩子,我比你还穷得硬呢。但是你要晓得这是人家来投靠我们，在我们这里避难，并非我们去请了她来。她来了，我们不但不会沾一点财喜，而且还要担着一份心呢。"

童老五道："这就对了。我们给她安顿一个地方就是了，何必安顿在我们家里？好在她有的是钱，要什么都不难，就让她自个住着，也不会住不下去。"

杨大个子道："我也不愿秀姐娘住在你们这里，我们完全是好心为人，何必让人家疑心我们有了私意。童老五愿助她们一把力气的话，最好是这一辈子都没有人晓得。要不然，不但人家说图她姓陈的钱，还说想着她的人呢。"

童老五伸了大巴掌，在桌面上咚的一声拍着，叫道："这话痛快。杨大个子的话，若是老早地这样说了，让我卖命也肯。我就是有这番苦心说不出来。你现在替我说明了，你就知道我昨天不愿承担这件事是什么原因。你既是这样说了，好，我们吃过饭一路进城。叫我当名轿侠，把秀姐娘抬下乡来，我都愿意。只要不用我出面子，无论做什么事，我都不推诿。"

洪麻皮向杨大个子道："你看，五哥这不是满口答应了吗？小伙子总有小伙子那一股子杂毛脾气，你急什么？我们绝不是那种怕事的人。放下乡下的事，我也陪着你两个人走上一趟。"

童老娘也插嘴笑道："要我去不要我去？假如要我去，我和你们一路走。"

洪麻皮搓着两只手心道："你看痛快不痛快？老娘都要跟着我们一块儿去呢。"

杨大个子觉得劝将不如激将，这一激居然大告成功，心里自然十分欢喜，高高兴兴地把午饭吃完，就和童洪两人一路进城。到杨家之时，杨大嫂老远地看到，迎上前来，抓住童老五衣襟，点了头向他周身上下看了一遍，笑道："几个月乡下日子，过得你又胖又黑，身体这样健旺，这就比在城里好得多了。"

童老五笑道："现在我们是乡下人，到了城里来，凡事都请求大

204

嫂照顾一二。"

杨大嫂笑道："几个月不见，也学会了说话了。若是早就这样会说话……"

童老五道："那就发了财了吗？"

大家说着话，走进了屋子，杨大嫂张罗着茶水，这话就没有告一段落。但是童老五见杨大嫂进进出出，脸上都带了微笑，因道："大嫂子好像是很高兴，见着我老是笑嘻嘻的。"杨大嫂抿嘴微笑着，却不作声。

正在这时，老远地听到王狗子在外面叫道："老五来了，欢迎欢迎，我们喝酒去。"他冲进屋子来，看到小桌上摆了几碗菜，竖立着一瓶子酒，便站着将舌头伸了一伸，笑道，"人还是疏远一点的好，你看，你们一进门，大嫂子就办了这些个吃的。"

杨大嫂抢上前，斟了一茶杯酒交给王狗子，又把筷子夹了一块咸菜烧的冬瓜肉块举起来，笑道："狗子你张开口。"他真张开口，杨大嫂把一块肉塞进他嘴里，笑道，"天天见面的人，我也是一样地优待你。喝了这口酒，我有话和你说。"王狗子真端杯子喝了一口酒。杨大嫂笑道："今天要你卖一点力气，要你和老五跑几趟路。"

王狗子道："跑什么路？"

杨大嫂向门外伸头看了一看，因低声道："今晚上有个机会，何德厚在人家吃喜酒，大概不到十二点钟以后也不会回去。就在十二点钟以前，大家把秀姐娘送了出城。老五同洪伙计刚刚到，在人前并没有露脸，绝没有人知道你们进了城。没有人知道你们进了城，那就也没有人知道秀姐娘的踪迹了。"

王狗子道："吃过饭天就黑了，我去通知秀姐娘。"

杨大嫂道："若只是通知一声，找上许多人来做什么？她既是下乡去过日子，换洗衣服、手边应用东西，哪里可以不带个齐全？你们可以挑了箩担，在她巷口子上等着，让秀姐娘把东西悄悄地偷运了出来。反正箱子柜子不动，把里面衣服零碎抽送出来，也绝不会有人知道。"

老五道："这件事交给王狗子去办，那又算差派着对了。"

狗子笑道："秀姐娘是我顶熟的人，她把东西给我，我就把东西收在箩担里面，那有什么差错吗？"

杨大嫂道："大家先坐下来吃饭，让我自己来挂帅点将。"

说着，大家围了桌子坐下，扶起筷子来吃喝。杨大嫂却坐在桌子角上，左手撑了桌子角，右手举了一把小茶壶，嘴对了嘴喝着茶，眼望了大家吃喝，因笑道："我们先约定一个会面地点，就是丹凤街口那座土地庙后身。第一，这里叫车子方便，随时都可以坐上车子就走；第二，那里本是我们成天来往的地方，大家向那里走，也没有什么人疑心；第三是何德厚一有了钱，就卖掉了丹凤街的房，我们只管做我们的，不用担心在那里会碰着醉鬼。吃完了饭是这样，老五跟着我到一个地方去拿一点钱来。杨大个子先在土地庙外面小茶馆里去泡一碗茶坐着。洪伙计同王狗子可以挑两副箩担，装个做小生意的样子，在秀姐娘门口经过两趟。洪伙计那里熟人少，你尽管到她家去……"

洪麻皮笑道："元帅，我要打搅你，把你的话插断了。我和秀姐娘也不十分熟识。我冒冒失失去通知她，她若不理我，岂不碰一鼻子灰？"

杨大嫂笑道："这是我元帅点兵，没有把自己心里的事告诉你。我把活安排定了，立刻就要到秀姐娘那里去一趟。我告诉了她有一个麻子来接，你这脸上的记号绝不会认错了招牌。说得实在一点，我把你的衣服颜色都说了出来，那她还有什么不相信的？"说着，站起身来，放下了茶壶，把斜插在头发上的黑牙梳梳了两梳头发，将短夹袄上围裙解下来，走到门外来，在身上扑了一阵灰尘，将围裙搭在门上，笑道："大个子，家里的事交给你了，我去通知一声。"说着，扭身就走了。

童老五笑道："我看今天这件事，都是大嫂子忙出来的。"

杨大个子道："这个女人，生来是一条劳碌命。她要闲着三天，周身都是毛病，那也只好由着她去了。"

大家说笑着，把这顿饭吃过去了。杨大嫂却笑嘻嘻地一阵风走进来，手撑了门向大家道："妥当了。老人家听了这个消息，又是高兴，又是害怕，战战兢兢的，只管对了我傻笑。现在你们喝口热茶就可以照计行事了。"

　　杨大个子笑道："你看你这一点子威风，大家都听着你安排安排就是，你还左一声你们，右一声你们，将大家胡乱指挥一阵。"

　　杨大嫂笑道："那有什么关系？除了你，都比我年纪小，我托一托大，这并无关系。就是你，委屈你一下子，你还不是只好忍受着吗？"

　　童老五道："这些不去管他了。你说带我到一个地方去拿钱。这时候哪家银行里、哪所钱庄里可以拿到钱？

　　杨大嫂笑道："若是到银行钱庄上可以拿到钱，你童老五早有老婆了。"

　　杨大个子红着脸，望了她道："这是什么话，这是什么话？"

　　杨大嫂将头一偏嘴一撇道："你不用着急。你的老婆这样大岁数，还有什么人要占你的便宜吗？我是说童老五没有老婆，就是为着没有钱。他若为了娶老婆和我借个一千八百，那还有什么话说，还不是照数相借吗？话也说明了，时候也到了，老五和我一路走吧。"说着，又互相卷了两卷袖子，向童老五招了一招手道，"快随我来，我们还有很多路要走呢。"

　　童老五道："我还没有问清。和大嫂拿钱呢，还是和秀姐娘拿钱呢？"

　　杨大嫂道："多此一问，快走快走！"她放开大步走着，童老五也只好跟随了走，走了很多的路，在深巷里一家门口，敲了两下门。一个女仆开门出来，站在门口就呀了一声道："刘嫂子忙呀。这晚了还有工夫到这里来？"童老五站在身后听着，倒有些惊讶，杨大嫂子怎么又改姓了刘了？

　　杨大嫂道："这是我娘家兄弟，新从江北回来，你问问他什么家乡情形，他都可以告诉你。我是特意带他来和你谈谈的。"

杨大嫂子道："兄弟你过来见见，这是我们同乡钱家嫂子。这里可又叫她王妈。她为人仗义得很，真肯认同乡。"童老五想着，莫非是在她身上拿钱，为顾全杨大嫂的言语，只好和她一抱拳。

王妈笑道："你们到这里来我是十分多谢。不过我们是刚开过晚饭，我还要收拾厨房，没有工夫谈话呢。"

杨大嫂道："我们这也不是外人，就坐在厨房里等着你好了。"

王妈在黑暗里向他们招了两招手，让他们跟着进来。杨大嫂把童老五引到厨房里，安顿在一片灯光阴暗的地方，让他坐下。王妈道："刘嫂子，你不要到赵太太那里去看上一看吗？"

杨大嫂道："我是要去的。她约我做的针线，我还没有完工呢。"说着，她回头向童老五道，"兄弟，你在这里坐一会子，我去交代两句话。"说完，起身走了。

童老五匆匆地来到这里，对于杨大嫂的做法根本有些莫名其妙。这时让他一人坐在厨房角落里，更是不解，那王妈洗着锅碗不住地问着，张家表叔生意怎么样？李胖子又娶了一头亲吗？王瞎子还是做他的旧生意吗？童老五对于这些问题，实在无从答复。然而又不知杨大嫂葫芦里卖的什么药，怕答复不出来，会误了她的大事，只好随了她的话音，含糊地答复着。

那王妈倒是个实心眼子，对于童老五的话都很相信，便到上房里去，偷了一把太太喝的茶叶，用菜碗泡了一碗茶送到他手上，笑道："我这里是连纸烟都没有一根，只好请你喝一碗寡茶了。"

童老五还不曾答复她这句话，只见杨大嫂子笑嘻嘻地走了进来，笑道："太太，你要买什么乡下新鲜小菜吃，你交给我这位兄弟，他随时可以送来。"随了她之后，有一个女人走了进来，在暗处向光亮处张望，看得十分清楚，那正是自己想见而不愿见的秀姐。口里因失惊哦了一声，身子随着一颤抖站了起来，手上捧的这碗茶荡漾着倾泼了出来，将衣服泼湿了大半边。他站了起来了，秀姐在不甚明亮的电灯下，才将他看清。她虽不曾失惊喊出声音来，可是只感觉到周身血管紧张，热汗阵阵地由脊梁上透了出来。到底她是一个精明女子，这一刹那间，她已了解杨大嫂来此的用意，因道："刘大嫂子，这是你令弟吗？"

杨大嫂道："我来介绍，这就是我说的那位太太，她想托你在乡下买些野味来吃。钱交在我这里了。"

秀姐道："是啊！诸事拜托，我是不会亏负人的。我现时已吃斋念佛了，对什么人都把天放在头上说话。"

童老五听她这些话，如何不明白？在灯光下，见她面孔通红，把眼皮垂下了，拥出了长长的两簇睫毛，可知她心里头是一种什么滋味。可是在自己心里，也是一阵慌张，简直想不到用一句什么话来答复她。呆呆地站着，只是看看杨大嫂，又看看秀姐。杨大嫂道："太太，我兄弟很老实的，他绝不白受人家一点好处的，兄弟，你说是不是？"她说着，回过头来望了童老五。她那意思，自然是想逼出童老五一句话来。

童老五终于说出一句话来了，他道："我们不要久在这里打搅，可以回去了。"

秀姐听他所说的话，声音不大，却十分沉着，抬起眼皮对他看了一看。杨大嫂虽不满于他这种表示，可是却替秀姐很难受，不能不从中转圜一下，因道："是的，我们还有好多事没有办妥呢。"

童老五向秀姐看时，见她的眼皮益发垂下，在害臊的脸色上，笼罩了忧郁的脸色，几乎是要哭出来。这也就在心里发生很大的反应，很后悔刚才这两句沉重的言语。杨大嫂自己也看出这情形来了，便向秀姐点点头道："我们先走了。过后两三天，我会把新鲜菜和野味都送了来。这些东西都出在乡下，乡下是绝没有什么难办的。"秀姐透出一口气，说了一句有音无字的是，向后退了几步。杨大嫂向王妈道："你也正忙着，改天你闲空的时候，我们再来吧。"于是她自在前面引路，引了童老五走。童老五跟着走出去，便先向王妈点了个头。走出厨房来，见秀姐站在路边，也点了个头，说声"再见！"

第二十二章

老人的意外收获

　　人是感情动物，受着情感支配，贤愚都是一般，尤其读书无多的人，没有充分的理智控制情感，这情感冲动更是猛烈。童老五一鼓作气，辞别了秀姐出来，但在这一刹那间，在电灯下，看到她脸色惨白，身体颤动着，几乎要歪倒下去。出得门来之后，回想到秀姐那种情形觉得十分可怜。杨大嫂子在后面走着，见他垂了头，两手挽在背后，大开了步子走着，便笑道："老五，你拼命地走，怎么不说一句话？"老五并没有作声，却长长地叹了一口气。杨大嫂道："你为什么叹气，你有什么心事吗？"

　　老五道："怎么会没有心事呢？"

　　杨大嫂道："事久见人心，到了现在，你也许看出了她是种什么人。"

　　老五低了头只管走路，很久才答复了一句道："那位老太太大概到了，他们都等着我呢。有什么话，改日再谈吧。"

　　两人穿了大街，搭着一辆公共汽车，到了丹凤街口。在这汽车上，童老五还是低头坐着，并不作声。到了下汽车以后，快进那街口了，他才站住脚道："大嫂，我倒要问你一句话：你是去要钱的，也并没有开口和她要钱。"

　　杨大嫂道："钱？老早就把钱拿来了，到了现在临时抱佛脚，那怎么来得及？"

　　童老五道："你既不是去拿钱，这个忙劲上，为什么赶了去，赶了来？"

杨大嫂笑道："你问这句话吗？我想你自己也应当明白。"

童老五点点头笑道："你倒是好意，引着彼此见一面。虽然事情过了，我们的事情当然还没有完全取消。可是我看了她一下，有什么用？我依然不能挽救她一丝一毫。"

杨大嫂抿嘴微笑了一笑，因点点头道："你能说出这话，那就好了。我的性情你当然知道，救人须救彻。现在第一步我们先把老太婆救到乡下去再说。老太婆一走，少不得何德厚要乱闹一阵。我们站在一边先看他用些什么手法。他不找着我们，我们自也不去理会。他要找着我们时，我们先对付了他，让他没得屁放，然后再……"

正说着，迎头见杨大个子跑了来，站在路边，气吁吁地道："我们都等得不耐烦了。这是什么喜庆大事，可以慢条斯理地去办？现在秀……"说到这里，把声音低了一低，接着道，"秀姑娘老早就来了，她倒很有些害怕，藏在土地庙后面，不敢露一点影子。"

老五道："你就让她先走好了，又何必等着我？我跟着他们后面追出城去就是了。"

杨大个子道："不是那样说，我们总希望遇事保险一点，倘有人在路上和我们为难，我们就好动手。"说着，走到丹凤街。这里靠近南段，除了一家茶馆露出灯光外，其余店铺和人家都闭了门。只见洪麻皮王狗子在街灯光下人家屋檐下站了，只管向街这头探头探脑。

老五轻轻地顿了脚道："你们这样子干，不是故意露出自己的马脚吗？"

王狗子迎上前道："叫你去不愿去，去了就不愿来。事情都预备好了没有？我们等着要走了。"

老五道："我一双空手，有什么准备不准备？跟了你们走就是。"

杨大个子更是性急，已经雇了一辆人力车过来。何氏手上提了一个蓝布包袱由小庙后转身出来。一回头看到老五，倒退了一步，望了他，颤着苍老的声音叫了一声童老板。她不叫老五，而叫童老板，倒让童老五在彼此情谊生疏下，更感到一番尴尬，便道："你老人家上车吧，有话再说。"

于是秀姐娘坐上车子，洪麻皮和童老五各挑了一副小担子，跟着车后跑去。王狗子和杨大个子空了手遥遥跟着，杨大嫂却是两手叉了腰站在街边上，缓缓看他们走去。这座大城，为了交通关系，有两处城门是不关的。所以他们虽黑夜出城，倒不受着什么限制。杨大个子和王狗子跟着他们一行直走出城门口来，见那辆人力车一直拉过去，并无什么阻碍。两人在城门外面闲站了一会儿，见路旁歇着馄饨挑子，各过去站着吃了一碗馄饨，也并没有看到城内有什么人追了出来，这才坦然地走回家去。童老五和洪麻皮押着人力车子到了马路尽处，便一同歇下来。秀姐娘究竟是大城市里生长出来的人，却不曾走到城外偏僻的旧街道上来。这时见两旁的店铺，窄窄地拥挤了一条石板路，那屋檐直压到人头上来，伸手可以摸得到。人家虽也有电灯，可是这电灯都变了柑红色。商家停了，各半掩了门，可以看到里面一两个人影子。就由那半掩的门里，放出油腊鱼腥肉膻的味来，另是一种境况。

　　童老五挑了担子，跟在后面，低声说道："姑妈，你慢慢地走吧，这个地方，除了来往乡下、找船坐的人，是不会有别种人来的。我们由这条小巷子穿过去，那里有夜航船。大概还没有开船，我们赶着坐船，一觉醒过来，明天就到了乡下码头，永远离开了这个是非窝，你说痛快不痛快？"

　　何氏虽并不说什么，也不问什么，可是她那双眼睛却不住地前后左右打量着。洪麻皮的担子挑在秀姐娘面前走着，他就笑道："姑妈，你今天还是初次走夜路吧？不要紧，这个地方是另一种世界，有那只开眼看城市的主子，他不会看到这里的街道。我们那位何老板，倒是来过此地的人，可是他现在不能来了，我敢保这个险。为什么不能来了呢？他口袋里有钱，怕人家要借他的。啰！这街边上那个小酒馆子，以前他就常在那里赊酒喝，说不定有的陈账没有还清，于今人家见了他要当他财神爷，加倍算账。他有了钱，胆子格外小，这里就不敢来了。"

　　何氏道："夜航船在什么地方？我想还是到船上去吧。"说着，

212

她看到街边一条小巷子斜插出去，立刻抽身就向巷子里走。

老五在后面叫着道："不对，不对！你老这条路走错了，到河边向那边走，你向这边走了。"这一句话喊得急促些，何氏突然转过身来，一只脚插入裂缝的街石里蹩住着脚，竟摔了一跤。老五看到，立刻放下挑子，抢向前去，将秀姐娘搀着。秀姐娘还弯了腰，一时直立不起来。老五扶着她道："没有蹩着脚上的螺蛳骨吗？"

她颤着声音道："这是怎么办？脚痛得很，我走不动了。"

老五道："不要紧，到河边的路很近，我背了你老人家去。"说着蹲下身子，两手反过去，将何氏背在肩上，回转头来向洪麻皮道，"请你看着一下担子，下了河我再来接担子。"路边站着短衣着的半老人，他插嘴道："你这老弟台孝心不错，担子不重，我帮你这孝子的忙，送着你们下河。"说着，真过去将老五歇在街上的一挑担子，挑着跟了洪麻皮向小巷子里走了去。恰好夜航船的船头上，挂着两只玻璃罩子灯，还在等着上客。童老五将秀姐娘背到船舱里，找了一个安适的地方，轻轻将她放下。洪麻皮引着那帮忙的人将担子挑进舱，大家同声道谢。那人道："不用谢，我告诉你，我就是一个要孝养娘老子，偏偏没有了娘老子的人。我看到人家孝顺父母，勾引起来我一肚子心事，我就愿意帮成人家这个忙。人家孝顺了父母，好像我也孝顺了父母一样，我心里是一样地痛快着。"说毕，他一抱拳头，也就走了。

秀姐娘坐在船舱板上，将手揉了脚背道："多年不出远门，出远门就把脚蹩痛了，你看这岂不是糟糕！"

童老五道："脚吊筋，歇歇就好的，那不要紧。你走不动，到了码头上，我找辆车子，推了你回去就是。你好好地躺上一觉吧。"说着，解开小铺盖卷儿，给她在舱板上占了一席之地，让她躺下。

她原来在老五未见面的时候，心里就老啾咕着，那小伙子脾气是不好惹的，闹得不好，见面有个下马威，这样大的年纪，还要受他这一套，自己实在是不愿意的。想不到老五对于自己格外客气，客气得人家都误会了，说他是自己的儿子。这时，心里想着，自己

213

所猜的固然是不对，而且老五所做的事，倒正与自己意思相反，比从前对待自己还要好得多。这是什么缘故呢？虽然当了满载夜航船上的人，不能说出什么来，可是她心里却懊悔着，连向童老五道着对不住。她又想着，别说是儿子，就是有这样一个女婿，叫人死也甘心。她想到这种地方，老脸皮上倒有点发烧。好在这船舱只点了一盏小的菜油灯，是铁罐子上放了几根灯草，燃着的铁口绑了悬在舱底下，似有如无的那一点黄光。搭船的客人也只照见满舱的黑影子，她蜷缩在一个舱角落里，当然不会有人看到。她倒是低着头，不断偷看童老五。见他周身肌肉饱满，长圆的脸，竖起两道浓眉毛，罩了一双大眼睛。他挺了腰坐着，两腿并着架起来，托住他环抱在胸前的两只手臂，他的小伙子烈火一般的精神，正和他那肌肉一样地饱满。她又转了一个念头，假使自己的女儿嫁了这么一个女婿，虽不能过舒服日子，总也不至于饿死。住在乡下也好，住在城里也好，身子是自己的。于今将女儿给人做了二房，让人关着在小公馆里，等于坐牢。拿了人家三千块钱，割了自己一块肉，以为可以在晚年享几年福。于今倒是像做贼一样，要在晚上逃难，这就算是靠女儿做次长的外老太太吗？她后悔着，有点埋怨自己了。

夜航船在没有开以前，总是十分嘈杂的，何氏自己躺了沉思着，并没有和老五交谈。船开了，终日辛苦而又冒着危险的人，觉得心里一块石头安然地落了地。船摇晃着在催眠，人就不能不要睡觉了。到了次日早上，夜航船湾泊一个小镇市上。这个小镇市，到童老五所住的地方还有十五里。平常由城里下乡，绝不这样走，这是故意绕着大半个圈子走回来的了。童老五料着这个地方，绝不会让何德厚的鼻子尖嗅到。先同洪麻皮将两小挑行李搬上了岸，歇在小客店里。然后自己走下船来，搀着何氏上坡。她看这地方，前后两道堤，簇拥了几百棵杨柳树，小小的一条街藏在堤下面。人要由河岸上翻过堤来，才可以看到这边的房子，若在河上看来，这里简直不像一所乡镇。她这又想着，何德厚钻钱眼的人，只挑热闹地方跑，不会这里来的。心里随了这清新的景致清新了起来。那突突乱跳的心房也安定了下来。由童老五搀着，慢慢地向河岸上走，因道："我向来要强，不肯出老相，这一下了乡，倒摆出老相来，路都走不动了。"

童老五笑道："你生也生得我出，你老客气什么？你不见自从昨夜以来，人家都错把我当了你的儿子。"

何氏摇摇头道："莫说是生一个养老的儿子不容易，就是养一个做伴的女儿，也要有那份福气。"说着，摇晃了她的头，只管叹气。

童老五对于她这番赞叹很是感到满足。扶着她进了小客店，见街上有新鲜猪肉，买了四两猪肝、一子儿挂面，亲自下灶，做了一碗猪肝面给何氏过早，他倒只和洪麻皮干嚼了几根油条。等着她把面吃完了，老五才笑着向她道："到了这里，你老人家就百事不用烦心了。昨晚在夜航船上没有睡得好，可以在这里面房间里休息几个钟头。你老请等着，我去推了车子来。你老只管睡，这里有洪伙计代看守着行李，不会有事的。"说了不算，他还手扶着她到小客房里去。何氏在那夜航船上，虽也睡了一觉的，可是心里头过于害怕，没有睡得安帖。这时到了乡下，觉得是何德厚生平所未曾提到过的一个所在，他自然也不会追到这个地方来。床铺现成，便引起了几分睡意，头一着枕就安然地昏沉过去了。及至一觉醒来之后，窗子外的阳光老远地射着眼睛，已是正午了。便看到童老五敞开了短袄子面前的一排纽扣，露出了胸脯，将粗布手巾只管擦了汗，面孔红红的，站在天井屋檐下，便坐起来问道："老五，你出这样一身汗，在哪里跑了一趟来吗？"

他笑道："我没有作声呀，你老倒醒了。我赶了一乘车子来了，现你出来喝口水，我们就走吧。"

何氏扶着墙壁，慢慢走了出来，因道："这可是要命，正在要用脚的时候，把脚骨蹩痛了。"

老五道："那你就不用烦心。连人带行李，我一车子都推了去。本来可以不必把脚蹩痛的，那是你老心里头着急，自己惹出来的麻烦。现在你老就安心在乡下过太平日子好了，有天大的事都有我母子两个和你老来顶住。"

215

那洪麻皮泡了一碗粗茶，坐在前面店堂里休息，他正温凉着一碗茶，放在一边，让老五解渴。倒不想他远路推了车子回来，站着还在擦身上的汗，这又向何氏夸嘴，要和她保险了。在杨大个子下乡来说情的时候，他还是还价不卖，硬得不得了，于今到城里去受了一次累回来，情形就变了，比秀姐娘的儿子还要孝顺些。年纪轻的小伙子，性子总是暴躁的，可是说变就变，什么都可以更改，于今又是这样地柔和好说话了。他如此地推想着，见何氏摸索了出来，老五还跟在后面，遥遥做个扶持的样子，笑道："你出了那么些个汗，难道茶都不要喝一口吗？"

童老五笑道："是要喝！十五里路，一口气跑了去，又是一口气跑了来。"说时，他掀起一片衣襟，当了扇子摇，另一只手便来端茶碗。看到何氏坐在桌子边，就把茶碗放下来，向她笑道："你老刚起来，先喝两口。"

何氏道："这就用不着再客气了。你来去三十里路，难道连水都不喝？我还要你出力气呢。"

童老五回转头来，见洪麻皮有点微笑的样子，也就只得不再谦逊。坐了来喝过了两碗茶，买了些馒头发糕，大家就着茶吃了。洪麻皮帮着他在店门外收拾行李，捆扎车子。这独轮车子虽是又笨又缓，可是倒很受载。一边腾出座位来，给秀姐娘坐，一边捆扎了许多行李。童老五的手扶了车把，车带挂在肩上，偏昂起一边身座，颠了几颠，然后笑道："行！行！并不重。"于是放下车把，再回到店堂里来，引秀姐娘上车。

她坐上车子道："老五，你这样出力，我真是不过意。其实你就找一乘车子送我去就是了，我这几个车钱还花得起。"

老五道："我并不是为你老省钱。这也不去说，你老久后自知。"

于是何氏也就坦然地在车上坐了。童老五推了车子，洪麻皮挑了一副小担子跟在后面。出了街市，便是一片平原水田。这日子庄稼赶在麦季，各田里麦长得二三尺长，太阳里面摇撼着麦穗子，展眼一望，正是其绿无边。远处村庄，一丛丛的绿树簇拥了三五处屋角。人家门口水塘里，常有雪白的鹭鸶临空飞了起来。树荫子里面，布谷鸟叫着割麦栽禾，东叫西应。何氏道："在城里庄家的人，陡然换了一番新鲜眼界，倒也是有趣。老五，以前我就怕你娘在乡下住不惯，于今看起来，在乡下这样眼界空阔，也没有什么过不惯的了。"

童老五道："她老人家比在城里住时更健旺多了，也并不是吃了什么好的，喝了什么好的。她老人家第一用不着为我烦心，绝不会出乱子了。第二呢，在乡下没有断了下锅米的时候，好歹，总可以设法。你老在乡下住着吧，保你会长胖起来。"

何氏先笑着，然后又叹了一口气，因道："若是为了省心才可以长胖的话，我无论搬到哪里去住，也不会长胖的。你想我这颗心会安顿得下来吗？"

童老五正将车子推着上坡路，气吁吁地没有答话。洪麻皮跟在后面便插嘴道："姑妈，你怎么会把为什么下乡来的意思都忘记了？你这回来，不就为的是要把你心里的疙瘩解开来吗？你老下乡来，这是第一着棋，将来第二、三着棋跟了做下去，你老人家自然就会有省心的那一天了。"

何氏道："那就全靠你们弟兄帮扶你这可怜的姑妈一把了。"

洪麻皮道："那是自然，我们不出来管这事就算了，既然过问了这事，单单把你老一个人接到乡下来住着，那算个什么名堂呢？"

何氏连连点头道："是的，是的，这样，我将来也有长胖的一日了。我这大年纪，土在头边香，本不想什么花花世界。我那个大丫头，两三岁以后死了老子，就没有过着一天安心日子，到乡下来她也是住得惯的。"

洪麻皮道："是，我很知道她。"

他们这样把话说下去，童老五倒是默然地推了车子。一路经过了两三个村庄，便达到一片小土山脚下，那山脚下松树和竹子堆得毛茸茸的，看不出一点路径。平原上一条人行小路，弯曲着向那竹树丛子里钻了去。推了车子，慢慢地向前走着，迎面就是一丛竹子将那条路吞入了林子里去。那车轮子滚着坚硬的黄土路，吱吱呀呀地在车轴里发出响声。车子不能钻进竹林子去了，便放在斜土坡边。童老五道："姑妈，到了，我搀着你到村子里去吧。"他说着话，掀了一片衣襟起来，低下头去，擦着额角和颈脖子上的汗珠子。何氏看着，真是老大不过意。可是童老五却含了笑容向她笑道："你老人家走不动吧？还是让我来搀着。"何氏扶了车子缓缓站起，还没有答应，却听到树林子里有人笑出来道："好啦！在这里捉住了就不要放她了。"这倒让她吃上一惊，难道还有猎狗跟踪到这里来吗？

第二十三章

风雨无阻

　　当秀姐娘何氏那样焦急的时候，那边的人益发笑拢了来。她怔了一怔，童老五倒是看出她的意思来了，笑道："到了这里你老人家就可以放心了。不但没有什么人敢到这里来闯祸，就是有两个三个不怕死的到这里来，我们简直可以捆了他的手脚，把他丢在河里去。这也是伺候着你老人家的人来了。"

　　说着话，那人迎着到了面前，正是童老娘。她笑着拍了手，迎到面前，因道："秀姐娘，你好啊。有道是青山绿水又相逢，人生在世，哪有永久隔别的道理？"口里说着，手便牵了何氏的手，对她周身上下打量了一番，笑道，"还算不错，总还是这个样子。"

　　何氏却没话可说，除了说拖累着大家，便只是念佛。童老娘挽着她穿过竹树林子，便现出一幢瓦盖的大庄屋。只看土库墙，八字门楼，外面树木森森，便不是平常庄户人家，不由得问道："在乡下，你们住这样好的房子，怪不得不愿进城了。"

　　童老娘笑道："我们住着这样好的房子，人家要都把我们当了财主相待了，那还想做挑桶卖菜的生意吗？我们商量过了，我们那茅草屋怕你住不惯……"

　　何氏立刻抢着道："那是什么话？"

　　童老娘也抢了答道："这自然是多余地过虑着。可是我们想，不光为着你一个人住。而且我们住的所在，那醉鬼他总也访得出来。防贼之心不可无，倘若他冲来了，一下子遇到了你，那我们费尽了气力，又是一脚踢翻了。你住在这个地方，是绅士家里，醉鬼就是知道了，也不敢进来找你的。这些事我们都和你想得周周到到的。"

说着话，绕了那土库门墙走，何氏也正想着，怎样好在这大户人家做一个不请自来的客人？可是他们带着她，转过了大门前围墙，由一片菜园里，踏进一所后门里去。那门里有一个小院落、一口井、三四间披屋，正是大户人家布置着守后路的所在。那屋子里打扫干净，桌子板凳都现成。童老娘引着她看了一遍。她笑道："这实难为着你娘儿两个样样都和我办齐全了。"

童老娘笑道："你看着总还差一点吧？至少还差着一个人和你做伴。"

何氏笑道："这倒是真话。不过我这也算是逃难，有个地方让我躲着风暴雨那就是天大的幸事，我还要什么人做伴？我这大年纪，也不害怕什么了。熟人是生人慢慢变成的，我在这里住上两三个月，不就有熟人吗？"

童老娘道："虽然这样说，这两三个月，难道你就不要熟人吗？这里到我家，不过一两里路，我可以和你来做伴。话还是先说明，我绝不扰你的，每天吃了早晚饭就来，第二日天亮回家。"

何氏道："老姐姐，你怎么说这样的话？你娘儿，还有杨大哥夫妻、洪伙计、王大哥，都是我的救命恩人，还有比我这老命更大的事还得你们大家牵我一把，怎么现在和我客气起来了呢？"

童老五、洪麻皮两人将推挑的细软纷纷向里送着。听了这话，老五便道："不客气就好，我们就要姑妈不客气，才可以放开手来做事呢。"何氏见了他越发没甚话说，只是千恩万谢地念着佛。洪麻皮、童老五两人，索性忙了一下午，和她挑水挑菜，采办油盐粮食。童老娘也就依了她自己所订的约：次早回去。以后每日晚上，都来和何氏做伴。不想到了第三天，童老娘闹了一场脾寒病，就不能来做伴了。一连两三天，又下着麻风细雨，老五想了她一定是很寂寞，便抽出一点空闲，打了赤脚，戴了斗笠，跑来山上庄屋里看她。

那后门半掩着，被雨打湿了半截，但听到檐溜上的雨点的笃的笃落在地面，其余却没有什么声响。童老五且不惊动她，看她在做什么，轻轻地将后门推开了，见那小院里的青苔在墙上长得很厚的一片。上面几间披屋，都藏在牵丝一般的檐溜后面。却听到何氏道："你都吃了吧，慢慢地吃。明天想吃吗？再到我这里来。"老五倒有些奇怪，这是她和谁在说着话？而且这语音是十分不客气的。因先叫了一声姑妈，何氏隔了屋子道："这样阴雨天，路上一定泥滑得很，你还跑来干什么？"

老五取下斗笠，走了进去看时，可还不是秀姐娘一个人。她坐在一把矮椅子上，两手抱了膝盖。她面前有一只大花猫，正在吃放搁地上的半碗小鱼拌饭。因笑道："我说呢，这个地方，又是阴雨天，哪里会有客来？原来是和这只猫说话。"

何氏笑道："实不相瞒，我有三天没有说过话。前面正房里的房东，人口也就不多，我搬来之后，东家来看我，问过几句话。后来，又派了一个长工，看看我住后的情形，就没有来过人了。"

童老五笑道："他们家里两三个小孩子，都拜我娘做干娘，家里有什么风吹草动，都要她去商量一阵，她说的话他们没有不相信的。"何氏赶快起身，向隔壁灶房里去，童老五也跟着到厨房里来，因道："姑妈，你不要弄什么给我吃，我刚才由家里吃了饭来的。"

何氏笑道："你看这细雨阴天，坐着也是烦闷得很，烧壶茶你喝，炒碟瓜子蚕豆你解解闷。"

童老五笑道："姑妈到乡下来不久，乡下这些玩意儿也都有了。"

何氏笑道："还不都是你娘送给我的吗？不登高山，不现平地，直到于今，我才晓得能替穷人帮忙的，还是穷人。穷人不会在穷人身上打主意，穷人也就不肯光看着穷人吊颈。"

童老五笑道："你老人家这话也得打个折扣。穷烂了心的人，挖了祖坟上的树木砖头去卖钱的，哪个地方都有。"

他两人一个坐在泥灶口上烧火，一个坐在矮椅子上抽旱烟儿。两个人闲闲地说着话。一会儿工夫，水烧开了，南瓜子和蚕豆也炒好了。何氏用锅里开水，泡了一大瓦壶茶，提到隔壁屋子来。童老五两手各端一只碟子跟在后面，送了过来。何氏笑道："这是家里的东西，也要你自己端着来吃。这话又说回来了，除了你娘儿两个，还有谁来？要说待客的话，还只有款待你们了。"

彼此坐了谈笑着，茶喝了不少，瓜子豆子吃光。何氏谈得很高兴，没有一点倦容，童老五虽不见得有倦容，可是他心里却有些不安。因为母亲是逐日一次的脾寒，到了这个时候应该发作。虽然接连吃了两天丸药，可是这个时候好了没有，还是不得而知，几次想站了起来向何氏告别。及至一看到她谈话毫无倦意，又不便在她兴趣最浓的时候走开，只好稍停了一停答话，只微笑地望了她坐着。这样有了半小时之久，她忽然醒悟过来，因向老五笑道："你看，只管谈话，让我把大事情忘记了。你娘是天天要发的毛病，恐怕这时候又发作了，你赶快回去吧。"

童老五缓缓地站起来，向她笑道："不过我若是走了，你也很闷的。"

何氏笑道："那你也就顾虑得太多了。寂寞有什么要紧？我这么大年岁的妇道。"

老五听了这话，就不再客气，提起了斗笠向外走去。何氏说着话，由屋子里送他出来，一直送到大门口。老五以为她在家里烦闷，便由她在那里站着。自己走了一大截路，回过头来，看到何氏手扶了后门半扇，半斜靠了身子，只是向自己后影看了来。自己直走入了竹子林里由疏缝里张望了去，她还在那里站着呢。老五心里想，这位老太太对了我姓童的，倒是这样依依不舍。其实也不是，不过她住在这几间终日不见人的披屋里，实在也闷得难受。不能替她找个解闷的法子，那要让这位老人家闷死在这里了。心想，若不是为了自己母亲有病，一定要在她家谈过大半天，反正下雨的天气也没有什么事可做。真不忍让这个孤苦伶仃的老太婆老在这清清凉凉的地方住着。他低头想着，是很快地开着脚步走了回家。

到了家里时，倒是喜出望外，童老娘今日健旺如常，拿了一只大鞋底子站在房门口，一面看天色，一面拉着麻线纳鞋底，手拉了麻绳唏唆作响。老五笑道："你老人家好了，也罢也罢。"说着偏了头向老娘脸上望着。

童老娘笑道："你看我做什么？我要是发了摆子，我还不会躺下吗？"

童老五笑道："若是知你老人家身体这样康健，我就在秀姐娘那里多坐一会子，她一个孤孤零零地住在那大屋后面，真是显着凄凉得很。"

童老娘道："我也就是这样说，若不是为她那样孤单，我为什么天天跑了去和她做伴。不过这样地做，总不是办法。依着我还是把这台戏的主角快快弄下乡来吧。有了这个人在这里，母女有个伴，哪怕终年关在那披屋里，她们也不嫌闷了。"童老五听了他母亲的话，靠着墙壁坐在板凳头上，两手环抱在胸前，半低了头，垂着眼皮，只管看了地面。童老娘道："你还有什么想不开的？既然和人家帮了一半的忙了，你就索性帮忙到底。"老五依然眼望了地面，并不抬头看他母亲，只略微将头摇了几摇，也没有作声。童老娘道："什么意思？你觉得有些为难吗？"

童老五又沉思了约莫有三四分钟，才抬起头来，因道："我所觉得困难，不是……"说着，将上牙咬住了下嘴唇皮，摇了摇头道，"我所认为难办的，就是……"

童老娘道："怎么着，你是十八岁的姑娘，谈到出嫁有些不好意思吗？"

童老五道："我还有什么不好意思，只是人心隔肚皮。我们这样做，尽管说是侠义心肠，可是那不知道的人看起来，必以为我们存着什么坏心事，想占人家便宜。"

童老娘道："鬼话！清者自清，浊者自浊。有道是事久见人心，她秀姐是三岁两岁的孩子，拿一块糖就可以骗得走的吗？况且这件事现在也没有外人得知，无非是你几个要好朋友抬举你出来为首做这件事。老实说，他们就怕你避嫌疑，不肯要秀姐，他们还会笑你吗？这件事不办就算了，要办还是早办，还免得迟了会出什么乱子。"

223

童老五点头道："是真说不假，是假说不真。我是要冒点嫌疑，去办一办这件事。阴天无事，洪麻皮茶棚子里也不会有生意，我就马上去和他商量商量吧。"

童老娘道："不做就不做，一做起来，你马上就要动手。"

童老五已站起身来伸手去取门外靠着的斗笠。听到母亲这话，他缩回手又坐了下来。老五的手环抱了在胸前，靠着门框站定，昂头看了天上的细雨。见那雨细得成了烟子，一团团地在空中飞舞。他只是望了出神，并不回头一下。

童老娘笑道："我晓得你也是这种毛头星，心里头有事就搁不下来。你要找洪伙计，你立刻就去找吧，不要把你闷出病来。"

老五笑道："本来就是这样，在家里也是无事。"说着，还是提着斗笠向头上一盖，立刻就走了。

到了洪麻皮茶棚子里时，见他藏住里面小屋子，将被盖了头，横躺在床上睡觉。于是把他拉了起来，因道："晚上又不熬个三更半夜，为什么日里要睡午觉？"

洪麻皮道："两手捧着，就坐在这棚子里看斜风细雨，那也无聊得很吧？"

老五笑道："我也正因为这斜风细雨天没有事做，想来和你约一约，一路到城里去，在城里头，茶馆里坐坐，酒馆里坐坐，这日子就容易混过去。"

洪麻皮笑道："哟！你倒想得出主意？你预备带上多少钱到城里去摆阔？"

老五道："你好没有记性呀！我们到现在为止，和人家办的一件事情还没有了结，你知道不知道？"

洪麻皮笑道："原来你提的是这件事。但是这样阴雨天，我们跑进城去，又能做些什么事？"

老五笑道："这不是三伏天晒皮袍子，要趁什么大晴天？怎见得阴天到城市里去，就不能做什么事？"

洪麻皮就垂着头想了一想，突然两手一拍，跳了起来道："我算是想明白了。今天是什么时候，我们进城还来得及吗？"

老五道："假使我们立刻动身，还来得及呢。但是我们要去的话，身上总要带几文钱。我老娘身体是刚刚好，我也应当把家里的事安排安排。"

洪麻皮道："好！我们明天起早走，风雨无阻。"

童老五伸手擦擦头皮道："说到这里，我倒有一件事想要求你一下了。最好，你在明天早上，到我家里去邀约我一下子。这样，我老娘就不嫌我去得太要紧了。"

洪麻皮将手指了脸上道："据你这样说，倒是我这个麻子把事情看得太要紧了。"

童老五将脸板着，一甩手道："麻皮，连你这样相知的朋友都说出这种话来，那我还有什么希望？"说着，扭身就走了。

这洪麻皮是个茶馆子里跑堂的角儿，他到底多见识了一些事。他知道童老五是这么一个性格，倒不急于去和他解说什么。到了次日早上，还是下着斜线雨，风吹着树叶，沙沙地响。洪麻皮光着赤脚，打了个油布包袱在背上背着。头上盖了斗笠，大大的帽檐子罩了全身，便向童家来。童老娘就迎着笑道："洪伙计这一身打扮，不用说是打算进城的了。我这位宝贝儿子正是坐立不安。你来得很好，就带了他走吧。"

童老五手托了一管旱烟袋，蹲在地面上，左手托烟袋头，右手捏了半截粗纸煤，不断地燃了烟吸着。洪麻皮上前一把将他扯起，因笑道："男子汉头上三把火，要救人就救个痛快，大风大雨拦得住我们吗？我们要学孙悟空西天去取经，火焰山我们也要踏了过去。"

童老五经他一扯，笑道："好！男子汉头上三把火，我们立刻就走。"于是他仿着洪麻皮的装束，也光脚戴斗笠背了油布包袱一路走去。

在风雨泥泞中，走了三十多里路。到了城里，已是半下午。老五向洪麻皮商量着，这一身打扮，又是两腿泥点，人家一望而知是本日由乡下来的。这个样子，在何德厚面前现上一下，倒不用着说

225

什么，就是一个障眼法，那何醉鬼会有什么神机妙算？他看见我们两人，今日才到城里来，前几天的事情自不会疑心到我们身上来了。两人把这事商量好了，却又发生了新的困难，就是何德厚已不是从前的菜贩子，他终日里找地方花钱，却不愿原来的熟人有一个看见他，知道他在什么地方，可以到他面前去现一现呢？两人商量了很久，却没有得着妥当法子。老五走得既快，性子又急，他向洪麻皮笑道："管他这些累赘。我们就到他家门口溜上一趟。我们何必避嫌疑，说是不知道他家在哪里。"洪麻皮犹疑着，倒没有确实地回答。老五提起两条腿，只管向前，便直趋着向何德厚的门口。洪麻皮是个光棍，又和何德厚没什么交涉，他更不在乎。偏是一直走到何家门口，也没得着碰到何德厚的机会，两人挨门走过，老五只管扭转头望着。他道："喂！麻哥，我看这醉鬼是个搁不稳的东西，今日这样的阴雨天，也不见得他就会藏在家里。我们索性冲到他家里看看，你说好不好？正正堂堂地走了去，我想他也疑心不到我们什么。"洪麻皮道："照你这样说，你就硬去找他，他又能说什么？"老五道："好！我们就去。"说着，他扭转身直奔何家。那洪麻皮赶快地跟着后面，低声道："若是遇见了他，你可要说是来看……"

一言未了，路边有人叫住道："呔！老五，好久不见，哪里去？"说这话的正是何德厚。他敞着青湖绉短夹袄的胸襟，他嘴角里衔了一支纸烟，手上提了一瓶酒、一串荷叶包。老五道："我们正要来看姑妈。忘了你们府上门牌号数了，一时还没有找着。"

何德厚向他看看，又向洪麻皮看看，因道："二位是一路进城的？"

洪麻皮道："在乡下混不过去了，又想进城来找点手艺买卖做。我们到了这附近，就弯了一点路看看何老板。"

何德厚一摇头笑道："麻哥，你到底年纪大两岁，会说两句客气话。你们会来看我？好吧，来了就到我家里去坐坐，管你们是不是看我。"说着，他在前面走。老五回过头来，向洪麻皮看看，洪麻皮却正着脸色，不带一点笑容。一路到了何家，老五站在滴水檐前，

226

放下斗笠，人还不曾走到廊子里，却笑嘻嘻地昂了头，叫一声"姑妈"。洪麻皮心里想着，你不要看这小子毛手毛脚，做起来倒还真有三分像。正这样揣测了，何德厚也回身迎了出来，咦了一声道："你们这是故意装糊涂，拿我开玩笑吧？现在我可没有喝酒。"他这句话倒有些针锋相对，叫童、洪两人都不好答什么话了。

第二十四章

里应外合

在他们这一群里，虽然算何德厚这个人最可恶，然而算他年纪最大，大家究竟不能不对他谦让三分，所以在言语之间也不一定和他比嘴劲。何德厚说了他们一句装糊涂，见他们并没有作声，自己立刻有些后悔，是不是自己言语过重了一点？便笑道："你二位总不见来，跨进门好歹是位客，你看我是心里闷不过，有话就冲口而出，请不要见怪。里面坐，里面坐。"说着，点头又带着招手，童、洪跟着他进去。这里前后两间屋，前面也就陈设着成一个客室的样子。两把椅子夹了一张方桌，上面陈列满了茶壶酒杯，以至于菜饭碗。更有草纸账本、大小秤盘，以至于破袜子。何德厚将桌上零碎东西一阵清理，在破袜子底下找出一盒纸烟来，于是递着纸烟，请二人坐下，叹了一口气道："也许是你二位不知道。秀姐娘这大年纪了，她竟会背着我卷逃了。有道是好事不出门，恶事传千里，现在这几条街几条巷，哪个不知道？"

童老五道："这事真有点奇了。有道是叶落归根，一个人上了年纪，哪个不想骨肉团圆？姑妈她老人家这样大年纪，正是图个热闹、谋了团圆的日子，好好儿的为什么离开这个家呢？"

何德厚道："这事就是这一份奇怪，我是她亲手足，我也猜想不到她是为什么要离开我。若是年纪轻的人，还可以说是不守妇道。她已经是个老婆婆了，也绝不会去再找一个男人。这是向哪里去安身呢？"

洪麻皮道："这也是奇怪，难道外人还会好似自己手足吗？我们是刚刚进城，实在不知道这件事，究竟为了什么原因呢？"

何德厚道："那天吃过午饭，半下午我才出去，回来就不见她了。我们脸都没有红一红，更不用提没有说过一句什么话了。所以街坊朋友把是什么原因来问我，我总是说不出所以然来。你想，自己家里人跑了，为的是什么原因跑的，我都说不出来，人家不骂我是个大浑蛋吗？"童老五笑了一笑。何德厚笑道："老五，你不用笑，我自己骂自己，我真是个浑蛋。我养活了她母女一二十年，到头倒是脚板上擦猪油，用那种狠心手段对我。你想，所有一千个是一万个是，到于今不都是吹灰了吗？我早晓得有今日，不养活她母女两个人，省下多少钱？少淘多少气？现在这事传遍了，倒想不到你二位一点消息都不知道。"

洪麻皮道："原来如此，何老板是随她去呢，还是要去找她回来？"

何德厚歪了头吸着纸烟，淡淡地笑道："我找她回来做什么？又供给她吃的，又供给她喝的，我一个不会多享受一点？"

洪麻皮道："你那外甥女，她不会和你要娘吗？"

何德厚把嘴角里的纸烟取下来，弹了两弹纸烟灰，因踌躇道："依着人家告诉我，她母亲走了，她一定知道。但是秀姐是个十分调皮的人，我没有把柄，糊里糊涂去问她，那么，她猪八戒倒打一耙，反说我逼走了她的娘，我岂不是搬石头压自己的脚？我现在不去告诉她，她也就不会来反问我，我乐得图一个干净。"

童老五默然坐着吸了半支烟，只让洪麻皮去和何德厚说话。说到这里，便向洪麻皮道："何老板正不是心事！我们不要在这里打搅了。"

何德厚淡笑道："扯淡！我有什么不是心事？我只当她死了。"

洪麻皮知道童老五不耐久坐，便站起来道："晚上酒馆子里见吧。我们有好几处要跑，来得及，最好明天就回到乡下去。因为我们乡下还有要紧的事呢。"说着，已走出屋子来，各人提起放在屋檐墙脚下的斗笠放到头上，在天井里雨丝下站着。老五抬起一只手扬

229

了一扬道："何老板，凡事想开一点，晚上吃酒，等你候东了。"于是两人高高兴兴地冒着雨走了。

走出了这条巷子，童老五低声道："这醉鬼是真不疑心我们呢，还是装假的？"

洪麻皮道："根本我们就不必到他这里来。我们干我们的，管他知道不知道。事情做到了现在，我们是骑在老虎背上，不干也得干。我们先去见了杨大个子夫妻，把计策想定了再说。"

童老五笑道："晚上还约着醉鬼吃酒呢。我们偏偏老他一宝，看他还来不来？"

洪麻皮笑道："我们见了杨大个子再说。"

他们一路走着，一路啾咕了这事，有个十几岁的小伙子站在路边，对他们两人望了一望。他两人只管走路，也没有加以理会。到了杨大个子家里，那雨兀自下着，他们家矮屋檐上的檐溜水，倒像挂了一片破水晶帘子。杨大嫂子拿了一只男鞋帮子，靠了屋门框，就着光线在缝组。童老五老远地叫了一声"大嫂子"。杨大嫂猛可地抬头笑道："我料着你不久会来，不想你倒是来得这样快，而且落雨天也来了。"

两人在屋檐放下斗笠，走进屋来。杨大嫂跟在后面，低声问道："那位老太太怎么样了？在乡下住得惯吗？"

童老五道："若是住得惯，我们不会冒着雨进城来了。"

杨大嫂子道："城里这位年轻的，我倒是见过了两回，正是急得不得了，不知这位老的情况怎样。这两天似乎有了一点真病，天天到医院里去看病。"

洪麻皮向老五看了道："这倒是个机会了，只要她能出门来，比她缩在家里又好得多了。"

杨大嫂笑道："老五是喜欢听《施公案》的，现在到了他自己做黄天霸的时候了。"

童老五道："少说笑话。大个子哪里去了？我们等着他商量呢。"

杨大嫂道："放着我诸葛亮在面前，你倒要去找牛皮匠。天下这

230

样大的雨，你们也不必出去了。我烧一锅热水，你们洗脚。我给你找两只旧鞋子踏着。然后我去切四两猪头肉，买两包花生米子，打半斤酒，你们舒舒服服地坐到天色摸黑，大个子就回来了。"

洪麻皮道："我们在城里不多耽搁。要是像大嫂子这样铺排，一天不急，二天不忙，那要到什么时候做完这件事？而且也是老五多事，刚才还特意去看了那醉鬼，看看他性情怎么样。他虽没有疑心到我们身上来，但是他知道我们进了城，就不宜多耽误。"

杨大嫂放下了针活，在破墙眼里掏出了火柴盒与纸烟盒，正要向他们递着纸烟敬客，听了这话，不免呆上一呆，向他们望着，因道："你们这不是无事找事，为什么要到他面前去露一手？这样说，你们不能先走了。必得那个人走了，你们还在城里，而且还故意让那醉鬼常常看见你们，才可以迷糊了他的眼睛。"说着，擦了火柴，向他两人点着纸烟，眼望了他们，看他们如何答复。

童老五搔了头发，皱了眉道："你们还要这样怕他吗？"

杨大嫂道："我们不是怕他，我们为了顾全那个人，不能不这样做。"

童老五默然地吸着纸烟问道："难道另找一派人把救出来的人送下乡去？"

杨大嫂说着话走到隔壁厨房里去，坐在缸灶口上烧火，昂了头向这边道："慢慢地谈吧。反正这个时候也不就去动手，说早了泄露了我的阴阳八卦。"

童老五听她这话，自是将信将疑，却望了洪麻皮微笑。洪麻皮笑道："你就耐烦点，等着诸葛亮的将令吧。至多也不过几个钟点的事。你只当我们走路走得慢些，这个时候还在路上走着。再过一会儿，这位诸葛亮就要叫你附耳上来，你就可以恍然大悟了。"童老五因洪麻皮如此说，便依了他的主张，洗过了脚，和洪麻皮坐在矮桌子边，搓着花生仁的红皮衣，将茶杯盛了烧酒端着喝。杨大嫂坐在门边矮凳子上，手纳了鞋帮子，陪他们说话。

酒喝光了，老五隔着门望对过空场柳树缝里的街灯，正亮着一颗红黄色的灯泡子。天色已经昏黑了，却听到杨大个子学了时髦的京调《月下追韩信》，一路唱着："顾不得山又高，水又深，山高水深，路途遥远，来寻将军。"童老五迎到门口来道："今天生意好，这样高兴唱着回来。"

杨大个子将两只空的菜夹篮叠着搁在一处，将扁担扛着走了来，便放在门外屋檐下，突然站住道："咦！这样大雨天，你们由乡下来了，是我们这位军师打无线电把你们叫来的？"

他取下头上斗笠，走进屋来向地面看看，许多花生仁子皮，桌上剩了一张干荷叶，还有些卤肉香味，桌上玻璃的酒瓶子空着放在桌子角上，因笑道："你们来了大半天了？"

洪麻皮站起来道："我是个帮腔的，不能不跟着唱的人走。可是刚才听了大嫂子说，这事少了人办不成，多了人又七手八脚，怕走漏了机密反而不妙。"

杨大个子自在厨房打了一提桶水来，人坐在凳子上，将两只脚插入提桶柄两边，在水里浸着，自己互相搓洗，向童老五道："这样说你们都商量好了办法了。"

童老五皱了皱眉道："这件事，未免太让老洪出力。"洪麻皮道："只要事情办得好，出一点力那也没有关系。计策是想好了，就怕人家不上我们的圈套。"

杨大嫂子一拍胸，然后又伸个大拇指道："这主意我想了好几天，实在是不错。而且碰到这个下雨的天，又千好万好。这条计要不成功，以后我不叫诸葛亮了。"说着，拉了杨大个子站到一边，对他耳朵边啾咕了一阵。

杨大个子笑道："那很好！我准照办。"说着，走向前拍了洪麻皮的肩膀，笑道，"那未免要你受一点累。"

洪麻皮道："这无所谓，跑几里路算不了什么。但是预备车子，不要误了事才好。"

杨大嫂道："对过小巷子里的李大疤子，他的车子就可以让过来。本来我就计划了把他拉在内的。但是他和我们交情浅些，有了洪伙计来了，光借他的车子，他没有什么不肯的。"

杨大个子道："为这件事，她还存了一些钱在我们这里。我们照样地出租钱，有什么借不借。他不拉车子在家里睡觉，一样可以挣钱，他还有什么不干吗？只是要麻皮多受累，将来只好叫她们重重地谢你了。"

童老五道："不光是让他出力，我照着大嫂子的话，在半路上接车子。"

杨大嫂笑道："至于你受累不受累，这个我们不管，好歹这笔账你去和债主子慢慢地算。"说着，向洪麻皮眨了两眨眼睛。

童老五叹了口气，又摇了两摇头道："大嫂子，你不能算诸葛亮，我童老五为人，你还看不透，我先说了许多话也无用，我们向后看吧。"

正说到这里，门外有人接嘴道："你们摆什么八卦阵？就是你们四个人玩，不要我王狗子了。"说着，他一头伸着先闯了进来，后面跟的是李牛儿。他笑道："我们在门外面听了半天了，幸是没有外人来，要不让别人听去了，也大大不妙吧？还有什么可以让我效劳的吗？"

杨大嫂道："这事用不着许多人，人多碍眼。我们这穷人家屋小门户浅，家里说话大街上听得清清楚楚，不必说这些话了，吃饭去吧。大个子身上有钱，让他会东就是。其实这也不是大个子的钱，更不是我的钱，你们去上小馆子，饱餐战饭，找个地方睡足了，明天一大早我们好全体出战。"说着，在桌子下面拿出一双硬胶皮鞋，掷到大个子面前，笑道："你去代表做个东。"

大个子笑道："反正你也不会无功受禄，你带了两个孩子也跟去了。"杨大嫂子道："我哪有工夫同你们去吃饭？趁着这个时候，那钱公馆的人在吃晚饭，不大注意人来往，我找个机会去通知一声。"

杨大个子道："那我就把两个孩子带了去吃一顿吧。"于是王狗子李牛儿各和他抱着一个小孩，一同上街去吃小馆子。

杨大嫂卷起裤脚管，赤脚穿了一双胶鞋。还是照往常的规矩，托刘家婆看了家，将锁门的钥匙交给她，撑了一把雨伞，直奔钱公馆。她性子急了，怕在公共汽车站上等车子，又怕人力车拉不快，益发是撒开两条腿走去。到了钱公馆所在的那条巷子里，才缓缓地走着。看那大门时，正好是掩了半边，门洞子里一盏电灯亮着，似乎是有人刚刚出去。于是收了伞侧身进门，扭着墙上的电灯机钮，代熄了电灯，然后挨着屋檐，走向他们家后进屋子来。见秀姐屋子里正亮着电灯，玻璃窗户上，掩上了浅紫的窗帷，略略有些安息香味，由那里传送出来的正是带着几分病的象征。便在堂屋门放下了雨伞，走到房门口，轻轻地叫了一声"赵太太"。秀姐在里面屋子里哦了一声。杨大嫂走进屋去，见她和衣斜躺在床头上，将毯子盖了下半截。床面前放了一张茶几，上面搁着大半碗粥、一碟子肉松和京冬菜叶子，又是一只小玻璃碟子，里面放了糖果。便轻轻地走近床沿，低声笑问道："病怎么样了？"

秀姐道："病算是好了。为了等你的消息，我还是这样躺着。"

杨大嫂笑道："恭喜你，有了办法了。"用手扶了窗栏，对着她耳边轻轻说了一阵。

秀姐听了，也是眉飞色舞，因道："那正好，我明天上午再到医院里去一趟，并请这里的钱太太陪了我一路去。"

杨大嫂笑道："那就好了。洪麻皮这个人你认识不认识？"

秀姐道："我倒是知道这么一个人，见过没有见过，可记不起来。"

杨大嫂道："那管不了，明天准八点钟，让他把车子拖在巷子口上等着。他穿的蓝短夹袄，袖子上组一块圆的青布补丁。左手背上贴一张膏药。还有一层，他脸上有几个碎麻子，最好认不过。但愿明天下雨就更好，那车子扯上新的绿油布篷子，一打眼你就看出来了。明天早上，你要照时行事，这个机会是不可以失掉的。"

秀姐道："我自己身上的事，我还能含糊吗？"

说到这里，一阵脚步响，是那王妈抢着进来了，这里两个秘密谈话的人都不免心房乱跳，把脸红着。王妈将一个手指点了杨大嫂道："刘嫂子，我看到门外一把伞，想着不会有第二个人，一定是你来了。"

杨大嫂是早已预备好了一套话的，虽然被她猛可地一问，心里有些惊慌，但是过一两分钟她立刻镇定了，因笑道："赵太太没有和你说过吗？她前天上医院去遇到我，叫和她叫一叫吓，我昨天就该来，不得空闲，所以今天才来。"

王妈道："你叫过吓了吗？"

杨大嫂道："前日在路上，赵太太交给我她自己用的一条手帕子，我就是捧了这手帕子叫吓回来的。这件事，我们怕赵老爷不愿意，所以瞒着呢。"

王妈道："是啊！叫叫又有什么关系呢？又不花费什么的。这样大雨天，还要你老远跑了来。"

杨大嫂道："赵太太为人太好，我们这穷人得了人家些好处，可就不敢忘记。"

王妈道："是啊！你这人快心快肠，你还没有吃晚饭吧？到我们厨房里去吃点东西。"

杨大嫂笑道："那倒不用，我家里丢着两个孩子呢。过一天我再来看赵太太的病吧。"说时，已是抽身向外走，回转头来向秀姐道，"现在有八点了吗？我做事是记准了时候的。"

秀姐道："是的，八点钟，只早不晚，你放心去吧，误不了你的事的。"

杨大嫂听着这话，回头看了一看秀姐，这才点个头走了。秀姐究竟没有做过这一类的非常举动。脸和耳根子都发着烧，心房里更是乱跳得厉害。既感觉到躺在床上，不怎么舒服，索性脱了衣服，盖着棉被睡了起来。她的行动，那前面住的钱府上是相当注意的。她晚饭不曾吃一点又躺下了，前面的女主人钱太太得着几番报告，便到这房里来看她。秀姐心里想着事情，便将被和头盖了，以免看了灯光，又分着心事。

那钱太太走到屋子中间，轻轻叫道："赵太太睡着了吧？"

秀姐将被掀着，伸出头来，因道："钱太太来了，请坐。我这个病好像是转了脾寒了，现时又在发烧，明天早上再辛苦钱太太一趟，陪我到医院里去看看。"

　　那钱太太在电灯光下，看着秀姐的脸色映了灯光泛红，也不用得抚摩她，就知道她这是体温增高，因道："那不成问题。我已经叫钱先生转告赵先生，无论如何，明日下午要来一趟。这果然不是办法。"

　　秀姐道："我能很原谅他的，倒不必他来。他来了，坐不到一点钟，忙了又走，倒让我心里闷得慌。将来日子正长，我倒不计较目前这一点寂寞。一个女人睁开眼给人做二房，若不预备吃亏受气，那根本就不必来。我是自信命该如此，只求太太平平过下去就是了，并不要男人陪着我。我卖身救我的娘，我娘不冻死饿死，我就称了心愿，没什么可埋怨的。"

　　钱太太听了她这一番话，也心软了半截，除了答应明天上医院之外，又着实安慰了她一阵。秀姐是早已把所有的东西都安排好了的，等着大家睡熟，半夜起床把箱子里的金钱首饰揣在身上，便坐在床上，睁眼望了天亮。不到七点钟，便将房门打开，自己穿好了衣服，靠住了桌子，将手掌托了头，歪斜地坐着。王妈在堂屋里扫地，看到秀姐这样姿势，料着是为了上医院去，便进来和她预备着茶水。秀姐便两手伏着桌子，头枕了手臂，鼻子里哼着。王妈站在她面前，低声问道："赵太太，头有点发晕吗？"

　　秀姐道："我急得很，我急得要到医院里去，现在几点钟了？"

　　王妈道："快八点钟了，钱太太还没有起来呢。"

　　秀姐突然站起来，手扶了桌沿道："那么，我就先向医院里去了。"说着，起身便向门外走了去。她走得突然，是向来没有的举动，前进院落里的钱府上人就不曾加以拦阻。她开着大门走了出来，遥远地看到小巷子口上停了一辆人力车，天虽不曾下雨，长空里却是阴阴的，那辆车子预先已撑起了绿色的雨篷。秀姐心中一喜，一面大声叫着车子，一面直向巷子口走去。那车夫把车子拖了进来，秀姐看那车夫穿着蓝布短夹袄，袖子上钉一块圆的青布补丁。那人拖车把的手背上，贴了一张膏药。她心想这就是了，绝不会错。那车夫更把车子拖上前一步，仰了脸笑道："太太要车子，坐上去就是。"他歇下了车子在秀姐面前，秀姐已发现他脸上有十几颗白麻子，更觉没有疑问。一脚跨过了车把，就钻进车篷里去。车夫扶起车把，转过车身来，拉了就跑。秀姐算是脱离了这囚牢了。

第二十五章

全盘失败

　　这个拉车子的车夫正是洪麻皮。他依照了杨大嫂的锦囊妙计，拉着一辆借来的人力车子，老早就歇在这巷口子上等着。他预备用极快的速度，在三十分钟之内拉出南门。在南门外桥头上，童老五在那里等着。接上这辆车子，就径直拉下乡去，预备在小码头上，再换船回家。王狗子在那小码头上等着，预备眼见他们上了船，拖回这辆空车子。杨大个子、杨大嫂、李牛儿沿着经过的街道放哨，以防万一。他们一般地注意着一个穿蓝布短衣的人，拉一辆绿油布篷的车子过去。可是杨大嫂究竟不是诸葛亮，她哪里能够一切都算得很准。当洪麻皮拉转车身，正待要跑的时候，对面来了油亮的人力包车将巷口子堵住。巷子很小，势难容着两辆车子，擦身挤过去，他只好停着了。秀姐坐在车篷里，把车帘子遮挡了下半身，由帘子上向外看来，看得清楚，那车上坐的人正是冤家赵冠吾。他是很难得起早到这小公馆来的，怎么今天有这样一个突击？她心里乱跳，汗一阵阵地由里层衣服向外冒着，立刻缩了身子藏在那车帘子底下。所幸赵冠吾倒没有向这车子注意，洪麻皮侧了车子让着路，他那车子已拉过去。

　　洪麻皮见赵冠吾那面团团鼻子下蓄了一撮小胡子，穿一套薄呢西服，口角里衔着一支雪茄，这是一个小官僚的样子，而且所坐的又是自用包车，更像是个阔人。那么，十有七八可能是赵次长了。他立刻这样想着，就放慎重了态度，预备将车子拉出小巷子以后，逐次地加快步伐，以免引起别人的疑心。他让过那辆车子以后，拖

238

了车把缓缓向前。坐在车上的秀姐心里惊跳着在想，也罢，也罢，躲过一关了。就在这时，听得后面一迭连声地叫着："赵太太不忙走！赵先生回来了。"

洪麻皮听了这喊声，也是慌了手脚。跑不是，不跑也不是，不免犹豫着，那个赵冠吾的包车夫已两三步跑了向前，一把将车后身拉住，叫道："你不要走，人家叫着呢。"秀姐坐在车上，料到是不能走，便踢了脚踏板道："停住，停住！"洪麻皮更是心慌意乱，也来不及掉转车身子，就把车子放下。

秀姐走下车来，已是面红耳赤。但她立刻感觉到自己非极力镇定不可，自己这条身子已拼出去了，什么风浪也不必怕它，只是这一班挽救自己的朋友都是无钱无势的人，不能叫他们受着连累。有什么千斤担子都应该让自己一人挑了去。她在一两分钟之内，已把这个意思决定，所以下了车子之后，牵了两牵衣襟，便向大门口走回去。那主人赵先生进房去之后，又由大门里迎出来。手指里夹了雪茄，向她连连指点着，皱了眉苦笑道："我晓得你性急，可是没有人陪伴着走，仔细加重毛病。"说着抢向前一步，挽了她一只手臂，笑道，"我自己送你到医院去。这小巷子汽车不得进来，你坐我的车子出巷子去，我已约好了一辆汽车在马路上等着了。"

秀姐低了头，沉着脸色，缓步走向大门里去。赵冠吾将她挽扶进了大门，又回转身来向停住车子站在巷口上的洪麻皮，招了两招手。他走过来问道："还要车子不要？"赵先生在身上掏出一元钞票塞给他手上，点个头笑道："不要车子了，也不能让你白忙一阵，这算车钱，不亏你了。"说毕，他就转身进去。

他倒并不介意这车夫是否诸葛亮差了来的，径自向屋子里走去。见秀姐斜坐在椅子上，把一只手肘来撑住了桌子，手掌托住自己的头，微闭了双眼，面色已由绯红变到苍白。赵冠吾走近两步，站到她面前，伸手摸了一摸她的额角。这犹如触到墙壁一样，她没有一点感觉与反应。赵冠吾将手指上雪茄送到口里吸了两下，因点点头道："略有一点热，但是你面色很不好看。为了你的病，我良心上实在受到很大的责罚，我现在有点事情要到上海去办一办，我带你到上海去治病吧，这样我可以整日地陪着你。"

秀姐只是闭了眼睛，默然地坐着，周身动也不动。赵冠吾对她望了一望，在对面椅子上架了腿坐着。将手上雪茄蒂头扔了，另在西服袋里抽出一支雪茄来衔在嘴里，又在袋里掏出打火机，按着了火将烟点上。他很凝神地对秀姐看了，然后将打火机盖子用力一按，带着几分力气，把它向衣袋中一揣，左手夹出嘴里的雪茄，向旁边一甩灰，重声问道："你为什么不作声？不愿到上海去吗？"秀姐睁眼看了他一看，依然把眼闭上。赵冠吾冷笑一声道："你少在我面前捣鬼！你的计划我都知道了，你想卷逃！"

秀姐突然站起来，睁了眼道："我想卷逃？你有什么证据？"赵冠吾将雪茄衔在嘴里吸了两口烟，又把手夹着取出来。先哈哈一笑，那笑声极不自然，他那撮小胡子耸上两耸，露出几粒惨白的长牙。他道："哼！要证据吗？多的是！我若搜查你身上，马上可以搜出赃物来。"

秀姐心里连跳了一阵，但她绷着脸子向椅子上一坐，瞪了眼道："你若再侮辱我，我就把命拼了你。"

赵冠吾摇摇手低了声音笑道："你不用忙，我不搜你。我先说破你的心事，再说我的办法，让你心服口服。昨天下午，那个姓童的到城里来了，见过你舅舅。本来这也没有什么可疑心的，你要知道常到你舅舅那里去的小赵，他认识姓童的。他在你舅舅家门外，遇到了他，他和一个同伴，一路叽咕着一些不尴不尬的话。他告诉了你舅舅，他两人当晚就在丹凤街前后暗里侦探他们。晚上六点钟上下，他们在丹凤街遇到那个拿屎罐子砸许先生的王狗子，随在他身后，到杨大个子家里去，在那里听到童老五一群人在商量这件事。后来杨大个子的老婆到这里来看你。"赵冠吾说着，淡笑了一笑道，"她胆子不小，敢到太岁头上来动土！后来你还和杨大个子老婆暗暗约了，今天八点钟逃走，又说记准了时候，不会误事。这些事我怎么会知道的呢？这是那小赵的功劳，当杨大个子老婆到这里来的时候，他也跟着来了。他藏在厨房柴堆后面，你们都没有看到他。他等那杨大个子老婆走了，连夜就来报告我。天不亮的时候，我就在这巷子口里伏了截击的人马，你哪里会逃得了？"他说这些话的时候，声音都极为低微，说完了，他总结了一句道："我为了顾全大家的面子，连前面的钱太太都没有告诉她。你现在只有依了我，跟我一路到上海去，逃开这是非窝。如其不然，我要把姓童姓杨的这班人一齐捉了。我还告诉你，我猜着这一辆车子，都是你们同党弄的手脚。据报告，他一早就在这里巷口子上等的。但我不愿把纸老虎戳破，放他走了。说破了，不是大家面子不好看吗？可是，你若不知好歹，一定要和我别扭，那我也就说不得了。你说，我猜破了你的心事没有？"

秀姐先是怔怔地听着，及至他说完了，这才明白前功尽弃，什么话也说不出来，扭转身去两手伏在桌子上，头枕了手臂，哇的一声哭了起来。赵冠吾也很明白她所以哭的原因，缓缓地吸着雪茄，让她去哭。约莫有十分钟之久，他嘻嘻地笑道："你要逃走这一点，我原谅你，因为我把你闷住在这小公馆里，我自己又不来照看你，这是你应有的反响。不过，我现在要一劳永逸来解决这个问题了。你马上收拾一点东西，同我到上海去，我就一切不问。你不要疑心我把你带到上海去会怎样为难你。我这着棋有好几番妙用：第一，姓童的这班人，再不能来打你的主意了。第二，我会把你住在一家很好的朋友家里，而是我那位泼妇所找不到的地方。从现在起，我有点公事，每星期要到上海去住两天，这样我们每星期可以舒服过两天了。第三，我想找个家庭教师，在那里安心教你认识几个字，不必像在这里，叫你昼夜地闷着。我还有一着妙棋，借着你这次生病为由，宣布你死了，可以永远……"

秀姐突然仰起脸来，脸上挂了两行泪珠，她也不去揩抹它，望了他道："宣布我死了！那很好！可是不用得你宣布，人家会知道我死了的，不错！我是要逃走。但这与别人无干，完全是我自己出的主意。现在，我当然逃走不了，但是我也不想到上海去每星期舒服两天，我就死守在这屋子里，随便你怎样办？"

赵冠吾道："随便我怎样办吗？我先把姓童的那班人抓起来，再要你到上海去。我已防备了你这着棋，绝不肯随我走。我老实告诉你，我已派了十几个人出去，把杨大个子、童老五这些人一个个地监视住了。非你和我上了火车，这些监视他们的人不会放松一步，说一声捉，一个跑不了。你先是为了解救他们才答应嫁我，现在你能不为了他们跟我到上海去吗？我觉得我对你仁至义尽，要不然，我有法子对付你的。我为什么要对你仁至义尽呢？我也就是要报复那泼妇一下，她越吃醋，我越要待你好。你就是今天真跑掉了，我也要再弄一个女人的。话说明了，你应该和我一条心，打倒你的情敌。"

秀姐听了这句话，不由得在挂了泪珠的脸上，眉毛一扬扑哧笑了出来，因道："我的情敌？我没有情敌。如果有的话，就是你！"说着，把手向赵冠吾一指。

赵冠吾吸着雪茄，坦然地受了她一指，躺在椅子背上，喷了一口烟笑道："就算我是你的情敌，可是你已被我俘虏了。你现在有两条路，不是死，就是降。然而死是死不得的。你若死了，你不顾你的老娘了吗？我现在明白，何德厚以前说你娘逃走了的话，我以为他是骗我的，现在我信了。她必定也是童老五这班人弄去的，他们的计划也很周到，先把你娘移走，再来拐骗你。那么，我就落个人财两空，找不着人算账。现在一齐都抓在我手心里，你若死了，我也不会放过你的老娘。就是放过她，她以后靠谁吃谁？靠老五吗？你想想，你仔细想想！你还是跟我到上海去的好。"

秀姐变了脸色，对他呆呆望着，突然哭了起来道："你做官的人，是要为百姓办事的，你……你……你好狠的心！"说完，她把两手伏在桌上，头枕了下去，扛动着肩膀号啕大哭。

这一哭把前面的钱太太、老太太都惊动了。她们进得屋来，牛头不对马嘴地胡乱劝了一阵。赵冠吾倒是行所无事地两手挽在身后，口里衔了雪茄，绕了天井的屋檐下走着。他听到屋子里的新夫人没

242

有哽咽声了，那两个劝说的人也就带了两分笑容慢慢地走了出来。赵冠吾这就取出嘴里的雪茄弹弹灰，又咳嗽了两声，依然把雪茄衔到嘴里，走进了屋子去。秀姐已不是先前那样子了，脸上收去了泪痕，衣服也牵扯直了，正拿出一只提箱放在桌上，将衣服零用细软陆续地向箱子里收集。赵冠吾站在桌子边，背了手向箱子里看着。嘴里衔着烟，嘴角向上翘着，不断地放出微笑。秀姐突然把箱子一盖，在箱子盖上拍了一下，望了他道："你笑！笑什么？不过是把俘虏战胜了！"

赵冠吾取下雪茄，在桌子沿上敲了两下灰，笑道："你不死守在屋子里了？愿随我走了？"

秀姐反是坐在桌子边椅子上，把两手抱了右腿的膝盖，绷了脸道："走哇！说什么？我为了我老娘，我还得留了这条身子。"

赵冠吾道："东西还没有收拾齐备吧。"

她淡笑道："不收拾了，到上海去买新的。"

赵冠吾在小口袋里掏出小金表来看了一看，站起来道："好！就走。坐十一点钟快车。你东西只管放下，我自有人替你收拾。"

秀姐将箱子盖上的搭扣按了一按，把箱子柄提在手上，轻轻掂了一掂，头一昂道："走吧。我那班丹凤街的邻居还都在你的爪子跑腿手下监视着呢。我上了火车，也好让他们早早恢复自由。我迟早是要走的，我何必延误时间，叫别人受罪？"

赵冠吾把挂在衣钩上的帽子摘下，向头上一盖，笑道："算你明白了，我们走吧。"秀姐更是比他性急，已是走出房门来了。赵冠吾在她身后，带上了房门，紧紧地跟着。秀姐一走出大门，就看到赵冠吾的人力自用车拦门放着，车把伸出来，架在大门外台阶上。那车夫环抱了两手站在车边。小巷子里，站有两个短衣人，其中一个便是小赵，两手插在他的裤袋里，站在小巷子中间一块石板上。秀姐看到，扛着双肩笑了一笑，回头看到赵冠吾在身后，因道："这把我当了个飞行大盗了！那么为了你放心起见，我坐你的车子了。你能跟在车子后面走吗？"

赵冠吾笑道："走出两条巷子去，就是马路，汽车在那里等着，我可以当你一会子护从。"

秀姐笑着点了一点头，提着箱子走上车子，车夫扶起车把来，秀姐向路心站着的小赵点了两点头道："可以开关放我们走了！"小赵在戴的鸭舌帽下眼光一溜，见赵次长在车后摇摇头，便微笑了闪到一边去。车夫将车子拉动了，秀姐回转身来，向赵冠吾道："咳！姓赵的，你该传令收兵了。你还让你的人监视着我的朋友？"

赵冠吾跟在车后，两手插在衣袋里，笑道："你放心，不会让你朋友为难。你和我上了火车，他们也就各自回家了。"

秀姐沉了脸子坐在车上，被拖出了小巷口，见洪麻皮的那辆车子还停在大巷子的人家墙脚下，他坐在车脚踏上，两手扶了腿，抬着眼皮，又微低了头向这里望着。秀姐两手抱住怀里的提箱，将眼光死对他看了两下。她心里却有一把刀，在碎割了她的脏腑，眼角里却像有两股热气向外冲。这包车夫偏让这个要看而不敢看的时间拖长，慢慢地拉了过去。只听那橡皮轮子滚着鹅卵石街面，发出嘶碌嘶碌的响声，像是替人心上说话：死路死路！赵次长在车后走着，却咯咯咯发出一阵怪笑。在这怪笑声中，秀姐几乎昏晕过去了，眼面前一切都看不见了。等她醒过来的时候，人力车停在马路边，这里正有一辆漂亮的汽车等在那里。自世界上有了汽车，它的罪恶不会比它的贡献少些。这又是它制造罪恶的一个机会到了。

第二十六章

这条街变了

　　这一幕故事的变化，任何人都出乎意外，那个被女诸葛派遣来的洪麻皮，他也只是照计行事，并没有预先防范不测。自秀姐下了他的车子，转身回公馆去以后，赵次长又给了他一块钱，叫他走开。他既是个拉车子的，只拉人家三五步路，得了一块钱，那还有什么话说？自然只有走开。不过他想着赵次长真把他当了一名车夫，料着自己的来意，姓赵的未必知道，便把车子拖在大巷子里停着，等看着还有什么变化。直至秀姐坐着赵冠吾的车子走了，他才觉得毫无补救的办法，微微地叹了一口气，站了起来。就在这时，那个戴鸭舌帽子的小赵走过来，脸上带了三分刻毒的笑容，一手插在裤袋里，一手指了洪麻皮的脸道："便宜了你！你还不快回去，还打算等什么呢？"

　　洪麻皮已是扶起了车把，向他看了一眼，自拖着空车子走了。他在赵冠吾一切举动上，料得杨大嫂的阴阳八卦已在他手上打了败仗，杨大个子这班朋友，正还在马路上痴汉等丫头，应当赶快去给他们送个信，也好另想法子来挽救这一局败棋。如此想着，就依然顺了原来计划抢人出城的路线走。在南门内不远的马路上，只见杨大嫂站在一棵路树下，正不住地向街心上打量着。她看到洪麻皮拖了一辆空车子过来，立刻抢了向前，迎着低声问道："怎么回事，怎么回事？"她说着人走到车子前，手将车把拉住。

　　洪麻皮把车子拖到路边上，摇摇头道："完全失败了。"

　　杨大嫂子站在路边，向他身上打量了一番，红着脸道："那怎么回事?"

洪麻皮扶了车把站定，刚刚只报告了几句，却见那个戴鸭舌帽的小赵手扶了脚踏车，同着一个歪戴呢帽子的人，突然由身后冲了过来，小赵横了眼道："你们回去吧，你们这一群拐匪！"那个歪戴帽子的人在蓝夹袄上披了一件半旧雨衣，一只手插在雨衣袋里，一只手指了杨大嫂道："我由丹凤街口跟着你到这里，我看见你在这里站了三四个钟头了。好是赵先生把你机关戳破，不愿和你们一般见识，要不然，立刻请你们黑屋子里去坐坐。还不给我快滚！"说着，他抬起一只皮鞋踢了车轮子一脚。

杨大嫂又气又怕，脸色红里带青，说不出话来。看这两人时，他们横斜着肩膀走了。杨大嫂呆了一呆，望着洪麻皮道："事情既然弄糟，你拉了一辆车子，怪不方便，你先把车子送交原主子，我一路去看大个子他们几个人。我一个女人，不怕什么。"说着，她抽身立刻奔出南门去了。

洪麻皮年纪大些，胆子也就小些，把车子送回了原主，既不敢到杨家去，又不愿一人溜走，就到丹凤街四海轩茶馆里去坐着。原来自从洪麻皮在三义和歇了生意了，杨大个子这班朋友都改在四海轩喝茶。这是下午两点钟的时候了，阴雨已经过去了，天上云片扯开来，露出了三春的阳光。丹凤街那粗糙的马路皮已有八分干燥，打扫夫张三子拿了一柄长把竹排扫帚，正在扫刷路边洼沟里的积水，扫到四海轩门口，一抬头看到洪麻皮坐在屋檐下一张桌上，两手捧了茶碗，向街头上老望着。他所望的地方是对面人家的屋瓦，太阳晒着，上面出着一缕缕的白气，像无数的蜘蛛丝在空中荡漾。张三子想着，这还有什么看的？他必是想什么出神，便问道："洪伙计，好久不见了，一个人吃茶？"

洪麻皮见他站在街边，笑道："你还在干这一个。我在这里等人。"说着，将茶碗盖舀了一盖茶，送到外边桌沿上。

张三子拿起茶碗盖，一仰脖子喝了，送还碗盖，笑道："你等什么人？我给你传个信，我还是丹凤街的无线电呢。"

洪麻皮笑了，因道："你看到杨大个子或者王狗子，你说我在这里等他们。"

张三子沿着马路扫过去了，不到半小时，杨大个子来了，两手扯紧着腰带的带子头，向茶馆子里走了进来。一抬腿，跨了凳子，在洪麻皮这张桌子边坐了。两人对望了一下，很久很久他摇着头叹口气道："惨败！"洪麻皮道："大家都回来了吗？我不敢在你家里等，怕是又像那回一样，在童老五家里让他们一网打尽。"

跑堂送上一碗茶来，笑道："杨老板今天来晚了！"

杨大个子将碗盖扒着碗面上的茶叶，笑道："几乎来不了呢。"

那跑堂的已走开了，洪麻皮低声道："怎么样？都回来了吗？"

杨大个子道："人家大获全胜了，还要把我们怎么样？而且我们又没有把他们人弄走，无证无据，他也不便将我们怎么样！"

洪麻皮低声道："他们把秀姐弄到什么地方去了？"

杨大个子道："就是这一点我们不放心。童老五气死了，躺在我家里睡觉。我们研究这事怎样走漏消息的，千不该万不该，你们不该去找何德厚一次，自己露了马脚。"

洪麻皮手拍了桌沿道："老五这个人就是这样，不受劝！我昨天是不要他去的。"

杨大个子道："他气得只捶胸，说是不打听出秀姐的下落来，他不好意思去见秀姐娘。我们慢慢打听吧。"说毕，两个默然喝茶。

不多一会儿，童老五首先来了，接着是王狗子来了，大家只互相看了一眼，并不言语，坐下喝茶。童老五一只脚架在凳上，一手按了茶碗盖，又一只手撑了架起的膝盖，夹了一支点着的纸烟。他突然惨笑一声道："这倒好，把人救上了西天！连影子都不晓得在哪里！"

杨大个子道："这不用忙，三五天之内，我们总可以把消息探听出来。明天洪伙计先回去，给两位老人家带个信，你在城里等两天就是。"

童老五道："除非访不出来。有道是拼了一身剐，皇帝拉下马。"

王狗子一拍桌子道："对！姓赵的这个狗种！"

杨大个子笑道："他是你的种？这儿子我还不要呢。"

这样一说，大家都笑了。就在这时，李牛儿来了，他没有坐下，手扶了桌子角，低了头向大家轻轻道："柜上我分不开身，恕不奉陪。打听消息的事，我负些责任。姓赵的手下有个听差，我认得他，慢慢探听他的口气吧。"

杨大个子道："你小心一点问他的话，不要又连累你。"

李牛儿笑道："我白陪四两酒，我会有法子引出他的话来的。这里不要围得人太多，我走了。"说毕他自去了。

这里一桌人毫无精神地喝着茶，直到天黑才散。次日下午，他们在原来座位上喝茶，少了个洪麻皮。李牛儿再来桌子角边报告消息，说是秀姐到上海去了。童老五和大家各望了一眼，心上像浇了一盆冷水。王狗子拍了桌子道："这狗种计太毒！上海那个地方就是人海，我们弟兄根本没有法子在那里混，怎么还能去找出人来呢？"

童老五道："既然如此，我只好下乡去了。城里有了什么消息，你们赶快和我送信。青山不改，绿水长流，我们总要算清这笔账。"

杨大个子笑道："那自然。我们那口子为了这事，居然闹了个心口痛的病，两天没有吃饭。不出这口气，她会气死的。"

童老五长长地叹了一口气，摇摇头道："我也会气死。明日一早我就滚蛋，回家睡觉去。"

李牛儿道："只要消息不断，总可以想法子。"

杨大个子道："也只有这样想着吧。"这样说着，这一顿茶，大家喝得更是无味，扫兴而散。

童老五住在杨家，次日天亮，杨大个子去做生意，他也就起来了，在外边屋子里问道："大嫂子，少陪了，心口痛好些吗？"

杨大嫂道："好些了，我也不能早起做东西你吃。你到茶馆子里去洗脸吧。你也不必放在心上。君子报仇，十年未晚。"

童老五大笑了一声，提了斗笠包袱向丹凤街四海轩来。街上两边的店户正在下着店门，由唱经楼向南正拥挤着菜担子、鲜鱼摊子。

豆腐店前，正淋着整片的水渍，油条铺的油锅在大门口灶上放着，已开始熬出了油味。烧饼店的灶桶，有小徒弟在那里扇火。大家都在努力准备，要在早市挣一笔钱。四海轩在丹凤街南头，靠近了菜市，已是店门大开，在卖早堂。七八张桌子上光坐上二三个人。童老五将斗笠包袱放在空桌上，和跑堂的要一盆水，掏出包袱里一条手巾，手卷了手巾头当着牙刷，蘸了水，先擦过牙齿，胡乱洗把脸。移过脸盆，捧了一碗茶喝。眼望丹凤街上，挽了篮子的男女渐渐地多了。他想人还是这样忙，丹凤街还是这样挤，只有我不是从小所感到的那番滋味。正在出神，却嗅到一阵清香，回头看时，却是高丙根挽了一只花篮子在手臂上，里面放着整束的月季、绣球、芍药之类，红的白的花在绿油油的叶子上很好看，笑道：“卖花的生意还早，喝碗茶吧。”

丙根笑道：“我听到王狗子说，你今天要回去。我特意来和你送个信。我们现在搬家了，住在何德厚原来的那个屋子里，我们利用他们门口院子做花厂子。”

老五道：“哦！你就在本街上。你告诉我这话，什么意思？”

丙根道：“我想你总挂念这些事吧？”

老五伸手拍拍他的肩膀，呵呵一笑，因道：“请我吃几个上海阿毛家里的蟹壳黄吧。我离开了丹凤街，不知哪天来了。”

丙根没想到报告这个消息，却不大受欢迎，果然去买了一纸袋蟹壳黄烧饼来放在桌上，说声再见，扭身走了。童老五喝茶吃着烧饼，心想无老无少，丹凤街的朋友待我都好，我哪里丢得开丹凤街？他存在着这个念头，吃喝完了以后，懒洋洋地离开了丹凤街。

他走过了唱经楼，回头看到赶早市的人拥满了一条街，哄哄的人语声音和那踏踏的脚步声音，这是有生以来所习惯听到的，觉得很有味。心里想着，我实在也舍不得这里，十天半月后再见吧。但是没过了半个月，他却改了一个念头了，杨大个子、王狗子、李牛儿联名给他去了一封信，说是秀姐在上海医院病死。赵冠吾另外又给了何德厚一笔钱，算是总结了这笔账，以后断绝来往。这件事暂时不必告诉秀姐娘。这个老人家的下半辈子，大家兄弟们来维持吧。童老五为了此事，心里难过了半个月，就从此再不进城，更不要说丹凤街了。

　　足过了一年，是个清明节。他忽然想着，不晓得秀姐的坟墓在哪里，那丙根说过，何德厚住的屋子是他接住了，那到旧房子里看看，也就是算清明吊祭了。这样想了，起了一个早就跑进城来，到了丹凤街时，已是正午一点钟。早市老早地过去了，除了唱经楼大巷口上，还有几个固定的菜摊子，沿街已不见了菜担零货担。因为人稀少了，显得街道宽了许多。粗糙的路皮新近又铺理一回，那些由地面上拱起来的大小石子已被抹平了，鞋底在上踏着，没有了坚硬东西顶硌的感觉。首先是觉得这里有些异样了。两旁那矮屋檐的旧式店里，又少去了几家，换着两层的立体式白粉房屋，其中有两家是糖果店，也有两家小百货店。玻璃窗台里面放着红绿色纸盆，或者一些化妆品的料器瓶罐，把南城马路上的现代景色带进了这半老街市。再向南大巷口上，两棵老柳树依然存在，树下两旁旧式店铺不见了，东面换了一排平房，蓝漆木格子门壁，一律嵌上了玻璃，门上挂了一块牌子，是丹凤街民众图书馆。西边换了三幢小洋楼，一家是汽车行，一家是拍卖行，一家是某银行丹凤街办事处。柳树在办事处的大门外，合围的树干好像两支大柱。原来两树中间卖饭给穷人的小摊子，现在是银行门口的小花圃。隔了一堵花墙，是一幢七八尺高的小矮屋，屋里一个水灶。这一点，还引起了旧日的回忆，这不是田驼子的老虎灶吗？但灶里所站的已不是田驼子了，换了个有胡子的老板。隔壁是何德厚家故址了。矮墙的一字门拆了，换了麂眼竹篱。院子更显得宽敞了，堆了满地的盆景。里面三间矮屋，也粉上了白粉。倒是靠墙的一棵小柳树，于今高过了屋，正拖着半黄半绿一大丛柳条在风中飘荡。

　　童老五站在门口，正在这里出神，一个小伙子迎了出来，笑道："五哥来了！"在他一句话说了，才晓得是高丙根，不由啊哟了一声道："一年不见，你成了大人了。怪不得丹凤街也变了样子。"

丙根笑道："我们今天上午还念着你呢。"说着，握了他的手。

老五笑道："你见了我就念着我吧？"

丙根道："你以为我撒谎？你来看！"说着，拉了老五的手，走到柳树下。见那里摆了一张茶几，茶几上两个玻璃瓶子，插入两丛鲜花，中间夹个香炉，里面还有一点清烟。另有三碟糖果、一盖碗茶。这些东西，都向东摆着。茶几前面，有一摊纸灰。

老五道："这是什么意思？"

丙根道："这是杨大嫂出的主意，今天是清明，我们也不知道秀姐坟墓在哪里，就在她这原住的地方祭她一祭吧。我们还有一副三牲，已经收起来了。我们就说，不知你在乡下可念着她？她不是常说她的生日原来是个清明节吗？"

童老五听了这话，心里一动，对柳树下的窗户看看，没有作声，只点了两点头。丙根道："我不能陪你出去喝茶，家里坐吧。"

童老五道："你娘呢？"

他道："出去买东西去了。"

老五道："你父亲呢？"

他道："行毕业礼去了。"

老五道："行毕业礼？"

丙根笑道："不说你也不知道。现在全城壮丁训练，我父亲第一期受训。今天已满三个月了，在街口操场行毕业礼。杨大个子、王狗子、李二，都是这一期受训，他们现时都在操场上。我们祭秀姐的三牲，一带两用，杨大嫂子拿去了，做出菜来，贺他毕业。晚上有一顿吃，你赶上了。"

童老五道："既是这样，我到操场上去看他们去吧。"说着，望了茶几。

丙根道："你既来了，现成的香案你也祭人家一祭。"

童老五道："是的，是的。"他走到茶几前面，见香炉边还有几根檀香，拿起一根两手捧住，面向东立，高举过顶，作了三个揖，然后把檀香放在炉子里。

丙根站在一旁，自言自语道："很好的人，真可惜了！"

童老五在三揖之中，觉得有两阵热气也要由眼角里涌出来，立刻掉过脸向丙根道："我找他们去。"说着，出门向对过小巷子里穿出去。

不远的地方，就是一片广场。两边是条人行路，排列一行柳树掩护着，北面是一带人家，许樵隐那个幽居就在这里。东边是口塘，也是一排柳树和一片青草掩护着。这一大片广场的上空，太阳光里，飞着雪点子似的柳花，由远处不见处，飞到头顶上来，这都是原来很清静的。景象未曾改掉，现在柳花下可蹴起一带灰尘，一群穿灰色制服的人背了上着刺刀的步枪，照着光闪闪的，和柳花相映。那些穿制服的人站了两大排，挺直立着，像一堵灰墙也似。前面有几个穿军服挂佩剑的军官，其中有一个，正面对这群人在训话。在广场周围，正围了一群老百姓在观看。

童老五在人群里看着，已看到杨大个子站在第一排前头，挺着胸在那里听训。忽然一声"散队"，接着哄然一声，那些壮丁在嘻嘻哈哈声中散了开来，三个一群五个一队走着。童老五忍不住了，抢着跑过去，迎上了散开的队伍，大声叫着"杨大个子，杨大个子"。在许多分散的人影中，他站定了脚，童老五奔了过去，叫道："你好哇！"

他道："咦！没有想到你会来。"

童老五也不知道军队的规矩，抓住杨大个子的手连连摇撼了一阵。他偏了头向杨大个子周身上下看着，见他穿了熨帖干净的一套灰布制服，拦腰紧紧地束了皮带，枪用背带挂在肩上，刺刀取下了，收入了腰悬的刀鞘里。他那高大的身材，顶了一尊军帽在头上，相当地威武。看看他胸前制服上，悬了一块方布徽章，上面横列着几行字，盖有鲜红的印。中间三个加大的字横列了，乃是杨国威。童老五笑道："啊！你有了台甫了。"

杨大个子还没有答复呢，一个全副武装的壮丁奔到面前，突然地站定。两只紧系了裹腿的脚，比齐了脚跟一碰，做个立正式，很带劲地右手向上一举，比着眉尖，行了个军扎，正是王狗子。

童老五不会行军礼，匆忙着和他点了头。看他胸面前的证章，他也有了台甫，乃是"王佐才"三个字，因道："好极了，是一个军人的样子了。"

王狗子笑道："你猜我们受训干什么？预备打日本。"说着话，三个人走向了广场边的人行路。

大个子道："受训怪有趣的，得了许多学问。我们不定哪一天和日本人打一仗呢？你也应该进城来，加入丹凤街这一区，第二期受训。"

童老五笑道："我看了你们这一副精神，我很高兴。第二期我决定加入。我难道还不如王狗子？"

狗子挺了胸道："呔！叫王佐才，将来打日本的英雄。"

童老五还没有笑话呢，却听到旁边有人低声笑道："打日本？这一班丹凤街的英雄。"

童老五回头看时，一个人穿了件蓝色湖绉夹袍子，瘦削的脸上有两撇小胡子，扛了两只肩膀，背挽了双手走路。大家还认得他，那就是和秀姐做媒的许樵隐先生。童老五站定脚，瞪了眼望着道："丹凤街的英雄怎么样？难道打日本的会是你这种人？"

许樵隐见他身后又来了几名壮丁，都是丹凤街的英雄们，他没有作声，悄悄地走了。

笔者说：老五这班人现在有了头衔，是"丹凤街的英雄"。我曾在丹凤街熟识他们的面孔，凭他们的个性是不会辜负这个名号的。现在，他也许还在继续他的英雄行为吧？战后我再给你一个报告。

253

图书在版编目（CIP）数据

丹凤街 / 张恨水著. — 北京：中国文史出版社,2018.6
（民国通俗小说典藏文库·张恨水卷）
ISBN 978 - 7 - 5034 - 9956 - 2

Ⅰ. ①丹… Ⅱ. ①张… Ⅲ. ①长篇小说 – 中国 – 现代
Ⅳ. ①I246.5

中国版本图书馆 CIP 数据核字（2018）第 008310 号

整　　理：萧　霖
责任编辑：卢祥秋

出版发行：**中国文史出版社**
社　　址：北京市西城区太平桥大街 23 号　邮编：100811
电　　话：010 - 66173572　66168268　66192736（发行部）
传　　真：010 - 66192703
印　　装：廊坊市海涛印刷有限公司
经　　销：全国新华书店
开　　本：720×1020　1/16
印　　张：17　　　　字数：237 千字
版　　次：2018 年 6 月第 1 版
印　　次：2018 年 6 月第 1 次印刷
定　　价：49.80 元